JN055145

佐々木と
ピーちゃん
ぶんころり
Ill.カントク
異世界ファンタジーなら
異能バトルも魔法少女もデスゲームも
敵ではありません
〜と考えていたら、
雲行きが怪しくなってきました〜
3

『どうした？　何か
気になることがあるのか？』
「二人静さんがご自身で
運転されるとは
思わなかったもので」
夜の首都高速

「ワイルドじゃろぉ？
イケとるじゃろぉ？」

「っ……お、おじさん!?」
自身の胸の内、こちらを見上げて
お隣さんが声を上げた。

「い、行きますっ！」

発射と併せて、魔法の名前とか、叫べたら格好良かったと思う。けれど、肝心な名称を知らなかったので、ちょっと残念な感じ。

『ふぅん……』

「おじさんっ！」

エルザ様歓迎会

P-chan's
recent posts

20xx/10/15
☆の賢者 summer @waganahapichan
ソーシャルメディア、なう

20xx/10/15
☆の賢者 summer @waganahapichan
これは素晴らしいものだ

20xx/10/15
☆の賢者 summer @waganahapichan
リツイート?
このボタンを押すだけで肉がもらえるのか!

リツイート済み

20xx/09/23
【公式】ジャパンハム株式会社
@japanhaminc
最高級の霜降り **# 黒毛和牛** をプレゼント。
来月の末まで、毎日ご応募できます!
詳細はこちら
japanhaminc.bizz/promotions/...

リツイート済み

20xx/09/24
【公式】ジャパンハム株式会社
@japanhaminc
最高級の霜降り **# 黒毛和牛** をプレゼント。
来月の末まで、毎日ご応募できます!
詳細はこちら
japanhaminc.bizz/promotions/...

リツイート済み

20xx/09/25
【公式】ジャパンハム株式会社
@japanhaminc
最高級の霜降り **# 黒毛和牛** をプレゼント。
来月の末まで、毎日ご応募できます!
詳細はこちら
japanhaminc.bizz/promotions/...

佐々木とピーちゃん3

異世界ファンタジーなら異能バトルも魔法少女も
デスゲームも敵ではありません

～と考えていたら、雲行きが怪しくなってきました～

ぶんころり　Ill. カントク

contents

口絵・本文イラスト
カントク

〈前巻までのあらすじ〉

都内の中小商社に勤める佐々木は、そろそろ四十路を迎えようかという、どこにでもいる草臥れたサラリーマンである。

そんな彼がペットショップで購入した可愛らしいシルバー文鳥は、異世界から転生してきた高名な賢者様だった。

与えられたのは世界を超える機会と強力な魔法の力。

佐々木は文鳥にピーちゃんと名付けて、共に異世界へ渡ることになった。

万年平の社畜と世界から追放された元賢者。生きることに疲れた二人は早々に意気投合、悠々自適なスローライフを目指すべく、現代の事物を異世界に持ち込んでお金儲けをしようと試みる。

現地では出会いに恵まれた。

ピーちゃんとは以前からの知り合いである、貴族にして領主のミュラー子爵（現在は伯爵）。その娘であるエルザ様。佐々木たちが持ち込んだ商品を買い付けてくれる商人のマルクさん。美味しいご飯を作ってくれる料理人のフレンチさん。

彼らの協力を得たことで、二人の商売は早々軌道に乗り始める。

そうした只中のこと、佐々木は会社からの帰り道で異能力者なる存在と遭遇した。

異世界の魔法を異能力と勘違いされた彼は、内閣府超常現象対策局なる組織にスカウトを受けて働き始めることになる。

転職に伴いお給料も大幅に上がってホクホク顔の佐々木。異世界へ持ち込む品々の買い出しも捗るというもの。

しかし、順風満帆であったのは束の間のこと。

異世界では商売の傍ら、貴族や王族による権力争いに巻き込まれる羽目となった。その上、彼らが商いを始めた町に向けて、隣国が大軍を伴い侵略を開始。佐々木とピーちゃんは町や身の回りの人々を守るために立ち上がった。

敵国から迫り来る幾万という兵を相手取って一騎当千の活躍。戦禍に巻き込まれて敵地で孤立した王子様の救出。政敵に囚われた知り合いの奪還。敵対派閥の貴族を懐柔。二人は互いに協力することで、様々な問題を解決した。

　また、現代では内閣府超常現象対策局の仕事も困難が続いた。

　現場で従う先輩局員は戦闘狂の現役女子高生。直属の上司はなにやら裏がありそうなキャリア官僚。面倒を見るべき後輩はロリババァ。

　ピーちゃんのサポートが得られない状況下、佐々木は異世界での生活で培った魔法を利用することで、立て続けに遭遇する異能バトルを切り抜ける。並み居る高ランクの異能力者を圧倒し、絶体絶命の危機的状況も口八丁手八丁で乗り切った。

　更には魔法少女を名乗る少女からの度重なる襲撃。異能力者の存在を憎み、一方的に襲い続ける彼女に対して、佐々木は両者の仲立ちに四苦八苦。異世界の魔法を引き合いに出して、魔法中年なる役柄に収まった。

　なにかと騒動に恵まれて、佐々木とピーちゃんは一進一退を繰り返す。

　けれど、当初の目的は揺るがない。

　理想のスローライフを求めて、二人は異世界と現代日本を行ったり来たり。

　他方、身の回りを慌ただしくさせる佐々木の傍らでは、自宅アパートのお隣さんが、長年にわたって募らせた思いを燻ぶらせつつあった。幼い時分から彼に依存して生きてきた彼女の歪んだ感情が、いよいよ胸内から溢れ出さんとしていた。

　その背後には天使と悪魔の代理戦争。

　悪魔から授けられた力を理解したことで、お隣さんの秘められた愛欲が遂に佐々木へ襲いかかる。

〈領地と爵位〉

異世界ではマルクさんを救出。ハーマン商会を巡る騒動を終えて、我々は現代日本に戻ってきた。向こうしばらくはゆっくりしようと心に決めて、自宅でピーちゃんと過ごす穏やかな時間。

けれど、そうしていたのも束の間のこと。

異世界からやって来たと思しきリザードマンなる生き物が、何故なのかテレビ放送のニュースに登場。直後には阿久津課長から電話がかかってきて、可及的速やかに登庁するようにとの指示が与えられた。

そんなこんなで訪れたるは局の会議室。

同所には課長の他に、既に星崎さんと二人静氏の姿があった。どうやら彼女たちも呼び出しを受けたようだ。上司の対面に並び腰掛けていた二人。その並びに連なるように、自身も末席に腰を落ち着けた。

椅子が六つ用意された打ち合わせ卓の片側が埋まった形である。

「佐々木君が来たので、早速だが話を始めようと思う」

そう呟いて課長が手元のノートパソコンを操作する。外部出力にはケーブルが接続されており、会議室に設えられた大型のディスプレイに映像が表示された。それは自宅のテレビでも目の当たりにしたものだ。アナウンサーの音声やテロップこそ入っていないが、完全に同一のもの。

リザードマンなる生き物が空から降ってきて、絶命するまでの数分間。

コンビニエンスストアの屋外監視カメラによって撮影された動画である。

ニュース番組ではどうやら一部が省略されていたようだ。課長によって再生された映像は対象が落下してから、完全に力尽きるまでの経過が確認できた。スピーカーから響く対象の声は、やはり異世界の言葉として自身の耳に聞こえる。

動画の再生が終えられた直後、二人静氏が口を開いた。

「これまた安っぽい特撮映像じゃのぅ？　むしろ哀れなのじゃが」

「もし仮に特撮だったら、休暇中に呼び出されることもないわよ」

星崎さんからはやれやれだと言わんばかりの相槌が。

二人の反応を確認した直後、課長から視線が向けられた。

「佐々木君としてはどう思うかね？」

「僕ですか？」

正体不明のリザードマンについて、局に仕事が回ってくるのは自然な流れだと思う。この手のモンスターに変身する異能力とか、存在していても不思議じゃない。過去には星崎さんも、腕を刃物に変化させた異能力者に襲われていた。

けれど、自分や彼女、更には二人静氏を個別に招集した理由はなんだろう。手の空いている現場担当の局員は、他にも大勢いるだろうに。部下に指示を出すなら、まとめて行ったほうがお互いに連携も取りやすい。

「この手の映像が公になっていることに不安を覚えますが……」

「そちらについては既に手を回している。他には？」

「野良の異能力者が、力の行使に失敗して亡くなられたのでは？」

「映像に映っている生物の遺体は、向こうしばらく局で管理することになった。現在は然るべき施設で調査が行われているが、現時点で既に我々人類とは似ても似つかない構造をしていることが報告されている」

「なるほど」

どうやら解剖とか、されてしまっているようだ。

これまた不安が募る展開である。リザードマンの遺体から漏れ出した異世界産の病気が、解剖に立ち会ったお医者さんを介して伝播してパンデミックとか、割と普通にありそうで恐ろしいのだけれど。パニック映画だと鉄板の流れである。

「時間が勿体ないので単刀直入に説明しよう」

「ええ、是非ともお願いします」

「これは局の職員が映像を解析した結果なのだが、以前、二人静君が連れてきた他国の異能力者がいただろう？　彼女が喋っていた言語と、この映像で空から降ってきた何かが口にしている言語とは、かなりの確率で同一の言語のようだ」

「……そうなのですか？」

マジですか。

気づいてしまわれましたか。

最初に思い至ったの、誰だろう。

「専門的な説明は省くが、そのような判断がなされた。現在は局外の研究機関とも連携して、より詳細な確認作業を行っている。近いうちにそちらからも、報告が上がって来ることだろう。必要であれば追って報告書を共有する」

「よくまあ気付いたものですね」

「なんとなく響きが似ていたのでな」

「まさかとは思いますが、今のお話は課長がお気付きに？」

「他に彼女の存在を知っている局員がいるのかね？」

阿久津さんって本当に優秀ですよね。

部下、困っちゃう。

「てっきり二人静さんから情報提供があったのかなと」

当然ながら、彼女が自ら口を割るとは思えない。しかし、この場で二人静氏の名前を出さない、という選択は取れない。エルザ様の身元として、彼女の交友関係をだしにさせて頂いている都合上、どうしても必要なやり取りだ。

チラリと和服姿の童女に視線を向ける。

どうか下手なことは口にしないようにお願いします、と。

「二人静君にはその確認も含めて足を運んでもらった」

「なるほどのぅ」

こちらの意図を汲んでだろう、彼女は言葉少なに頷いてみせた。

課長に名前を呼ばれても、表情に変化は見られない。

「以前、君の友人は少数言語を母国語にしていると聞いたのだが」

「少なくとも儂はそのように聞いておる」

「具体的にどのあたりの言語なのだね？　詳細を伺いたい」

「そこまでは知らんのよ。あまり深い仲でもないからのう」

「先日から二人静君は、佐々木君や星崎君と同様に、正規の局員という身分にある。そこで早速だが局のために働いて欲しい。後ほどこの動画を君の端末に送るので、映像にあった音声の通訳を頼みたい」

「悪いが儂も、あの言葉は話せんのじゃよ」

「……そうなのかね？」

「以前も言わなかったかのぅ？」

「…………」

課長的にはまったく信じていなさそうだ。

口を噤むと共に、ジッと二人静氏のことを見つめる。

これに彼女はツラツラと、続く言葉を返してみせた。

「世の中、言語に障害を持った者などいくらでもおろう？　異能力者として価値があれば、言葉が通じなかったとしても、これを囲いたがる手合いは出てくる。テレキネシスの異能力は将来性があるからのぅ」

素知らぬ顔で堂々と受け答えする二人静氏。

腹芸に秀でた彼女だからこそ、こうした場面では非常に頼もしく感じられる。伊達に歳を重ねていらっしゃらない。自分はこういうのが苦手だから、二人静氏が一緒にいてくれてとても助かった。

「あ、もしかして儂が嘘を吐いているとか思っとる？」

「可能性としては考慮するべきではないかね？」

「酷いのぅ、同じ局で働く仲間の言葉を信じてくれぬなんて」

芝居がかった言動で受け答えをする二人静氏。

これほど信じられない仲間は他にいないと思う。

リザードマンの映像を巡り、課長から目を付けられたのは間違いない。

今後は異世界との間を行き来するにも、今まで以上に気をつけないと。

「……分かった。部下の発言を信じるとしよう」

「本当かぇ？」

どうやら先方は、この場で彼女から情報を引き出すことは、不可能だと考えたようだ。代わりにその眼差しが二人静氏のみならず、自分や星崎さんも含めて、居合わせた部下三名を一周するように巡らされた。

続けられたのはなんとなく想定されていた今後の予定。

「代わりに君たちには、今回の件について調査を頼みたいと思う」

「異能力者の勧誘についてはどうしますか？」

「そちらはひとまず放っておいてくれて構わない」

「承知しました」

　しばらく好きに泳がせて、尻尾を掴もうという魂胆だろう。

　自身が頷いた直後、星崎さんからも声が上がった。

　その視線は我々と課長の間で行ったり来たり。

「課長、私もこの二人と一緒なんですか？」

「星崎君も既に知っているとは思うが、先の騒動を受けて佐々木君の能力に向上が見られた。向こうしばらく行動を共にして、お互いの能力の運用方法を確認しつつ、対応可能な案件レベルの再確認をしておいて欲しい」

「なるほど、承知しました」

　課長の指示を受けて、星崎さんのお顔に笑みが浮かんだ。

　現場で扱える水の量が増えれば、彼女の能力も行えることの幅が広がる。それは本人のみならず、相棒として付かず離れずある自身にもメリットのあることだ。水筒係は精々頑張って水を注がせて頂こう。

＊

　空から降ってきたリザードマンの調査は、本日からでも取り掛かって欲しい旨、課長より指示があった。これを受けて星崎パイセンからは即座に、佐々木、これから現場の確認に行くわよ！　とのお言葉を頂戴した。

　時刻は午後四時を過ぎて、段々と日も暮れ始めた時分のこと。

　まず間違いなく外回りに伴う危険手当及び、時間外手当を求めての主張だろう。

　通常の危険手当も、時間外になると一定の割増賃金が発生する。

　相変わらず稼ぐことに貪欲な現役ＪＫだ。

　常日頃から終電帰宅を厭わない猛烈な働きっぷりは、住宅ローンを組んで間もない社畜さながら。きっと自宅では通帳の貯金残高を眺めて、ニマニマしているんだろうな、なんて思ってしまう。

　そんな彼女に対してこちらからは、本日はもうそろそろ日が暮れますからと、翌日以降の始動を必死にアピール。今から出発しては、帰宅する頃には日が変わりかねない。当然ながら、異世界ステイの時間は激減も必至。

両者の思惑がぶつかりあったところ、救いの手を差し伸べてくれたのは二人静氏である。そういうことなら現地の確認は星崎さんが担当の上、我々は映像から問題の少数言語について探ってはどうかとのご提案だ。

新型の水筒に興味を示す彼女は、それなら佐々木をこちらに寄越しなさいと意見を上げた。しかし、入局からまもない二人静氏を一人で活動させることはできないと主張したところ、彼女は折れて一人で局を出発していった。

よって本日の業務はこれにて終了。

局での打ち合わせを終えた後は、定時上がりで自宅アパートに向かった。

お留守番をしているピーちゃんと合流の上、二人静氏の管理する拠点で落ち合う算段である。そこで当面の予定について意識合わせを行い、併せて本日分の物資を受け取り、異世界に向かおうという段取りだった。


どうして異世界の事物がこちらに姿を現したのか。

その理由は自分も気になる。ピーちゃんも疑問を覚えていることだろうし、局から指示を受けなくとも自発的に調査を行っていたと思う。そうして考えると、今回のお仕事は一石二鳥の代物だ。後ろめたさを感じることなく、異世界行脚に精を出せる。

そんなふうに色々と考えつつ、アパートの共同エントランスを抜ける。

すると自宅の玄関先に足を向けた直後、行く先から声を掛けられた。

「おじさん、おかえりなさい」

「あ、うん。ただいま」

お隣さんである。

隣室の玄関の前、ドアに背中を預けたセーラー服姿の彼女は体育座り。いつもと変わりない姿勢でこちらをジッと見上げている。前に顔を合わせたのは何日前だろうか。異世界での生活も影響して、日付の感覚が少し怪しい。

「最近、とても忙しそうですね。お仕事ですか？」

「え？　あぁ、まあ、そんな感じかな……」

前に話をしたときは、騒音を注意されたと覚えている。以来、自室ではピーちゃんとの会話も音量控えめ。

「そういえば、声の方は大丈夫かな？　まだ聞こえたりしてない？」

「大丈夫です。こちらこそ変なことを尋ねてしまい、すみませんでした」

「いやいや、こういうのは早めに解決した方がいいからね」

取り留めのない会話を交わしつつ、手に下げたビニール袋を差し出す。

収められているのは菓子パンがいくつかと、ペットボトル入りの清涼飲料水、それにおまけで最近流行りのエナジードリンク。帰りがけに近所のコンビニで購入したものだ。いつぞや魔法少女とエンカウントした店舗である。

「あの、こんなに頂いてしまっていいんですか？」

先月までであれば、ちょっと厳しかったかもしれない。異世界との貿易で貯金もカツカツであった。けれど、それも二人静氏の協力を得た昨今では、コンビニで値札を確認することなくお買い物。

「向こうしばらく、身の回りが忙しくなりそうなんだよね。その関係で生活のリズムが変わったこともあって、顔を合わせる機会が減るかもしれないから。もちろん決して無理にとは言わないけど」

「……ありがとうございます」

素直に事情を伝えると、お隣さんは受け取ってくれた。差し出していたビニール袋が先方の手に収まる。

その直後の出来事である、不意に心臓がドクンと高鳴った。

更には何故だろう、やたらとムラムラとしてきたから、これはどうしたことか。まるで度数の高いお酒でも一気飲みしたかのように、身体の内側に熱を感じる。これが下腹部へ向かって流れるようにドクドクと脈打つ。

端的に言って、めっちゃエッチな気分。

それも過去に経験したことがないほどに気分が高揚し始めた。

ほんの一瞬でアクセル全開、みたいな。

「っ……」

先方の目元に向かっていた視線が、自然と下に降りる。

気づけばいつの間にやら、お隣さんの胸元や股間を見つめている。これまで努めて意識しないようにと考えていた辺りをジロジロと。同世代と比較して大きく膨らんだ胸や、少し巻かれて短くなったセーラー服のスカートの裾へ。

「おじさん、どうかしましたか？」

「い、いや、なんでもないよ。なんでも……」

自分の身体はどうしてしまったのだろう。

彼女に声を掛けられて気付いた。

正面に向かい、半歩を踏み出している自らの足に。

これはいけない。

逮捕の二文字が脳裏に浮かんだ。

「それじゃあ、こ、これで失礼するね」

惜しいと思う気持ちに鞭を打って、お隣さんに背を向ける。

そして、逃げるように自宅に駆け込んだ。

後手で玄関ドアの鍵を閉める。

宅内に入ってすぐのところには、トイレに通じるドアがある。そこへ猛烈な便意でも我慢していたが如く駆け込んだ。そして、便座へ腰を落とす間もなく、大慌てで回復魔法を自身に向けて行使した。

呪文の詠唱に失敗しなかったのは奇跡的。

足元に魔法陣が浮かび上がると共に、身体に変化が訪れる。

我慢し難いほどの猛烈な性欲が、治癒の光に照らされて消えていく。

「…………」

数秒ほどで気分は元のとおりに落ち着きを見せた。

胸の高鳴りや下腹部の熱は早々に収まった。

それでも額に浮かんだ汗まではすぐに引っ込まない。頬を伝い顎からポタリと垂れた大粒の雫は、お隣さんを前にして自身が抱いていた感覚が、決して嘘や幻ではなかったことを示しているように思える。

今のは一体なんだったのだろう。

心臓の疾病にでも罹患してしまったかのようだ。

心筋症というやつだろうか。

だってこうして、回復魔法で容態は劇的に改善したから。

けれど、性欲が増大するような症状は聞いたことがない。

「…………」

ピーちゃんに相談しようか。

いやしかし、あまりにも恥ずかしい話だ。

小学校を卒業して間もない女の子に、我慢できなくなりそうなほど欲情してしまいました。そんなことを面と向かって口にする勇気が自分にはない。っていうか、素直に伝えようものなら、これまでに築いてきた信頼関係にヒビが入ってしまう。

いいや、ヒビどころか木っ端微塵ではなかろうか。

自分だったらドン引きである。

警察を呼ばれても仕方がないくらい。

「……し、しばらく様子をみよう」

それと近い内に人間ドックを予約しよう。

まずは検査をしてからでも遅くはないと思う。

最悪、回復魔法で応急処置は可能なようであるし。

＊

【お隣さん視点】


私はその日、数日ぶりに隣のおじさんと顔を合わせる機会に恵まれた。

どうやら仕事に出ていたようで、帰宅してきた彼は見慣れたスーツ姿。こちらから声を掛けると、以前と変わらず、気さくに挨拶を交わしてくれた。そして、今までもそうであったように食べ物を恵んでくれた。

「あの、こんなに頂いてしまっていいんですか？」

「向こうしばらく、身の回りが忙しくなりそうなんだよね。その関係で生活のリズムが変わったこともあって、顔を合わせる機会が減るかもしれないから。もちろん決して無理にとは言わないけど」

「……ありがとうございます」

おじさんから差し出されたビニール袋を両手で受け取る。

するとすぐ近くから、茶化すような声が響いた。

『相変わらず愛されているねぃ』

「………」

野次の出処はおじさんのすぐ隣である。

彼には見えていないけれど、そこには悪魔を自称する少年が立っている。小学校中学年ほどの子供で、日本人にはあり得ない色白い肌と、明るい茶色の髪が印象的な人物だ。肩章の付けられた立派なマントを羽織り、頭には王冠を載せている。

名前はアバドン。

数日前に出会ってから、その名を学校のパソコン室でネット辞書により調べてみたところ、キリスト教の新約聖書の一節に登場する悪魔だという。ヘブライ語で「滅ぼす者」だとか、「奈落の底」だとか、大層な記載があった。

そんな彼に私はチラリと視線を向ける。

『はいはい、約束はちゃんと守るよっ……と』

やれやれだと言わんばかりの態度で、アバドンは頷いてみせた。

約束というのは、彼と私を結びつける関係そのもの。

天使と悪魔によるデスゲーム。

敵陣営の使徒を倒すともらえるご褒美。

私はこれを隣のおじさんとの関係に利用することにした。

「っ……」

宙に浮かんだアバドンが、自らの指先をおじさんの頭部に触れさせる。

変化は顕著だった。

次の瞬間にも、私を見つめていた彼の表情が変化を見せた。

クワッと目を見開いたかと思えば、視線がスルリと下がる。それは首筋を越えて胸元へ、更にはスカートの裾から露出した太ももにまで至る。先日にも母親の彼氏から与えられたものと、まったく同じ粘つくような異性の眼差しだ。

相手がおじさんというだけで、私はこんなにも心躍る。

そう、こういうのだ。こういうのが欲しかったのだ。

もっと見て欲しい。

いいえ、見るだけでは足りない。

いっそのこと、この場ですぐにでも犯して欲しい。

早く、さぁ、早く、おじさん。

「おじさん、どうかしましたか？」

「い、いや、なんでもないよ。なんでも……」

平然を装い語りかける私の面前、おじさんの足が半歩ほど踏み出される。ビニール袋を下げていた腕が、こちらに向かい震えるように動いた。アバドンから説明を受けたときは眉唾であったけれど、なかなか顕著な反応ではなかろうか。

自宅に連れ込まれて、執拗に犯される自らの姿が脳裏に思い描かれた。

胸が高鳴るのを押さえきれない。

しかし、あと少しというところで、彼は踵を返してしまった。

「それじゃあ、こ、これで失礼するね」

私から逃げるように身を翻して、自宅に向かい去っていく。

その姿はあっという間に、宅内へ消えてしまった。

玄関ドアが閉まるのに応じて、即座にカチャリと施錠の音が届けられる。妙に鮮明に聞こえた響きを受けて、さながら告白を拒絶されたかのような気分になった。あるいはこの肉体では、おじさんの性欲を煽るのに分不相応であったのか。

『君の想い人は、なかなか強靭な精神の持ち主みたいだ』

アバドンが勝手におじさんのことを称し始めた。

そんなこと重々承知している。

だからこそ、私はこんなにも身を焦がしているのだ。

私のご褒美はどうなったのか。

「まさかこれで終わりとか言いませんよね？」

『しばらく待っていれば、君を求めて顔を見せるだろうさ』

「そうじゃないと困ります」

自宅の玄関先に腰を落ち着けたまま、おじさんを待つ。

彼が再び顔を見せるその時を。

先程よりも少しだけ足を広げて、出会い頭の印象を稼ぐことも忘れない。アバドンの言葉ではないけれど、かなり期待のできる反応だった。自身も薄っすらと下着が湿るのを感じる。

『しかしなんだい、君も随分と面倒臭い性格をしているよね』

「……そうですか？」

『素直に惚れさせてしまえば話は早いだろうに』

「それでは意味がないと、先日にも説明しましたよね？」

『だからと言って、わざわざ性欲を刺激するばかりだなんてさぁ』

「自身の性欲に負けたおじさんが、自らの意思で私のことを襲うから素敵なんです。そして、好き放題に欲情をぶつけた後で、ふと冷静になった彼が後悔する姿を眺めて、今度は私が慰めてあげるんです。そういう過程が大切なんです」

『思いをぶつけられる側としては、堪ったものじゃないね』

「大丈夫です。おじさんはそんな私を受け入れてくれます」

『その自信はどこから出てくるんだい？』

「だって私たちは、お互いに似た者同士ですから」

『……そうかい』

お互いに足りないものを補完し合える私たちは、きっとお似合いの二人だ。だからどうか、早く私のことを犯しに来て欲しい。準備は既にできているのだから。いっそのこと、そのまま殺してくれても構わない。

使徒が死んで慌てふためくアバドンの姿を見れないのは残念だけれど。

しかし、どれだけ待ってもおじさんは自宅から戻ってこなかった。

小一時間ほど、私たちは隣の部屋の玄関ドアを眺めて過ごした。

「アバドン、私はどれくらい待てばいいのですか？」

『うーん、そうだねぇ。これは僕もちょっと想定外かなぁ……』

「まさか失敗したんですか？」

『並の人間には、堪えられるような衝動じゃないんだけれど』

「…………」

それから更に小一時間ほどを待った。

しかし、以降もおじさんが部屋から出てくることはなかった。

*

自宅アパートでピーちゃんと合流した後は、二人静氏が用意した拠点に移動だ。過去に利用していた埠頭の倉庫が、阿久津課長に捕捉されてしまった手前、いつぞや利用した高級ホテルで落ち合い、別所に自動車で向かうことになった。

現在は首都高速を西に向かい移動中。

お隣さんに感じた耐え難い劣情については保留である。帰宅した直後には、トイレに駆け込んだ飼い主の姿を確認していた文鳥殿から、腹の具合は大丈夫かと、気遣いのお言葉を頂戴してしまった。

『娘よ、目的地にはどの程度で到着するのだ？』

「渋滞に引っかからなければ、小一時間ほどかのぅ」

『……そうか』

「しかし、リザードマンのぅ？　あれマジでなんなの？」

『リザードマンはリザードマンだ』

「お主らの世界には、あんな生き物が闊歩しておるのかぇ」

移動中の車内では、局での出来事を受けて会話が交わされている。自宅アパートで留守番をしていたピーちゃんを交えての情報共有だ。彼には例によって、お出かけ用のケージに収まって頂いた。膝の上で抱かせてもらっている。

後部座席にはスモークが貼られているが、万が一に備えての対応だ。

『我々の世界はこちらの世界よりも多様性に富んでいる』

「いくらなんでも富み過ぎじゃと思うのだけれど」

『それよりも優先して検討すべきは、阿久津と言っただろうか？　貴様たちの上司の存在ではなかろうか。我々の存在を疑っているというのであれば、早い内に対処するべきだと、我は考えているのだが』

「あ、それ儂も賛成。そろそろ呪われ仲間が欲しいのぅ」

移動中、特筆すべき点があるとすれば、それは運転手。なんと二人静氏が自らハンドルを握っている。

おかげで車内では好き放題にお喋りが可能。他者の目を気にすることなく、ピーちゃんを交えてやり取りすることができている。多分、彼女もその辺りを考慮して運転席に収まってみせたのだろう。

ただ、見た目完全に女児だから、違和感が半端ない。

っていうか、めっちゃ不安。

次の瞬間にでも事故るんじゃないかと。

シートとか、これでもかと言うほど前の方にスライドされているし。

『どうした？　何か気になることがあるのか？』

二人静氏の運転風景に見入っていたところ、ピーちゃんからお声掛けを頂戴した。彼の身動ぎする気配を視界の隅に捉えて、運転席に向けていた視線を手元に下げる。透明なビニール製のガード越しに愛鳥と視線が合った。

「え？　あ、いや……」

『その娘がどうかしたのか？』

「二人静さんがご自身で運転されるとは思わなかったもので」

「ワイルドじゃろぉ？　イケとるじゃろぉ？」

彼女の名前を口にすると、運転席からはすぐさま反応があった。

ルームミラーに得意げな笑みが映る。

なんかちょっと格好いいのが悔しい。

一方で自身はと言えば、ここ数年ほど自動車を運転していない。免許こそ学生の内に取得したものの、会社と自宅の往復に過ぎていった社畜生活は、その手の趣味にかまける余裕もなくて、立派なペーパードライバーを誕生させてくれた。

多分、今乗ったら普通に事故る。

少なくとも都内の複雑な道路は絶対に無理。

「大型二輪も持っておるぞぇ？　限定解除も一発じゃ」

「え、マジですか？」

その言い方だと、もしや一発試験の時代ではなかろうか。当時は司法試験よりも合格率が低かったと、以前の勤め先の上司に自慢された覚えがある。なんでも大型二輪に跨っていることが、一種のステータスであったそうな。

個人的には、その見た目でよく取得できたと思わざるを得ない。

『この乗り物の運転はそれほど大変な行いなのか？』

「いや、そういう訳じゃないけれど……」

「いずれにせよ文鳥風情には土台無理な行いじゃろうなぁ」

『そのようなことを言っていると、呪いの紋章が拡大するぞ？』

「ひぃっ、なんとご無体な……」

しかも我々が乗り込んだのは大型のセダン。

黒塗りの高級外車である。

ボンネットの先端に女神像が付いているタイプ。

違和感も甚だしい。

「阿久津課長の扱いだけど、呪いは待ってもらってもいいかな？」

『何故だ？』

「あの人の場合、どこにどんな知り合いがいるか分からないでしょ？　国の官僚という立場もあるから、呪いが本人をどうこうする前に、僕らに対して威力的なアプローチを取ることも、決して不可能じゃないと思うんだよね」

「あぁん？　それって逆に言うと、儂のこと軽く見とる？」

「個人的には貴方とも、呪いなしでお付き合いしたかったのですが」

『貴様の場合は自業自得だろう』

「ぐぬぬぬぬっ……」

それに二人静さんのときほど、緊迫した状況でもない。

今すぐにどうこうするのはやり過ぎだと思う。

かなり即効性のある魔法だから、もし仮に対処するとしても、しばらく様子を見てからであっても問題はないと思う。最悪、ピーちゃんの魔法で眠らせて、異世界に連れて行ってしまう、みたいなやり方も使えるし。

むしろ我々に恨みを持った状態で、彼に活動されることの方が怖い。

『そういうことであれば、貴様の意見を優先しよう』

「ありがとう、ピーちゃん」

「呪われ仲間が欲しいのぅ。一人と言わずに二人、三人と欲しいのぅ」

「ただ、このまま何もしないというのも不安なんで、二人静さんには課長のことを探って欲しいんだけれど、そういうのって頼めますか？　どうやらそちらの古巣とは、多少なりとも付き合いがあるらしいんですよ」

「まあ、それくらいなら構わんけどぉ？　儂も気になるし」

「すみませんが、どうかお願いします」

それからしばらく我々は、ああだこうだと軽口を交えつつ、車上で当面の動き方について話し合いを続けた。しかし、残念ながらリザードマンの存在を誤魔化(ごまか)すための案は浮かばず、検討は明日以降に持ち越しとなった。

自動車が目的地に到着したのだ。

二人静氏が用意した新たな拠点は、相模湾沿岸部にある港の一つ。そこに幾つか立ち並んだ倉庫の一つだった。ビジュアル的には以前と大して変わらない。学校の体育館さながらの広々とした倉庫内に、コンテナが幾つも並んでいる。

その只中(ただなか)に立って、内部の景観を眺める。

こちらから事前に要望を上げていた、砂糖やチョコレートといった大量に必要な食料品については、既に運び込んであるとのこと。好きなように持っていって欲しいとご説明を受けた。よく見てみるとコンテナに品目の記載が見られる。

「以前も埠頭の倉庫でしたが、海運業でも営んでいるんですか？」

「何を言うておる、海路を使えたほうが便利じゃろう。砂糖だ何だと、妙なものを仕入れる側の気持ちにもなって欲しいのぅ？　今後、どんな無理難題を言い付けられるものかと、儂はビクビクとしておるよ」

「なるほど、お気遣いありがとうございます」

そうして考えると、海産物とか、どうだろうか。

思い起こせばミュラー伯爵の町では、海を見た覚えがない。もしもある程度の距離があるようなら、新鮮な魚介類がそれなりの値段でお取引できるかも。美食家のお貴族様に向けて、お刺身とかご提案してみようか。

いやしかし、向こうは氷系の魔法があるからな。

意外と普通に流通している可能性もある。

いずれにせよ食品関係は皆々と相談してから決めよう。

『それでは早速だが、あちらの世界に渡るとしよう』

「頼むよ、ピーちゃん」

二人静氏に見送られて、我々は現代日本を出発した。

＊

異世界に渡った我々は、まず最初にミュラー伯爵の下を訪ねた。

二人静氏が用意した物資の運び込みについては、彼から現地の情報を確認してからでも遅くはない。運び込み先もケプラー商会さんの倉庫となるので、ヨーゼフさんとの会話は不可避。先んじてこちらの世界の状況を確認しておくべきかと考えた次第である。

そんなこんなで訪れたるは、伯爵家の応接室。

同所でソファーに掛けて、ミュラー伯爵と向き合っている。

「よく来てくれた、ササキ殿、それに星の賢者様」

「毎度のこと事前連絡もなくすみません」

『急な来訪をすまないな、ユリウスよ』

「そんな滅相もない。おふた方の事情は存じております
ので」

ローテーブル越しに挨拶を交わす。

卓上には以前にお邪魔した際と同様、立派な止まり木が用意されている。お互いに世辞を交わした直後、自身の肩からひらりと飛び上がったピーちゃんが、そちらに居場所を移した。その姿を眺めて心なしか、ミュラー伯爵の表情が嬉しそうになる。

相変わらず愛されておりますね、星の賢者様。

「いきなりで申し訳ないが、ササキ殿に急ぎで伝えたいことがある」

「是非お願いします。我々もこちらの世界の情報を欲しておりまして」

「そう言ってもらえて助かる。陛下の跡目争いの関係なのだが……」

挨拶も早々、ミュラー伯爵から異世界の政治模様が伝えられる。

続けられたのは我々もビックリの内容だった。

曰く、ディートリッヒ伯爵が第二王子の派閥に鞍替え

したのだとか。以前の来訪時には、ハーマン商会の店長さんと組んで、ミュラー伯爵に嫌がらせをしていた人物である。彼の言葉に従えば、親の代から啀み合っていた家だという。

それがまさかの鞍替え。

ヘルツ王国全体からすれば、二人のやり取りは地方貴族の諍いに過ぎない。しかし、陛下の跡目争いが始まって間もない時分、更には一発目の離反ということも手伝い、ヘルツ王国の社交界ではかなり話題になっているとのことだった。

「ケプラー商会との件も、既に噂になってしまっている」

「なるほど」

むしろそちらの方がヘルツ王国の貴族様としては、気になる趨勢ではなかろうか。ヨーゼフさんを前にしてはミュラー伯爵のみならず、アドニス王子までもが一歩へりくだっていたことを思い起こす。

ただ、それ自体は決して悪いことじゃない。

アドニス殿下やミュラー伯爵の宮中での立場が良くなることは、その下でスローライフに励んでいる我々としても喜ばしい限り。今後とも彼らの威光のご厄介になりたいとは、ピーちゃんとの共通した見解である。

「その関係でササキ殿にも話題が及んでいるのだ」

「私ですか？」

「ササキ殿はアドニス殿下の母君の強い意向があって騎士に取り立てられた。その直後にこの騒動。更にはディートリッヒ伯爵の口から、直々に名前が上げられたことも手伝い、第二王子派閥では話題の中心と称しても差し支えない」

「……左様でございますか」

そうして語るミュラー伯爵は、なんとも申し訳なさそうだ。

これはもしかして、あれか。

以前、騎士の称号を頂戴したときと同じ雰囲気を感じる。

「まさかとは思いますが、もしや以前のように王城へ……」

「誠に申し訳ないが、私と共に登城しては頂けないだろうか？」

予感は的中であった。

　ソファーから立ち上がった彼は、その場で我々に対して頭を下げた。旋毛が真正面から拝めるほど、深々と腰を曲げてのお辞儀である。過去に目の当たりにした彼の態度と比較しても、より一層のこと畏まっている。

「私はササキ殿に迷惑をかけてばかりだ。本当に申し訳なく感じている」

「頭を上げてください、ミュラー伯爵」

　続けられた懇願の声は、とても辛そうなものだった。

　すぐ傍らにいる星の賢者様の存在を意識しているのではなかろうか。尊敬する人物に自らのつたない姿を晒して、自尊心を痛めているように思われる。他人に頭を下げることに躊躇がない自分からすると、少し羨ましくも思える在り方だ。

　同時にここまで敬える相手が、身の回りにいたことに対しても。

「こうして他者の好意に縋るばかりの卑しい立場に、誹りの言葉を欲している。私のことは見限ってくれても構わない。だからどうか、私とともに王城まで足を運んではもらえないだろうか？　どうか、このとおりだ」

　こちらからの言葉にも頭を上げる様子は見られない。放っておいたらずっとお辞儀をしていそうな気配を感じる。

『らしくないな、ユリウスよ』

「っ……」

　文鳥殿の何気ない呟きを受けて、伯爵の肩がピクリと震えた。

　頭を下げた姿勢のまま、全身の強ばる気配。

　けれど、これといって応じることはない。

「ピーちゃん？」

　今の一言に、どれほどの意味があったのだろうか。

　自分には分からない。

　ただ、二人の間には何かしら通じるものがあったみたいだ。

　見かねたピーちゃんから、続けざまに催促が入った。

『もう少しばかり詳しい話はできないのか？』

「そ、それは……」

『我とこの男とは、そこまで頼りない存在だろうか？』

言葉少なにやり取りする様子は、お互いに分かり合っている感じが格好いい。彼らが決して短くない時間を共にしてきただろう背景を感じる。王城の謁見の間に通じる通路、そこで目の当たりにしたピーちゃんの肖像画が、ふと脳裏に浮かんだ。

金髪、碧眼。

幼くも威厳と余裕に満ち溢れた文鳥殿の前世の姿。

「……娘が、エルザが人質に取られております」

おぉ、なんてことだろう。

本当にどうしようもないぞ、ヘルツ王国の貴族社会。

『そうまでして、我々のことを庇い立てしていたのか』

「……力及ばず、申し訳ないばかりでございます」

事態は自身が想像していた以上に深刻だった。

ミュラー伯爵の自尊心が云々どころの話ではない。

もっと大変なことになっていた。

伯爵は頭を下げたまま受け答えしており、その面持ちを確認することはできない。ただ、喉の震えが感じられる声の響きから、彼が胸の内に湛えている感情は、なんとなくでも察することができた。

彼にしてみれば究極の二択であったことだろう。

なんというかもう、申し訳なさ過ぎて愕然とする。

『すまない、それもこれも我の失態だ』

「いいえ、違います。私の力足らずが原因でございます」

しかもその事実になんとなく気づいていたピーちゃん凄い。素直に圧倒されつつも、少し悔しく思う感じ。

多分これこそが、ミュラー伯爵が星の賢者様に感じている思いの走りなのではなかろうか。魔法だとか政治だとか、その手の行いには知見が及ばない。けれど、この場でのやり取りはその限りではない。

『相手は王妃か？　まさかアドニスの行いではあるまい』

「いえ、アインハルト公の命にございます」

『なるほど、たしかにあの者であればやりかねん……』

ミュラー伯爵の口から、覚えのない人名が聞こえてきた。

第二王子の派閥も一枚岩ではないということだろう。

ミュラー伯爵とアドニス殿下の間柄を鑑みれば、そのアインハルト公というのは、かなりの権力者と思われる。

どういったやり取りの末に、エルザ様が人質となったのかは知らないけれど、王族からの反感をも厭わないやり口には不安を抱く。

『そうなると肝心の娘はどこにいる？　公爵領だろうか？』

「いえ、首都アレストの屋敷ではないかと思います」

『宮中で何かあったのか？』

「ご指摘の通り、アドニス殿下にご挨拶の折、宮中で娘を巻き込んでの騒動がございました。見ての通り私は田舎の貴族ですから、向こうしばらく公爵から、娘の嫁入り教育をとのお話を頂戴したことが発端となりまして」

ここ数ヶ月でアドニス殿下と急接近したミュラー伯爵は、第二王子派閥における出世頭。そんな彼の一人娘ともなれば、嫁ぎ先は伯爵よりも位の高い貴族の家柄になると思われる。そこに付け込んででっちあげた大義名分のようだ。

エルザ様、とっても素直な性格の持ち主だからな。

きっと簡単にコロッと謀られてしまったことだろうさ。

『ふむ、アインハルト公にしてやられたか』

「……不甲斐ないばかりでございます」

なんておっかないんだろう、ヘルツ王国の王城。

自国の貴族であっても、下手に歩き回れないこの感じ、完全にラストダンジョンの風格である。権力闘争に取り憑かれた魑魅魍魎の跋扈する様相は、モンスターの集団とはまた違った恐ろしさを感じる。

けれど、今回ばかりは躊躇してもいられない。

「ミュラー伯爵、これからでも首都に向かいませんか？」

何故ならば今回は、自分も決して無関係ではないから。ピーちゃんに甘えて好き勝手に動き回った結果、ミュラー伯爵に迷惑をかけてしまった。ケプラー商会さんを巻き込んでの一件は、完全に自身の判断である。

『我々に協力してくれるか？』

「むしろこちらこそ、色々と申し訳ないばかりだよ」

『すまないな、我々の面倒に巻き込んでばかりで』

「それを言ったら自分も、色々と負担を強いているじゃない」

ここ最近は一人で留守番をお願いする機会が増えた。

人前で文鳥の振りを強いることも然り。

移動に際しては、手狭いケージに入ってもらっている。

『貴様の部屋でインターネットに興じる時間には、割と充実を覚えている。人の姿を失ったことで、これまで見えていなかった物事に気づく機会も増えた。当面は有意義な時間を過ごすことができると考えている』

「そうかい？　気遣い上手な文鳥が相棒で僕は嬉しい限りだよ」

『うむ、それはなによりだ』

こちらを振り返って語る文鳥に親しみを覚える。

いつか彼が人の姿を取り戻す日は来るのだろうか。これまでに見聞きした彼の超人的な活躍を思うと、それは近い将来の出来事のような気がする。ただ、その是非を聞くことはどうしても憚(はばか)られて、今のところ話題に上げることはしていない。

しかしなんだ。

異世界を訪れるたびに、何かしら問題が発生している気がする。

＊

ミュラー伯爵と我々は、すぐにヘルツ王国の首都へ向かった。

移動は例によってピーちゃんの空間魔法。

王都には貴族たちの住まう屋敷の立ち並んだ一角がある。それは地方に領地を持った貴族であっても例外ではない。要は江戸藩邸のようなもので、自身が所有する領地の他に、王族のお膝元にも家を所有しているらしい。

お城に近い区画ほど、格上の貴族のお屋敷となるそうな。

そして、ミュラー家も例外ではなく、界隈(かいわい)にお屋敷を維持していた。エイトリアムにある本宅ほどのスケール感は見られないが、それでも立派に映る総石造り。メイドさんや執事の方々も大勢勤めていらっしゃる。

当面の拠点として、ミュラー伯爵からそちらにご案内を受けた。

今後は自由に使ってくれて構わない、とも。

個人的にはピーちゃんが生前に住まっていたお屋敷とか気になるのだけれど、そちらについて確認したところ、彼とは敵対関係にある貴族が徴収の上、既に我が物顔で利用しているとの説明を受けた。

　これを語るミュラー伯爵は、それはもう辛そうな面持ちであった。本人はこれといって気にした素振りもなかったけれど、個人的にはいつの日か、取り戻せるものなら取り戻してあげたいと考えている。

　帰るべき場所があるというのは、大切なことだと思うから。

「おぉ、ミュラー伯爵、こちらに戻ってきたのか！」

「アドニス殿下、いらしていたのですか」

　ところで、ミュラー伯爵のお屋敷には先客の姿があった。

　ヘルッ王国の第二王子、アドニス殿下である。

　お屋敷の案内を受けている道すがら、廊下で鉢合わせした。

　傍らには護衛と思しき騎士たちの姿も見受けられる。

「この屋敷の者たちから、伯爵は領地に戻ったと聞かされたところだ。そこで私もこれから、エイトリアムに向かおうと考えていた。だが、その様子だと先の件については、解決したと考えていいのだろうか？」

「おふた方のご厚意から、ご足労を願う運びとなりました」

　先の件というのは、エルザ様の人質騒動を指しているのだろう。

　殿下の視線がチラリとこちらに向けられた。

　どうやら彼も事情には通じているようである。

「そういうことであれば、私からも少し話したいことがある。なにぶん急なことで悪いとは思うが、これから少しだけ時間をもらいたい。できればそちらの二人にも、今のうちに伝えておきたいことがあるのだ」

「よろしいだろうか？　ササキ殿」

「ええ、是非ともお願い致します」

　こちらが頷くのに応じて、ミュラー伯爵の案内で場所を移動。

　お屋敷の応接室にお邪魔する運びとなった。

　殿下の護衛を務めている騎士たちは、本人の意向から別室で待機。当人たちは渋っていたが、殿下直々に指示を受けると素直に去っていった。これにより誰に気兼ねすることなく、ピーちゃんも会話に参加できる。

お互いの位置関係としては、向かい合わせで用意されたソファーの一方に殿下。これにミュラー伯爵と二人で並び臨んでいる。本日は止まり木の用意をしている暇もなかったので、文鳥殿は相変わらず肩の上だ。

「ササキに対して、男爵位の授爵が予定されている」

場所を移すや否や、アドニス殿下から話題が切り出された。

どうやら現代のみならず、異世界でも昇進の予感。

けれど、こちらの世界における身分の変化は、素直に喜べないのが悲しい。名ばかりの管理職になって、給料が減らされた上に残業時間が増える、みたいな出来事がそこらじゅうに転がっていそう。

そもそも何故に昇進。

これといって活躍した覚えはない。

「すみません、それはどういった理由があってのことでしょうか?」

「ケプラー商会と共に、ルンゲ共和国で商会を設立したであろう?」

「ええまあ……」

「これがディートリッヒ伯爵の口から母上にまで伝わったのだ。ササキを自国の貴族として確実に囲い込みたいのだろう。父上も意欲的だ。以前までであれば渋ったかもしれないが、マーゲン帝国の侵攻を受けて焦りを覚えているのだろう」

「だとしても、そんな簡単に爵位を与えてしまうのですか?」

「そこで問題となってくるのが、ササキに下賜される領地だ」

「宮中に役柄を与えるのではないのですか?」

「レクタン平原をとのことで話が進んでいる」

「なっ……」

殿下の言葉を受けて、伯爵の表情に変化があった。

目を見開いて驚いている。

レクタン平原なる響きには自身も覚えがある。そちらは以前、マーゲン帝国の兵がヘルツ王国に攻めてきた際、前者の軍勢が駐屯していた界隈だ。そこを狙ってピーちゃんの魔法が炸裂した光景は、未だ鮮明な記憶として脳裏に焼き付いている。

ミュラー伯爵領とも一部で境界を接しているのだとか。

「この時世にあのような場所を領地として下賜されたところで、何ができるというのでしょうか？　そもそも町や村はおろか、小さな集落の一つでさえもないのに、どうやって税収を得ればいいのか」

「ああ、ミュラー伯爵の言い分は尤もだ」

「そもそもあの地は緩衝地帯、国土と言えるのでしょうか？」

「父上はマーゲン帝国との戦いの戦果として、彼の地を我が国の領土として扱う腹積もりのようだ。当面の有事に備えて一帯に堀の一つでも用意せよと、領地の下賜に際して話題に上がることは容易に想定される」

「ア、アドニス殿下、それはあんまりではありませんか？」

「当然ながら私は反対している」

「失礼ですが、殿下の母君のご意向なのでしょうか？」

「それがどうやら、父上とアインハルト公の間で話が進んでいるらしい」

首都を訪れる前に、ミュラー伯爵からも聞いた名前だ。殿下の父上、ヘルツ国王と直々に話を進められる身分となると、かなり位の高い貴族様と思われる。しかも直近では、伯爵から娘が人質に云々とご説明を受けている。

そのような相手から、我々の身の上が話題に上がっているというのは、聞いていてとても恐ろしく感じられる。スーツの薄い生地越し、自らの肩に感じるピーちゃんの爪の感触だけが、自分にとっては心の支えである。

「アインハルト公は父上と仲がいい。しかも面倒なことに、私を担ぎ上げている派閥では最大の権力者と言える。どれだけ声を上げても、父上まで意見が通らないのだ。母上にも頼んではみたが、なかなか上手くいかない」

「それが理由でササキ殿が国を離れるとは考えないのですか？」

「アインハルト公としてはそれでも構わないのだろう。身内の恥を語るばかりで申し訳ないが、父上は公に上手いこと丸め込まれてしまっている。あるいはそうした危惧を押してでも、レクタン平原を取らねばと焦りを覚えているのか」

「……左様でございますか」

「そこで私も直接、その方らに情報を伝えに訪れたのだが……」

アインハルト公としては、第二王子の派閥内で頭角を現し始めたミュラー伯爵への牽制、という意味合いが大きいと思われる。マーゲン帝国との国境沿いに我々を留めておけば、それだけ宮中では先方も動きやすくなる。

取締役会に楯突いた叩き上げの執行役員部長を僻地に左遷、みたいな感じ。

多分これは第二王子派閥における、派閥内闘争の一端じゃなかろうか。

ミュラー伯爵から首都行きを願われたのも、これが理由に違いない。

本人はそこまで知らされていなかったようだけれど。

一方でヘルツ国王としては、殿下の言葉ではないけれど、マーゲン帝国に対して恐れを抱いているのではないかと思う。そのようにして考えると、レクタン平原でのお務めを引き合いに出せば、我々であっても王様を相手に譲歩を得られるかも。

『これといって問題はないのではないか？』

そうこうしていると、これまで黙って成り行きを眺めていたピーちゃんが呟いた。

悲愴感の漂っているアドニス殿下やミュラー伯爵とは対照的に、あっけらかんとした物言いだった。そうして述べられた言葉通り、なんら気にした素振りも見られない。だからだろう、自ずと皆々の視線が彼に集まる。

これを受けて文鳥殿はツラツラと語り始めた。

『領地に民が居ない？　結構なことではないか。手間がかからなくていい。むしろ我々としては、中央から距離を設けるための、体の良い言い訳を得たようなもの。この機会に引っ込むとしよう』

「ですが、貴族としての務めについては……」

『堀の一つや二つ、素直に造ってやろうではないか。向こう数年ほどかけてゆっくりと仕上げればいい。こちらが僻地で苦労している分には、先方もこれといって難癖を付けてくることはあるまい？』

どうやらピーちゃんも自分と同じようなことを考えているみたい。

ヘルツ王国の貴族からすれば、屈辱以外の何物でもない境遇。しかし、喧騒から離れてスローライフを望む我々からすると、むしろ好都合である。下手に宮中でお仕事などもらった日には、それこそ大変なことだ。

『それに我々が金をばら撒けば、貴様の領地も潤うことだろう』

「わ、私のことなど気にして頂かなくとももっ……」

ケプラー商会さんとのお取り引きも手伝い、我々の懐はかなり温かい。貴族として上を目指すのでなければ、ピーちゃんの言葉通り、当面はヘルツ王国における立場を得るため、お堀造りに精を出すというのも悪くない選択である。

しかしながら、不安がないと言えば嘘になる。

「だけど、マーゲン帝国からちょっかいとか出されないかな？」

『まず間違いなく出してくるだろうな』

「それって駄目じゃない？」

『大丈夫だ。我に考えがある』

「……本当？　それで素性がバレたら本末転倒だよ？」

『その点についいては我も、先の件を受けて色々と考えていたのだ』

まあ、ピーちゃんがそう言うなら大丈夫だろう。

門外漢は大人しく口を閉じる。

アドニス殿下とミュラー伯爵もそう判断したようで、以降はこれといって異論が上がることもなかった。

＊

翌日、ミュラー伯爵のお屋敷で一晩を過ごした自分とピーちゃんは、アドニス殿下の案内で登城する運びとなった。本来であれば王様への謁見には、それなりに手間が掛かるそうだ。しかし、そこは第二王子の手引きとあって超特急。

なんと当日中に謁見が許されてしまった。

昨晩の内に殿下が交渉っておいてくれたのだろう。

そんなこんなで足を運んだ先は、以前もお邪魔した謁見の間に通じる待機スペース。十畳以上の広さがあり、部屋の造りや調度品も豪華なものだ。家財の消えて寂しくなったミュラー伯爵家の応接室と比べたら、もはや雲泥の差である。

そこで前回と同様にボディーチェック。

そして、専用の廊下を経由して謁見の間に向かう。

途中には依然としてピーちゃんの肖像画があった。

「…………」

「どうした？　ササキ殿」

「いえ、なんでもありません」

これを歩みがてら眺めていると、ミュラー伯爵から突っ込みを頂戴した。

相変わらず星の賢者様のこととなると、目が早くあらせられる。

肖像画に描かれた彼の頭髪が、とても鮮やかで綺麗なブロンドだったものだから、などと伝えたら、どのような話題が返ってくるだろうか。

代わりに適当なお返事をしつつ、我々は廊下を進む。

そんなこんなで訪れたるは謁見の間。

前にもヘルツ国王とお会いしたスペースとなる。

我々が到着したとき、同所には既に大勢の貴族が見受けられた。

一方的に与えられる視線に囲まれながら、空の玉座に向かい足を進める。そして、ミュラー伯爵と横並びとなり、床に膝を突いて頭を垂れる。そうして陛下の登場を待つことしばらく、頭上から声が与えられた。

「面をあげよ」

顔を上げると空だった玉座には人の姿。

ヘルツ国王が座していらっしゃる。

五十代も中頃と思われる美丈夫で、彫りの深い厳つい顔立ちをした威厳たっぷりのイケメンだ。こういう年のとり方をしたいと思わざるを得ない在り方である。アドニス殿下とお揃いの銀髪が印象的に映る。

王様の隣には王妃様。こちらも以前の謁見とお変わりない。三十代も中頃と思われる顔立ちの整った女性だ。人の良さそうな笑みを浮かべてはいるが、メイドに扮して客人の個人情報をすっぱ抜くような人物である。

気になったのは彼らのすぐ傍らに立った男性だ。

以前は見られなかった誰かの姿がある。

アドニス殿下と同じ銀髪の持ち主。ただし、その顔立ちは対照的で、どことなく陰鬱さが感じられる。頭髪も男にしては長くて、片目が隠れてしまっている。端的に申し上げると、絵に描いたような陰キャ。だけど、イケメン。

位置関係的に一介の貴族が立てるポジションではない。もしやアドニス殿下のご兄弟ではなかろうか。

その肩書にあれこれと想像を巡らせていると、陛下から声が上がった。

「ミュラー伯爵よ、度々呼び出してしまいすまないな」

「いいえ、滅相もありません」

陛下とミュラー伯爵の間で世辞が交わされ始めた。

自身は黙ってこれを眺めるばかり。

おっかない顔立ちをしている割に気さくな前者の語りっぷりは、後者に対する信頼の表れのように思える。アドニス殿下が戦地から無事に帰ってきたことを喜んでいたのは、きっと本心からの思いであったのだろう。

「伯爵のおかげで、アドニスも最近は武芸に余念がない。暇を見つけては剣を振るっておる。戦地で目の当たりにした伯爵の剣の腕前に惚れ込んだようだ。もしよければ、稽古をつけてやってはくれないか？」

「殿下の剣の指南役など、私如きには恐れ多くございます」

「そう畏まるような間柄でもないのだろう？　頼んだぞ、ミュラー伯爵よ」

「陛下から直々にお声を頂戴しましたこと、末代までの誉れと存じます」

ただ、そうした会話も束の間のこと。

隣で控えた異邦人にも陛下から声が掛かった。

「ところで話は変わるが、余は騎士ササキに聞きたいことがある」

「はい、なんなりとお申し付け下さい」

会場に居合わせた貴族たちの視線が、一斉にこちらに向かうのを感じる。ミュラー伯爵に対しても、割と辛辣な雰囲気を感じさせた面々が、自身に至っては完全に異物を眺めるような眼差しを向けている。

視界の隅に映る方々だけであっても、それはもう顕著なこと。

「なんでも噂に聞いたところ、その方(ほう)はケプラー商会と通じて、ルンゲ共和国に商会を設けたそうではないか。

つい先月には頭取のヨーゼフ殿が、直々に我が国まで足を運んだとも聞いておる」

「お言葉の通り、彼の国には商会を設けさせて頂きました」

素直に頷いたところ周囲の貴族一同から声が上がった。え、マジで？　みたいな雰囲気。

謁見の間にざわざわと声が響き始める。

「同国との国交は我が国にとって非常に価値のあるものだ。当然ながらこれに当たる者には、相応の立場を与えねばならない。そこで騎士ササキには本日をもって、男爵の位と宮中で外交に携わる役割を与えることとする」

アドニス殿下から聞かされたとおりの流れだ。

けれど、若干の相違が見られる。

宮中に役割ではなく、領地をとのお話であった。

すると直後、居合わせた貴族の一人から声が上がった。

「陛下、いくらなんでもそれは、分不相応ではありませんか？」

「アインハルト公、藪から棒になんだというのだ」

「たしかに彼の国との関係は重要です。ルンゲ共和国に商会を設立したというのも事実なのでしょう。しかし、この騎士が行ったことは商会を設立したのみです。我が国に対して、何の貢献もしておりません」

「……なるほど」

謁見の間に居並んだ貴族たちの中でも、取り分け立派な身なりをした人物だ。年齢は五十代も中頃ほどと思われる。ふさふさと茂った白髪をバロック時代の作曲家さながらに整えた髪型が印象的だ。

陛下の声に従えば、彼こそがアインハルト公。

「場合によっては、我が国の品位を貶める可能性もあります」

「たしかにアインハルト公の懸念は当然のことだ」

「であればこそ、我らが敬愛する陛下にはご再考を願います」

「ふむ……」

アインハルト公の発言を受けて陛下が悩み始めた。

貴族たちの注目もこれに向けられる。

対して自らの意識は、すぐ隣に並んで床に膝を突いているミュラー伯爵に向かった。アドニス殿下が言っていたことと違うじゃないですか、と。ただ、彼の注目は前方に向けられており、こちらに気付いた様子は見られない。

個人的には王宮で仕事とか、絶対に勘弁願いたい。

そうこうしていると、改めて陛下から反応があった。

「では、このようにしよう。騎士ササキには男爵の位と、先の戦で得た土地から、レクタン平原を領地として与えるものとする。彼の地はミュラー伯爵領とも接している。お互いに協力して、どうか我が国に良き流れを作って欲しい」

結果的に覚えのある地名が届けられたぞ。

悩んだ素振りを見せてから代案を提示したヘルツ国王と、これに頷いてみせるアインハルト公。二人のやり取りを目の当たりにして、謁見の間に顔を見せている貴族たちからは、あれやこれやと声が上がり始めた。

どうやら当初から、一芝居打つ算段であったようだ。

早合点しなくてよかった。

両者のやり取りは、他所の貴族の反発を抑える意味合いもあったのかも。その手の理由から、アインハルト公が陛下から譲歩を引き出すかたちを取った、みたいな想像は容易に浮かぶ。

考え始めると際限がないな、ヘルツ王国の貴族模様。

阿久津課長とか放り込んだらどうなるのか、ちょっと気になっている。

「ササキ男爵にはせめて、防壁の一つも築いて頂きたいところだ」

間髪を容れず、アインハルト公から注文が入った。

アドニス殿下から伝えられた以上の要求である。

防壁と言われても、どの程度のものを想像しているのやら。

「ケプラー商会との話が本当であれば、容易い行いではないか？」

陛下に代わり、ああだこうだと述べてみせる公爵殿。

これが謁見の間での出来事であると思うと、ヘルツ王国は存外のこと、王族の権力が弱いのかもしれない。かなり貴族が幅を利かせているのではなかろうか。

同時に二人の会話を耳にしていて思った。

陛下ってば意外と我々に期待しているのかも。

「ご期待に添えるよう、粉骨砕身の心意気で臨ませて頂きます」

いずれにせよ、我々の対応は変わりない。

当初の予定どおり、素直に頷かせて頂こう。

けれど、これで終えてしまうのは勿体ない。せっかくアインハルト公と顔を合わせる機会に恵まれたのだ。ピーちゃんからも太鼓判を頂いているレクタン平原での公共事業、これにかこつけて、ミュラー伯爵の問題も解決してしまいたい。

「際しましては陛下、一つ嘆願をお聞き願えませんでしょうか」

「ほう？　言うてみるといい」

アインハルト公から王様に視線を移して物申す。

皆々の注目が再び我が身に集まった。

今度は何だよ、といった雰囲気を感じる。

「レクタン平原に防壁が完成するまで、この身が首都アレストに戻ることはないと、ここに誓います。ヘルツ王国の繁栄のため、必ずや成し遂げてみせます。ですから何卒（なにとぞ）、ミュラー伯爵家に彩りを戻しては頂けませんでしょうか？」

「サ、ササキ殿っ……」

なんたって、星の賢者様が大丈夫だと言ったのだ。

ここは自分の頑張りどころである。

「貴様、騎士風情が陛下に嘆願などと、不敬であるぞ！」

即座に、アインハルト公が声を上げた。

彼も陛下とお喋りをしていたので、自分も少しくらいなら構わないのではなかろうか、なんて思った。けれど、どうやら駄目だったようだ。それはもう怖い顔で睨（にら）まれてしまった。同じ貴族でも騎士と公爵では雲泥の差である。

ただ、そうは言っても今回の機会を逃したら、次はいつアインハルト公にご意見できるか分からない。他者の目もある状況で、彼よりも格上と思しき陛下を引き合いに出して交渉できるこの場は、千載一遇の好機である。

どうかお願いしますと、陛下を見つめさせて頂く。

すると先方から反応があった。

「彩りとな？　それはどういったことだろうか」

やったぞ、どうやらお話を聞いてもらえそうな感じ。

ただ、長々とお喋りできそうな雰囲気でもない。

「仔細はアインハルト公にご確認を願いたく存じます」

「……ふむ」

公爵殿にチラリと視線を向けつつの受け答え。

先方は怖い顔で新米男爵を睨んでいる。

防壁が完成しても当面、王宮には近づきたくないな。

そうした我々の面前、陛下は足元に視線を落として、なにやら考えるような素振りを見せる。しかし、難しそうな面持ちをしていたのも束の間のこと。顔が再び上げられたとき、その口からは承諾の声が。

「いいだろう。アドニスの覚えもいい者からの願い、叶えるとしよう」

王様が頷いた直後、居合わせた貴族たちからわっと声が上がった。耳に届けられた個々の呟きは千差万別である。素直な驚きであったり、自身に対する非難であったりと、人によって様々な反応が窺えた。

とりあえずこの場は素直にお礼をしておこう。

「ありがたき幸せにございます」

膝を床に突いた姿勢のまま、深々と頭を下げて応じる。

するとその直後、正面から若々しい声が聞こえてきた。

これまでの会話になかった響きだ。

「そこまで言われると、逆に気になってしまうなぁ」

声色がアドニス殿下とそっくり。

一瞬、殿下がやってきたのかと思った。けれど、ハキハキとした語りっぷりの彼とは、些か語調が異なって聞こえる。疑問に思ったところで、少しだけ視線を上げる。

すると視界の隅で声の持ち主が顕わとなった。

陛下の近くに立っていた銀髪の陰キャ少年である。

「どうした？　ルイスよ」

「なんでもありません、父上。お気になさらずに」

父上、とのことである。

王子なのは間違いなさそうだ。

年齢的にも第一王子っぽい。

見るからにリアルが充実していそうな第二王子と比較すると、上から下まで対極的な雰囲気の少年である。長らく忌み子として扱われてきたというお話だし、そのあたりが出で立ちにも影響してしまっているのかも。

だけど、イケメン。

そして、第一王子から声が上がった、そのすぐあと。

陛下から締めの挨拶を頂戴して、本日の謁見は無事に終了と相成った。

*

陛下への謁見を終えた我々は、ミュラー伯爵のお屋敷に戻った。

今日のところはどうか泊まっていって欲しい、という彼のご厚意から、お世話になることを決めた次第。ケプラー商会さんに商品を持ち込むのは、明日でも問題ないだろう。二人静氏が拠点を設けてくれたので、現代側での対応には余裕を持てる。

そうして訪れた夕餉（ゆうげ）の時間。

客間でくつろいでいたのも束の間のこと。お屋敷に勤めているメイドさんの案内で、食堂まで足を運んだ際の出来事である。廊下から室内に足を踏み入れた直後、同所でエルザ様と遭遇した。

テーブルに着いていた彼女は、廊下から現れた我々の姿を目の当たりにするや否や、ガタリと大きな音を立てて、椅子から立ち上がった。そして、声も大きくこちらに向かい語りかけてきた。

「ササキ男爵！　パ、パパから話を聞いたわっ！」

「エルザ様、お屋敷に戻られていたのですね」

まさか戻っているとは思わなかった。

ミュラー伯爵の言葉に従えば人質。

もしや本日の謁見を受けて早々にも、陛下がアインハルト公に口添えして下さったのだろうか。そうでもしなければ、公爵殿がエルザ様を解放するとは思えない。腐敗も著しいヘルツ王国ではあるが、現王は信用できる人物なのかも。

「それもこれも貴方と貴方の使い魔のおかげなのでしょう？」

「そうですね、大半はこちらの使い魔の功績にございます」

チラリと肩の上の彼を眺めて言う。

自分はピーちゃんの提案に従っただけだ。

「そんなにも小さくて可愛（かわい）らしいのに、貴方の使い魔はとても凄いのね。陛下にお願いをしてアインハルト公まで動かしてしまうなんて、パパから話を聞いたときには、自分の耳を疑ってしまったわ」

「アドニス殿下からも陛下に対して、ご説明があったのではないかなと」

「そうだとしても、とても凄いことだと思うもの！」

盛り姫様は嬉しそうに語ってみせる。

やはり家族と離れ離れになるのは辛かったのだろう。

「謁見の場で陛下に直接、末端の貴族が嘆願を申し上げるなんて、普通ならその場で取り押さえられても不思議ではない行いだわ！　貴方にそんな勇気があったなんて、私、とても思わなかったから、だからその……」

「…………」

本日の一件、自身が想像していた以上に過激な行いであったようだ。

どうりでアインハルト公が荒ぶっていた訳である。

エルザ様のご指摘を耳にして、今更ながら肝が冷える思いだ。ただまあ、過ぎてしまったことは気にしても仕方がない。結果的に上手くいったのだから、今は素直に喜んでおけばいいのではなかろうか。

でも、今後は十分注意しようと思う。本当に。

「ありがとう、ササキ男爵。貴方のおかげでとても助かったわ！」

「滅相もありません。我々も大変よろこばしく感じております」

ところで食堂には自分とピーちゃん以外、ミュラー伯爵と盛り姫様の二人だけ。恐らく伯爵様が星の賢者様とのトークタイムを優先したからだろう。奥さんや息子さんは自身の肩にとまった文鳥殿がお喋りできることを知らない。

食事の支度も三人と一羽分しか行われていないので間違いない。

「ササキ殿、私からもお礼を言いたい」

「畏まらないで下さい。我々も伯爵にはご助力を頂いてばかりです」

「娘の前だからと、こちらに気遣ってくれずとも構わぬのだが……」

ああだこうだと挨拶を交わしつつ、ミュラー伯爵に促されるがまま食卓につく。食堂のテーブルは大きめの円卓だった。これに等間隔で用意された椅子へ、お互いに四角形を描くような配置で着席。内一つは傍らに止まり木。

料理はすぐに運ばれてきた。

そして、一通り食事の支度が整ったのを確認すると、給仕を行っていたメイドさん一同は、小さくお辞儀をして部屋から出ていった。調理場に面していると思しきドアが閉じられたのなら、同所でのやり取りが誰に露見することもない。

おかげでピーちゃんともお喋りを楽しめる。

「ところでササキ殿、レクタン平原の防壁についてなのだが……」

食事を始めてからしばらくして、ミュラー伯爵から声が上がった。

その視線はチラリチラリと文鳥殿に向けられている。話題に上がったのは、謁見の間でアインハルト公から押し付けられた当面のお仕事だ。自分も早いうちに確認しようとは考えておりましたとも。

ちなみに問題の文鳥殿はといえば、円卓の上に場所を移動している。そこで取り皿に切り分けられたお肉を、くちばしで器用についばんでいらっしゃる。まんざらでもなさそうな雰囲気は、料理の出来栄えに対する素直な評価だろう。

「何か気になることがありますでしょうか？」

「もし可能であれば、当面の予定を伺いたく考えている」

『予定を確認してどうするつもりだ？』

「私にも是非、お手伝いをさせて頂けませんでしょうか」

『防壁を設けるだけだ、そう大した手間はかからないだろう』

「ですが下手に動いては、マーゲン帝国を刺激しかねないかと思いまして……」

自身が危惧していたのと同じことをミュラー伯爵も懸念していらっしゃる。ピーちゃんは任せろと言っていたけれど、やっぱり気になるものは気になるでしょう。なんたって作業に当たる人たちの生命に影響してくる。

伯爵としては自身が治めている町だって無関係ではないだろう。

『貴様が気にすることはない。こちらで勝手に進めておく』

「ですが……」

『ただ、今回は少しばかり人手が必要だ。資材の調達と併せて、そのあたりで力を貸してもらえると助かる。そのときには改めて、こちらから声を掛けるとしよう。場合によっては使いの者を向けることになるやもしれん』

「承知しました。是非ともご協力させて下さい」

ミュラー伯爵の顔に笑みが浮かんだ。

っていうか、めっちゃ嬉しそう。

星の賢者様に頼られたのが響いたのではなかろうか。

ピーちゃんは若干ツンデレ気質なところあるからな。

「パパ、いきなりどうしたの？」

「ん？　何がだろうか？」

「だって、ササキの使い魔にそんな丁寧に……」

疑問に首を傾げる盛り姫様と、慌てるミュラー伯爵。

そういえばエルザ様は、お喋りする文鳥にこそ理解があっても、星の賢者様の存命まではご存じない。町一番の権力者であるパパが、どうして鳥相手にペコペコとしているのか、娘さんからしたら気になることだろう。

微笑ましい父娘の姿に独身中年は少しだけ胸が寂しくなった。

自ずと意識は、お迎えから間もない文鳥に向かう。

「…………」

いいや、贅沢は言うまい。

文鳥を飼うのであれば、いつか絶対にニギニギしてやるのだ、などと心に決めてペットショップを訪れたのも遥か昔のこと。今となっては頭をナデナデすることすらハードルが高い。もう一羽、追加で飼いたいって言ったら怒られるだろうか。

『……なんだ？　何か気になることでもあるのか？』

「いいや、なんでもないよ」

『そうか？　ならばいいのだが』

そんなこんなで同日の晩はゆっくりと過ぎていった。

＊

ミュラー伯爵のお屋敷で一泊した我々は、翌日に首都を発った。

向かった先はレクタン平原。

移動はいつもどおり文鳥マジック。

昨晩にも夕食の席でミュラー伯爵から疑問が上がった点、マーゲン帝国との関係で不安要素を取り除くためである。本日に予定していたケプラー商会さんとのお取り引きにも先んじて、ピーちゃん本人からそのように提案を受けた。

多分、彼も色々と気にしてくれているんだと思う。

「相変わらずでっかい穴が空いているねぇ」

『わざわざ埋めるのも面倒であったからな』

現在、我々は空を飛んでいる。

眼下には大穴。

過去、星の賢者様の魔法によって空けられたものだ。界隈に駐屯していた万を超えるマーゲン帝国の兵団が、ほんの数分にも満たない時間で消滅した出来事は自身も記憶に新しい。そして、消えた兵たちの代わりに、草原には巨大な穴が空いている。

底が見えないほどに深いから、眺めていて恐怖心を覚える。

「これってそのままでもいいの？　危ないと思うんだけど……」

『マーゲン帝国への対応だが、この穴を利用しようと考えている』

まるで要領を得ないお返事である。

大きな落とし穴でも設けようというのか。いやいや、そんなの星の賢者様にはあるまじき策略である。そもそも上に蓋をするだけでも大変なことだ。大河に橋をわたすのと大差ない一大事業になってしまう。

「……どういうことかな？」

『図体の大きな魔物が巣食うには、具合のいい穴だとは思わないか？』

「申し訳ないけど、その手の生き物はオークくらいしか見たことがないよ」

『言われてみると、たしかにそうであったな……』

あとはテレビのニュースで見たリザードマン。

今後の異世界生活に備えて、せめて代表的な種族くらいは、事前に押さえておくべきかもしれない。動物園的な施設とかあったりしないだろうか。それが無理なら、せめて図鑑的な書籍があると嬉しい。

いつかミュラー伯爵に相談してみよう。

彼なら自宅に書庫とか備えていそうだし。

『まあ、つまるところ昨今の我と同じだ』

「ピーちゃんと同じ？」

『帝国への牽制には、使い魔を利用しようと考えている』

「あぁ、なるほど」

異世界を訪れて以降、何かと耳にする単語だ。

主人の命令を絶対遵守な生き物。

それが使い魔だという。

過去に受けた説明によれば、野生の動物や魔物を捕まえるか、あるいは召喚魔法で呼び出した上、自らの配下としたものをそう呼ぶらしい。格上の相手に手を出すと、逆襲を受けることもあるのだとか。

『野良のドラゴンが、この大穴に巣食ったという体で、向こうしばらくは国境付近からマーゲン帝国の兵を遠ざけようと考えている。これなら我々の存在を表に出すことなく、防壁の建造に安全を担保できるだろう』

「え、ドラゴンってそんな簡単に扱えるの？」

『そこは対象とする種によりけりだ』

ドラゴン、とても気になる。

だって、ドラゴン。

これまでも世界を移ったことで、ファンタジーっぽい出来事には何度か遭遇してきた。けれど、ドラゴンとなるとまた響きが違ってくる。異世界と言ったらドラゴン、ドラゴンと言ったら異世界、そういう感覚あるもの。

もしも叶うことなら、ペットとしてお迎えしてみたい。

小さいのでいいから。

手乗りドラゴンとか、どうでしょう。

キュルキュル鳴いたりする感じの。

『こうして見たところ、マーゲン帝国の兵が戻ってきている様子もない。穴の中にも人がいる気配は窺えないので、すぐにでも送り込んでしまうとしよう。この規模であれば、複数匹呼び出しても問題あるまい』

「それって近隣の村とか大丈夫？」

『人は襲わないように言い聞かせる』

「意外と小回りがきくんだね」

『そこは術者の力量次第とも言えるな』

自分と雑談を交わす傍ら、ピーちゃんの正面に魔法陣が生まれた。

同時に大穴でも、同じようなデザインの円陣が浮かび上がる。

そこに呼び出しますよ、ということだろう。

どんなドラゴンが呼び出されるのだろうかと、期待に胸を膨らませる。

そうした自分の思いに応えるかのように、眼下で顕著な反応が見られた。魔法陣の登場と併せて、ピーちゃんの口から発せられ始めた詠唱。これが一段落するのに応じて、ドクンと脈動するように魔法陣が輝きを強くした。

時を同じくして、その上に像が結ばれる。

それは例えばネットの画像検索で、ドラゴンと入力したような感じ。

二枚一組の大きな翼に少し長めの首、からの巨大な顎と立派な角が生えた頭部。胴体は肉厚で四足歩行の恐竜さながら。全身にはびっしりと黄金色の鱗が生えている。西洋的なデザインをした、ウェールズの旗を思わせるドラゴンだ。

呼び出された直後、先方の顎が空に向かい大きく開かれた。

ガオォォォオオオ、みたいな咆哮が近隣一帯に響く。

控えめに言って、耳が痛いほどだ。

大きさもちょっとした集合住宅と同じくらいある。小さな戸建てであれば、軽く踏み潰してしまえるのではないか。ぎょろりとこちらを見つめる目玉一つ取っても、自分の頭部より大きいのではないかと思われる。

これはちょっとペットにはできないな。

っていうか、怖い。

次の瞬間にでも、こちらに向かって襲いかかってきそう。

「ピーちゃん、すごく強そうなドラゴンが出てきたけど……」

『あまり貧弱な種では、マーゲン帝国に退治されてしまうからな』

たしかにこのビジュアルに喧嘩を売るのは相当な覚悟がいる。

自分だったら回れ右をしてしまうな。

少なくとも中級魔法の雷撃でどうにかなるとは思えない。もっと凄い魔法をいくつか用意した上で、万が一の場合には、撤退に協力してくれる仲間を揃えたい。いいや、そこまでやったとしても、できれば遠慮したい。

「たしかにこのドラゴンが相手だと、勝てる人はいない気がするよ」

『そうでもない。人の身であっても数を揃えれば、意外といけるものだ』

「え、そうなの？」

『しかし、相応の犠牲は出る。無理に攻めるような真似はしないだろう。もし仮にドラゴンを退治できたとしても、そうして弱ったところを攻められたのなら、マーゲン帝国であっても苦戦を強いられることだろう』

「なるほど、それも含めてのストッパーってことかい」

『うむ、そういうことだ』

願わくば双方ともに被害なく過ぎて欲しいものだ。

このドラゴンだって痛い思いはしたくないだろう。大きく咆哮を上げてから、先方は頭上に浮かんだ我々をジッと見つめて大人しくしている。振る舞いだけを見れば、よく教育のなされた犬と変わりない。

そうして考えると、少しだけ可愛く思えてきた。

「ところでこの子、黄金色の鱗がとても綺麗だね」

『世間的にはゴールデンドラゴンなどと呼ばれているな』

僅かに差し込んだ陽光を反射してキラキラと輝いている。

穴から地上に出たら、もっと輝いて見えることだろう。

「謁見の間に通じる廊下で見た、ピーちゃんの肖像画を思い出すよ」

『……あれを見たのか』

生前の彼はとても綺麗なブロンドをお持ちだった。

少なくとも肖像画にはそのように描かれていた。

ただ、何気ないこちらの呟きを受けて、文鳥殿の反応は思わしくない。以前の肉体に対する未練を刺激してしまっただろうか。それとも他に何か理由があるのか。いずれにせよ、この話題は避けたほうがよさそうだ。

ちょっと軽率だった。反省である。

「そういえば、追加でもう何体か呼び出すんだよね？」

『一体では心もとないからな。あと一、二体は呼び出したい』

「それってもしかして、喧嘩とかしたりしない？」

『余程のことがない限り、言って聞かせれば大丈夫だ』

以降、同じような見た目のドラゴンを一匹追加で呼び出して、レクタン平原での工作は無事に終えられた。もう少し小さくて可愛かったら、今後とも様子を見に行こうとか思えたかもしれない。けれど、ここまで厳ついと二の足を踏んでしまう。

当面はピーちゃんを信じて放置としよう。

こんなに恐ろしい見た目なら、マーゲン帝国の軍勢も近寄ることはあるまい。

*

レクタン平原での工作を終えた我々は、ルンゲ共和国に向かった。

ケプラー商会さんを訪れて、約束していた商品の受け渡しに臨む。本店のエントランスでヨーゼフさんの名前を出すと、すぐさま応接室に通される運びとなった。ご本人がヘルツ王国から戻られていたようで助かった。

「どうもお久しぶりです、ササキさん」

「先月はお忙しいなか､ご足労ありがとうございました」

このあたりのやり取りもだいぶ慣れたものだ。

ソファーテーブルを挟んでお互いに言葉を交わす。

ピーちゃんはこちらの肩の上だ。

早々に以前約束した物資の受け渡しを行う。

これまではリュックに入れたり、カートに載せて持ち込んでいた品々も、ここ最近になって量が増えた。とてもではないけれど、一度に持ち運ぶような真似は困難である。そこで今回からは商会の近くに倉庫をお借りしてのやり取り。

ちなみにご提供はケプラー商会さん。

そのため安心して荷を預けられる。

異世界と現代では、未だに時間の経過に大きな差がある。荷物の運び込みにしても、何度か往復していたら、それだけでこちらの世界は数時間、場合によっては一日が経過してしまう。そうした作業の間、人の出入りを制限できる場所はありがたい。

「取り急ぎ、砂糖を筆頭とした嵩張る商品は、以前ご相談させて頂いた倉庫に運び込みました。お手数をお掛けしますが、ご確認をお願いできませんでしょうか？　お引き取り頂けるまでは、こちらの町に滞在させて頂きますので」

「承知しました。担当の者を確認に行かせましょう」

ヨーゼフさんがパンパンと手を叩くと、すぐに人がやってきた。

そして、彼から耳打ちを受けると部屋から急ぎ去っていく。

これで我々が話をしている間にも、荷物の確認を行ってもらえるのではなかろうか。後は手元に用意した品々を受け渡すのみ。電卓を始めとした簡易的な電子機器や、異世界でも需要の見込まれる工業製品などである。

「マルクさんもお久しぶりです。頬に張りが戻られましたね」

「先月は本当にありがとうございました、ササキさん」

また、本日は彼の隣にマルクさんの姿が見られる。

獄中で眺めた印象が未だに残っている為か、こうして久しぶりに顔を合わせた彼は、とても元気そうに感じられた。身に付けている衣服一つ取っても、ハーマン商会でお会いしていた時分より、幾分か上等なものに変わったように思われる。

「マルク商会の方はいかがでしょうか？」

「ヨーゼフさんのおかげで大変順調です。近日中にエイトリアムにも支店を設ける予定となりまして、そちらでハーマン商会と連携を行いつつ、ササキさんやミュラー伯爵のサポートをさせて頂けたらと考えております」

「それは我々としても非常にありがたいお話ですね」

「と申しますと、何か近々で入用でしょうか？」

「実はお二人にご相談したいことがありまして」

ちょうどいい話題の流れではなかろうか。顔を合わせて早々に申し訳ないけれど、アインハルト公からの宿題をお話させて頂こう。マーゲン帝国との国境に防壁を設けてみせろ云々、陛下との謁見に際して伺った内容だ。

こちらについては既に扱い方を決めている。

ササキ男爵からマルク商会に対する個人的な発注とし

て、必要な人やモノを調達しては頂けませんかとご相談。実際にはハーマン商会が下請けに回ることだろう。彼らはエイトリアムに根を張った商会なので、そこまで苦労しないと信じている。

「そ、それはまた大英断ではありませんか……」

「どうか頼まれては頂けませんか？」

「ヘルツ王国や近隣諸侯からの援助は受けられるのでしょうか？　そうでなければマーゲン帝国の兵に蹂躙されるのが目に見えていると思うのです。我々の商会に帝国の正規兵と真正面からやり合えるような戦力はありませんから」

「その点については問題ありません」

よし来たとばかり、つい先刻にも終えた工作をご説明だ。

何故かヘルツ王国の民だけを襲わない、とても大きな野良のドラゴンが二匹、レクタン平原の国境沿いに巣食っております。ですからマーゲン帝国のことは気にせず、伸び伸びと作業にあたって下さい、みたいな。

「ヘルツ王国の凋落は皆さんもご存じのとおりです。それでも同国には決して少なくない資本を注いだ経緯がございまして、向こうしばらくは留まりたいと考えております。どうか私を信じては頂けないでしょうか？」

このあたりはピーちゃんの意向でもある。

どうにかお頼み申し上げたいところ。

するとマルクさんは驚いた表情となり呟いてみせた。

「マーゲン帝国の牽制にドラゴン、ですか……」

「素っ頓狂なお話となり申し訳ないとは思います」

「いえ、ササキさんが言うのであれば、きっとそのとおりなのでしょう。承知いたしました。ミュラー伯爵には私も大変お世話になっております。この機会に是非とも恩返しをさせて下さい」

「ご快諾ありがとうございます」

よかった、信じてもらえたようだ。

自分だったら絶対に無理だよ。

国境沿いにドラゴンとか、あまりにも突飛なお話だ。

けれど、そうした素直な反応は彼に限らず、隣に座って我々のやり取りを窺っていたヨーゼフさんも同様のこと。マルクさんが頷いたのと時を同じくして、ドラゴンの存在を前提に突っ込みを受けた。

「ササキさんはマーゲン帝国とことを構えるおつもりが？」

　そのように見えても仕方がない話の流れである。

　でも、どうか早合点はしないで頂きたい。

　我々もマーゲン帝国と喧嘩をするつもりは毛頭ない。

「そんな滅相もない。我々の利益の為に必要なことです」

「本当でしょうか？」

「彼の国が傾いては、ケプラー商会さんとしてもお困りでしょう」

「その何気ない仮定が、私としては興味と躊躇をそそられますね」

　取り引きの額面で言えば、我々などより他所の国とのお付き合いの方が遥かに大きいことだろう。決して一番になりたいなんて言わない。二番、三番もお譲りします。出しゃばるような真似は絶対にしませんとも。

　自分たちはおまけで構わないので、今後とも仲良くして頂きたく存じます。

「ササキさんが扱う商品にも関係しているお話でしょうか？」

「そのように受け取って頂けたら幸いです」

「承知しました。でしたら私もマルクさんのお手伝いを致します」

「よろしいのですか？」

「前に納めて頂いた商品の引き合いがとても強いのですよ。今後とも継続して卸して頂けるようであれば、結構な額になることが見込まれておりますので、私もマルク商会には期待しております」

「左様ですか」

　予期せずヨーゼフさんの後ろ盾もゲット。

　今回のお取り引きも円満に終えられた。

　そして、ケプラー商会さんとのお取り引きを終えた翌日には、ミュラー伯爵が治める町、エイトリアムに向かった。そこで昨日にもマルクさんと話した事柄について、ハーマン商会の方々とフレンチさんにご説明。

　後者については、あまり関係のある話題ではないと思うけれど、念の為にご連絡をさせて頂いた。すると本人からは語気も荒く、是非とも協力させて欲しいと、熱いお言葉を頂戴した。自分たちの町の為、というのが大きいのではないかと思う。

　必要であればミュラー伯爵を頼って欲しい旨もお伝えした。お互いに知らない間柄でもないので、皆々の間で都合がつけば、少なくともエイトリアムの近隣では、妙な問題が起こることもないだろう。

　資金は手持ちの大金貨をマルクさんにお預けしてきた。これまでの商いで儲けた金額の約半分、五百枚ほど。ピーちゃん的には、これだけあれば当面は大丈夫だろう、とのこと。次にこちらを訪れたときには、実際に作業を始められるのではなかろうか。防壁の建設を大義名分に、向こう数年はミュラー伯爵領に引きこもる腹積もりの我々である。

　そうして考えると悪いことではない。

　ただ、関係各所を飛び回っているうちに、気づけばいつの間にやら数日が経過していた。魔法の練習をする暇もなかった今回のショートステイ。次はもう少しゆっくりとバカンス気分で、異世界を楽しみたいものである。

　こちらはピーちゃんと共通の見解。

　互いに漫然と語らい合いつつ、我々は異世界から現代に戻ることにした。

〈合流　一〉

異世界のお宿から、現代の自宅アパートまで戻ってきた。

掛け時計を確認すると、時刻は午前六時を少し過ぎたくらい。カーテンの向こう側から薄っすらとにじむように朝日の気配を感じる。窓ガラス越しには、チュンチュンチチと雀のさえずりが。

『やはり、世界間の時差に変化が見られるな……』

「もしかして、ピーちゃんが計算したとおり？」

『いや、ズレが見受けられる。評価モデルが甘いようだ』

意識高い感じの単語を華麗に操る同居人に、思わず気後れしてしまう。

自分もその手の勉強とか、したほうがいいだろうか。デキる飼い主を目指す者として、愛鳥の価値観は大切にしたい。ただ、いかんせん彼のほうが賢いから、なかなか付いていくのは大変そうである。

時計を眺める彼の小さな背中が、既に遠く感じられた。

「…………」

なにはともあれ、自室に放置していた局支給の端末を確認する。阿久津課長から不在着信など入っていたら、早めに対応しないと後が怖い。けれど、幸いこれといって通知は表示されていなかった。

ただ、代わりに二人静氏から不在着信が一件。

なんだろう、気になる。

「ピーちゃん、ちょっと電話してもいいかな？」

『構わないが、どうした？』

「二人静さんから連絡が入っているみたいなんだけど」

『あの小娘か。また誰彼に襲われたのではないか？』

「可能性はあるね」

履歴を確認すると、着信があったのは小一時間ほど前。ピーちゃんの指摘どおりであった場合、時既に遅し、みたいな状況も想像される。ここ最近の我々は、彼女とは一蓮托生な感じがあるから、急ぎで折返し呼び出しを掛けた。

すると数回ほどコールしたところで回線は繋がった。

スピーカー越しに聞こえてきたのは、ここ数日で聞き慣れた女児ボイス。

『儂じゃよ、儂、儂。もしかして寝とった？　おやすみじゃった？』

「その様子だと急ぎではなさそうですね」

『急ぎでないと言えばそうじゃけど、なるべく早めに話しておいた方がいいと思ってのぅ。朝っぱらから悪いとは思うが、局へ向かう前に軽く話をできんかな？　こっちから迎えに行ってもいいぞぅ』

「でしたら、お願いしてもよろしいでしょうか？」

『がってん承知の助！』

「近所のコンビニなどで落ち合えると嬉しいのですけれど」

『っていうか、実はすぐ近くまで来ておる。コンビニに向けて面舵一杯じゃ！』

「……なんかテンション高くないですか？」

『あまり寝ておらんからなぁ。儂、仕事熱心じゃし？』

「では、すみませんがそれでお願いします」

　電話越しに話をしていると、喋っちゃいけない内容までポロリしてしまいそうなので、さっさと通話を終える。利用している端末が局支給のものとあっては、日々の何気ない運用にも気を使ってしまう。

　万が一にもピーちゃんの声が入り込んだりしたら大変なことだ。

『すぐに出かけるのだろうか？』

「なんでも早めに話しておきたいことがあるらしいよ」

『なるほど』

「申し訳ないけれど、お留守番いいかな？」

『うむ、我はインターネットに興じているとしよう』

「ピーちゃん、インターネット好きだよね」

『これはなかなか飽きそうにない。当面は楽しんでいられそうだ』

　同居人の承諾を得たところで、手早く支度を整える。

　食事や睡眠以外、入浴や身だしなみのチェックもあちらの世界で済ませている。普段利用している鞄の中身を確認して、財布と端末をズボンのポケットに放り込めば、すぐに家を出る準備は整った。

「それじゃあ、行ってくるね」

『気をつけて行くといい』

「ありがとう、ピーちゃん」

自宅から送り出してくれる相手がいるって、とても幸せなことだと思う。

*

電話を終えてすぐ、自宅近所のコンビニに向かい出発した。

頼めばアパートの正面まで来てくれるとは思う。けれど、ご近所さんの目もあるので、それは控えておいた。何故(なぜ)ならば彼女の愛車は、とても悪目立ちする高級外車だから。しかも運転手は見た目完全に女児ときたものだ。

そんなこんなで訪れたるは、自宅から徒歩数分のコンビニエンスストア。

店内のイートインスペースに足を運ぶと、そこには既に相手の姿があった。

窓際の椅子に掛けて、端末の画面をいじくり回している。

「お待たせしました」

「お、やっと来たかぇ」

傍(かたわ)らに歩み寄ると、端末から顔を上げる彼女と目が合った。

頭の位置の関係上、先方は下から上にこちらを見上げる形となる。

はらりとオデコの上を黒髪の流れる様子が可愛(かわい)らしい。

手にしたスマホの画面には、ゲームの戦闘シーンが映し出されている。

「以前にも言ったかもしれませんが、ゲームがお好きなんですね」

「こう見えて、複数タイトルでトップランカーじゃぞ?」

「お金にものを言わせて、課金アイテムで無双しているんじゃないですか?」

「当然じゃろ? 無課金厨を金の力で千切るのが堪(たま)らなく快感でのぅ」

「二人静さんって浮世離れした見た目の割に、意外と俗物的ですよね」

「おぉ、なんじゃ? 儂のこと段々と気になって来とるわけ? 好感度とか上昇して、個別ルートに進んじゃったりするの? そんなの困ってしまうのぅ。これはもうエロシーンとか、始まってしまうかもしれんなぁ」

「早速ですが出発しましょう。話とやらは車の中でさせて下さい」

「つまらない男じゃのぅ。もうちっと構ってくれてもえぇのに……」

「徹夜明けのテンションって、相手をするの面倒臭いと思いません?」

「面倒を見てもらう側だと、なかなか悪くない接待じゃと思うよ」

端末を懐にしまい、椅子から腰を上げた二人静氏。

彼女はこちらを先導するように歩み始めた。

その背中に続いてイートインスペースから店外に向かう。

和服姿の女児が珍しいのか、周囲からはチラリチラリと視線が向けられる。朝も早い時間帯にありながら、同所にはそれなりに人気があった。大半は出勤、通学の途中にあると思しき人たちである。

これに構わず彼女は足を進める。

車はすぐ近くの駐車場に停められていた。

昨日もお世話になった高級外車だ。

本日はピーちゃんが同行していないので、助手席にお邪魔してのドライブである。運転席に座った二人静氏の姿は、やはり違和感しかない。後部座席から眺めた際と比較して、殊更に危機感を煽られる。本当に大丈夫なのかと。

アクセルに向かう足とか、めっちゃ伸ばされているし。ただ、そうした自身の危惧とは裏腹に、自動車は軽快に走り出す。

駐車場を出発して、交通量も多い道路をスルスルと進んでいく。碌にナビを確認することもなく車を走らせる姿は、かなり運転に慣れているように思われた。大型二輪の免許をお持ちだという話も、決してガセではないのかもしれない。

「お主の上司についてじゃが、色々と興味深いことが分かった」

「それは是非ともお伺いしたいですね」

交差点をいくつか過ぎたあたりで、二人静氏が語り始めた。

　昨晩、我々が異世界に向かう直前、移動中の車内で彼女にお願いしていたお仕事だ。まさか昨日の今日で報告があるとは思わなかった。こちらは数日ぶりの再会であるけれど、彼女からすれば僅か半日のことである。

「単刀直入に言うが、ボウリング場での騒動はあの男の自作自演じゃ」

「え……」

「あのキモいロン毛に直接確認したので間違いない」

　これまた刺激的なお話だった。

　キモいロン毛というのは、彼女が以前まで所属していたグループのトップを指しての言だろう。妄想したものを実体化するという異能力の持ち主だ。こんなことを考えるのは失礼かとも思うけれど、共通の知り合いでロン毛を強調できるような人物は彼しかいない。

　しかしなんだ、他人事であっても同性に対するキモい評定は痺れる。

　自分も身だしなみとか気をつけないと。

　二人静さんの見た目で、キモいとか言われたら絶対にダメージ入る。

「それは本当ですか？　偽の情報を掴まされたのでは？」

「儂だってそう思ったよ？　けど、お主らの存在を引き合いに出しても、あの男は頑なに主張するもんでのぅ。それに思い返してみると、騒動の場では儂に限らず、誰もに指示が下っておったのよ。お主の上司だけは絶対に殺すな、と」

「それはまた否定の難しい根拠じゃないですか」

「当時は何かしら、利用価値があるのだと思っていたのだがのぅ」

　こうなると上司に対する嫌疑は濃厚である。

　しかし、何故にそんなことをしたのか。阿久津課長にしてみれば、不利益を被るばかりではなかろうか。いやしかし、きっと違うのだろう。何かしら利益があるからこそ、危険な橋を渡ってまで、自作自演に舵を切ったと思われる。

「正直、彼にどんな得があるのか見えてきません」

「その点については儂も掴めておらん。さっぱりわからん」

「ロン毛の彼と結託している可能性はありませんか？」

「儂が知っている限り、そこまで仲は良くないぞぇ？　そもそもスポンサーからして、局とは犬猿の仲じゃ。下手にすり寄っては我が身が危うい。半世紀前ならいざ知らず、ここ最近は何かと世の中も忙しいじゃろうて」

「それにしてはよく協力されましたね」

「詳しくは省くが、他所（よそ）からも手が回されておった」

「共通の知人、みたいな感じでしょうか？」

「似たようなものじゃな」

個人的にはそちらも非常に気になる。

是非とも教えて頂きたい。

ただ、彼女の遠回しな物言いから察するに、素直に教えてはもらえないのだろう。ピーちゃんの呪いを利用すれば、無理に知ることは可能だと思う。けれど、それをすると彼女との信頼関係にヒビが入りそうだったので、控えておくことにした。

「もしくは今の段階では、これといって何も得をしておらんのかもしれんのぅ。っていうか、お主の方こそ一緒に勤めているのじゃから、何か気になったこととかないの？　ネクタイの柄が急に派手になったとか、女の影がチラつくとか」

「なにぶん隙のない方ですからね……」

「向こうしばらくは、上司の動きにも注意するべきじゃと思うよ」

「ええ、そうしようと思います」

いずれにせよ、こうして得た情報は自分の胸に秘めておこう。

先の出来事では決して少なくない局員が亡くなっている。後遺症に苦しんでいる方も多いという。もし万が一にも公となっては大変だ。課長本人に知られようものなら、先手を打ってどうこうされる可能性もある。

「頼り甲斐（たよりがい）のある同僚が一緒で嬉しいですよ。ありがとうございます」

「じゃったらこの手の甲にあるやつ、とってくれない？」

「それはピーちゃんにお願いして下さい。自分じゃ無理なんで」

「なんじゃ、頼り甲斐のない同僚じゃのぅ」

「その点については申し訳なく感じていますよ」

「本当にそう思っとる？」

「そりゃもう、常々思っていますとも」

二人静氏による課長の調査は、以上とのことであった。

そうして彼女から報告を受け終えた直後のこと。自宅から大して距離を進むにも至らぬ内に、行く先で派手に渋滞しているのが目に入った。直近の信号機では青点灯が見えるのに、連なった自動車は一向に動く気配が見られない。

しかも何故なのか、自動車を乗り捨てて路上を駆けてくる人の姿まで見受けられるから、これはどうしたことだろう。まるで大規模な災害でも発生したが如(ごと)し。震災や大洪水のニュース映像を彷彿(ほうふつ)とさせる光景だ。

「なにやら行く先が騒がしいのぅ」

「停めてもらえますか？」

「そう言われずとも、これ以上は進めんじゃろ」

路肩に寄せて、二人静氏の運転する自動車は停まった。窓ガラス越しに遠く、悲鳴のようなものまで聞こえる。

なんかちょっと不穏な感じ。

「巨大怪獣でも攻めてきたかのぅ？」

「それ、割と笑えないですよ」

異能力に加えて、異世界や妖精界といった世界観を見せつけられた後だと、そのうち現実のものになりそうな恐ろしさを感じる。他にも人型ロボットの登場だとか、正体不明の病原菌によるパンデミックだとか、色々と不吉な想像が脳裏に浮かぶ。

そうこうしていると、ズボンのポケットで端末が震え始めた。

私用ではなく、局から支給を受けた方だ。

画面を確認すると、阿久津課長の名前が表示されている。

「課長からです。電話を受けてもいいですか？」

「構わんよ」

運転手の許可を得て、上司からの電話を受ける。

回線が繋がると、途端に先方から用件が伝えられた。

「佐々木(ささき)君、ただちに現場に向かって欲しい」

「それはもしや、我々の目の前で起こっている騒動でしょうか？」

「相変わらず話が早くて助かる」

端末の位置情報を確認して、我々に連絡を入れてきたのだろう。

　完全に貧乏クジを引いた形だ。

　居合わせたのが星崎さんなら、嬉々として現場に向かったと思うけれど。

「君たちがいる場所のすぐ近くで、魔法少女が野良の異能力者を相手に暴れている。端末の所在を見たところ二人静君も一緒だろう？　先方は単独で行動しているようなので、サクッと解決してきて欲しい」

「市民の目についてはどうしましょうか？」

「ああ、そちらについては既に人を動かしている。君たちは対象の無力化と、可能であれば野良の異能力者の確保に努めて欲しい。とはいえ、場所が場所なので、あまり無茶なことをされては困ってしまうがね」

「承知しました」

　課長の指摘通り、本日の現場は周囲に人気も多い。

　魔法少女への対処も大変だろうけれど、後始末も面倒臭そうだ。そういった意味では、自分はまだ苦労が少なくていい。現場と併せてそちらの面倒もみなければならない人たちは、きっと胃を痛くしていると思う。


　通話を終えた端末を懐にしまい、聞き耳を立てていた同僚に声をかける。

「出動要請が入りました。魔法少女が暴れているとのことです」

「おぉ、またあのマジカル娘かぇ。萎えるのぅ……」

「自分が対処する訳にはいかないので、すみませんがご協力下さい」

「上司の命令では仕方がない、頑張ってお務めに励むとするかぇ」

　渋々といった態度で呟いて、運転席から車外に出ていく二人静氏。

　自分が表立ってできることは少ないが、頑張ってサポートさせて頂こう。

＊

【お隣さん視点】

その日、自身にとって二度目の経験となるデスゲームが始まった。

天使と悪魔の代理戦争とやらである。

世界から音が消えた時、私は登校しているところだった。通い慣れた通学路を一人で、いいや、寝起きから就寝まで付きまとうアバドンと共に二人で、何を喋ることもなく歩いていた時分の出来事だ。

住宅街の一角を歩んでいると、周囲から一瞬にして人の姿が消えてなくなる。

不覚にも戸惑ってしまう。

全身の強張(こわば)りを隠せない。

直後にすぐ隣を歩んでいるアバドンから声が上がった。

『おや、どうやらゲームが始まったみたいだね』

「……そうですね」

平然を装い答える。

ニコニコと笑みを浮かべている彼に、すべてを見透かされているようで、なんとも複雑な心境だ。こんなにも何もない自身に、それでも自尊心と呼べるものがあったのだと、彼と出会ってからの生活では思い知らされた。

何故ならばアバドンは、遭遇初日から本日まで常に私の傍らにいる。

排泄(はいせつ)や入浴に際しては身を引く。

離れて欲しいと言えば距離を設ける。

けれど、それ以外では常に姿が視界にチラつく。

何をしていても、彼から一方的に評価されているかのような錯覚を受ける。これまで他者から距離をおいて生きてきた弊害だろう。肉親よりも更に近いところで、自身の生活圏内に関係の浅い誰かがいるという事実が、違和感も甚だしい。

これが隣のおじさんだったら、とは願わずにはいられない。

すべてを見て欲しい。

隅から隅まで。

ちなみに母親の彼氏から強姦(ごうかん)されそうになった一件は、彼の力によって母親を含む二人の記憶から消し去られた。これは私が依頼したご褒美、おじさんに対する誘惑が不発に終わったことに対して、埋め合わせを求めた結果である。

そのため当面はこれまでと同じような暮らしを続けら

れそうだ。アバドンとの契約を経たことで、隔離空間の外でもある程度の暴力を使えるようになった昨今、母親の彼氏も恐れることはない。

『なんだい？　好物の料理に虫でも入っていたかのような顔をして』

「悪魔も虫も、人にとっては大差ないのではないかなと思いました」

『君って心を許した相手には、割と遠慮なく語るタイプかな？』

「コミュニケーションの経験が浅いので、距離感を測るのが苦手なんです」

『なるほど、だとしたら当面は僕が頑張らないといけないね！』

「………」

相手の手の上で遊ばされている感が否めない。

けれど、今の自分にはこれに抗う術がない。

大仰にも腕を組んで頷いてみせるアバドンを眺めて、そんなふうに思った。

『さて、それじゃあ早速だけれど、天使を退治しに行こうじゃないか』

「相変わらず自信満々なんですね」

『自らに自信がない者ほど、些末なことに他者の自信を感じるものさ』

「……そうですか」

隔離空間を形成するに至った相手方については、以前にも感じたとおり、方角や距離感がざっくりと判断できる。遠くから聞こえてくる音を耳で追いかけるような感覚だ。あるいは住宅街を歩いていて、他所の家からカレーの匂いが漂ってくるような。

それを追いかけていけば、自然と天使の使徒と出会える。

当然ながら相手も同様なので、警戒を怠ることはできない。

この気配とでも称すべき代物は、意図して隠すこともできるらしい。率先して天使の使徒を狩りたいアバドンは、ほどほどに隠して並の悪魔を装っている。

そして今回は先方も、我々を真正面から打ち負かすつもりのようだ。

前回と比べて、かなり濃厚な存在感が遠方に感じられる。

「今のうちにあの肉々しい姿になっておかなくていいんですか？」

『君はこの愛らしい姿よりも、あっちの方が好みなのかい？』

「別にどちらでも構わないですけど、戦力的に劣ると困ります」

『前にも言ったけれど、前回の顕現は自己紹介も兼ねているからね。相手が並の天使とその使徒であるのなら、この姿のままでも問題はないさ。むしろ素性がバレずに済むから、メリットのほうが大きいね』

「そうですか」

『おっと、そうこうしているうちに先方がやってきたようだ』

こちらに向けられていたアバドンの視線が別所に移った。

片側一車線の道、自動車の通行が失われた車道の中程に、数名からなる人の姿が窺（うかが）える。うち半数は現代人の感性からすれば、コスプレと称されても仕方がないような格好だ。背中にはもれなく真っ白い羽が確認できた。

相手方は我々の姿を視界に入れて歩みを止めた。

自然と我々も足が止まる。

アバドンも私の傍らに並んだ。

距離にして十メートルほど。

お互いに真正面から向き合う位置関係である。

「見たところ、相手は数が多いですが……」

『怖気（おじけ）づいて妙な指示を出すのだけは、勘弁して欲しいところだね』

「貴方（あなた）一人で大丈夫なんですか？」

『任せてくれて構わない……よっと』

足を止めたのも早々、ズドンという大きな音が近隣に響いた。

直後には目の前が一瞬、夜目にフラッシュでも焚（た）かれたかのように、真っ白に光り輝く。咄嗟（とっさ）に目を瞑（つぶ）ってしまった私の傍らで、アバドンの動く気配が感じられた。

大慌てで様子を確認すると、背後に向かい片腕を突き出した彼の姿が窺える。

そして、腕の先には地面に倒れ伏した、天使と思しき男性の姿が。

同じ方向には遠く離れて、建物の陰に使徒と思しき女性も見受けられる。

『わかりやすい不意打ちだねぇ』

「倒したのですか？」

『見ての通りさ』

倒れた天使はピクリとも動かない。

その姿を確認したことで、物陰に隠れていた天使の使徒と思しき女性は、大慌てで逃げ出した。距離があるので追いかけることは気が引ける。目の前の集団に背を向けた途端、第二波が襲いかかってきそうで怖い。

すると先方の集団から内一組が、早々に彼女を追いかけて空を舞った。

「相棒を失った使徒はどうなるんですか？」

『そりゃもう、どうにもならないね』

「…………」

どうやら裸一貫でゲームに晒されるみたい。こと隔離空間においては、使徒が備えた力に対して、これを支える天使や悪魔の方が遥かに強大だ。気軽にアバドンを敵勢に晒すことは憚られる。けれど、本人はやる気満々だから困ったものだ。

今後を思えば私も仲間を作るべきなのかもしれない。なんたってこのゲームは数年から数十年という期間をかけて行われるのだ。

「下級の天使とは言え、一撃で迎撃とは並の悪魔じゃないぞ」「こ、この場は一度引いたほうがいいんじゃないかしら？」「天使たちは死んでも平気だけど、俺たちは死んだらそれっきりなんだろ!?」「ちょっと待ってよ、相手は一人なのよ！」

アバドンの活躍を受けて、先方からは動揺が伝わってきた。

声を上げているのは主に使徒たちだ。

天使勢は思案しているような雰囲気が感じられる。いずれにせよ、こちらの戦力を見誤っていたようである。

アバドンは悪魔としての気配をある程度隠していると

のことなので、そちらも影響しているのだろう。ゲームの仕様からして、素直に気配を主張するような大物は、滅多にいないと思われる。どれだけ強くても、大勢に囲まれるような状況は御免だろう。

　そうして考えると、今回の対戦相手は私と同じビギナーの可能性が高い。

『ところで、指示を出してもらえないかな？』

「逃げた使徒の女は放っておいて構わないので、正面の人たちを倒して下さい。女を追いかけていった天使と使徒のペアも、後回しで大丈夫だと思います。アバドンの話が本当なら、そう時間はかからないと思いますので」

『いい判断だね。素直に従いたくなるよ』

「……本当ですか？」

『六十点といったところかなぁ』

「残り四十点が気になります」

『前にも言ったけれど、この世界は隔離空間が戻り次第、すべてが無かったことになる。並の天使が相手なら、僕だったら先方諸共、近隣一帯を一撃で更地にすることが可能だ。逃げ出した使徒も含めて、敵勢をすべて屠ることができる』

「………」

　そんなこと後出しで言われても困ってしまう。

　今後は精々無茶なことを指示してやろうと心に決めた。

　この悪魔に遠慮は無用である。

『まあ、これはこれでメリットも大きいのだけれどね』

「何故ですか？」

『あの使徒や天使を見逃したことで、今後なにか不利益が発生した場合、それを理由に君を責め立てることができるだろう？　そうでなくとも君の意識のどこかに、僕らの存在を知ったまま行方を眩ました誰か、という焦燥を与えることができる』

　このゲームが長期的なものであることを思えば、一連の発言は彼からの私に対する教育の一環なのだろう。ただ、実戦も未だ二度目、前回がチュートリアルであったとすれば、初戦にも等しい相手に随分な言い草ではなかろうか。

「初心者相手に手厳しい教育を行うんですね」

『人間という生き物は、痛い目に遭わないと学ばないからね』

「…………」

そう言われると上手い反論が浮かばない。

甘えがあったのは事実だ。

この小柄な少年に任せておけば問題はないだろうと。

『何気ない一手が、後々尾を引いて身を苛むことが多いのさ』

「随分とシビアなゲームなんですね」

『突き詰めると陣取り合戦だからね。劣勢となれば生活圏も狭まる』

「…………」

そうだった。このゲームのミソは隔離空間と現実、両方で自らの生命を守らなければならないこと。どれだけ時間の止まった世界で有利であろうとも、日々の生活で闇討ちに遭っては元も子もない。

現実では時間経過と共に、より多くの人間がこのゲームを利用しようと画策し始めるだろう。天使や悪魔からのご褒美は魅力的なものだ。人の精神に作用する行いなど、権力者からすれば喉から手が出るほど欲しい代物ではなかろうか。

やはり、仲間の存在は必須かも。

「私も早いうちに使徒の仲間を作った方がいいのでしょうか？」

『すぐにその発言が出てくるなら、さっきの点数にプラス十点してもいいかなぁ』

「……ありがとうございます」

そうこうしていると、先方に変化が見られ始めた。

こちらにまで言い合う声が聞こえてくる。

「ヴァーチャーを倒したの、この悪魔なんじゃないか？」「使徒の死体が残っていなかったのよね？　だったらこの場は撤退して、情報を集めるべきだと思うわ」「そうよ、別に私たちが倒す必要はないんだから」「お、俺もこの女の意見に賛成する！」

こちらが一体先制した点が影響しての判断だろう。

どうやら撤退を決めたようだ。

先んじて結論を出した使徒一同が、天使たちに向かい退却を指示し始める。こうなると使徒の命令に絶対服従である羽の生えた人たちは逆らえない。踵を返して、すぐにでも空に飛び立たんとする。

『それじゃあ、お喋りはこれくらいにして、天使たちを倒しちゃおうかな？　見たところ先方も使徒になって間もないようだし、こういう機会に数を減らしておかないとね。時間が経つにつれて、段々と逃げ足にも磨きがかかっていくものだから』

「お願いします、アバドン」

『うん、まっかせてっ！』

　私の声を受けて、彼は人の良さそうな笑みを浮かべて頷いた。

　いつかこの和やかな笑顔を驚愕に染めてみせよう。

　天使勢に向かい駆け出した少年の背を眺めて、私はそう心に決めた。

＊

　自動車を降りた我々は、駆け足で騒動の中心部に向かった。

　逃げ惑う人たちの間を縫うようにしての移動だ。

　車上で耳にした二人静氏の発言ではないけれど、怪獣映画に出てくる防衛組織の一員になったかのような気分である。惜しむらくは頼りになる正義の巨人が、我々には味方していないということか。

　しばらく駆けると向かう先、空からヘリが降りてくるのが見えた。どうやら課長の手配した現場要員が到着し始めたようだ。遠くからは緊急車両のサイレンを思わせる響きも段々と近づいてくる。

　これと比例して周囲からは人気が減っていく。

　個人的には建物の窓から覗く視線が気になるところ。

　目的地までは距離にして一キロほどだろうか。

　到着する頃には額に汗が浮かんでいる。

　二人静氏が結構な勢いで走るものだから、これに付いていこうと必死になった結果、数分と経たずに息が上がり始めた。後半はゼィゼィと息を切らしながらの到着。

　ほんの僅かな距離ながら、革靴越しに足の裏が痛むのを感じる。

「お主、少しは身体を鍛えたらどうじゃ？」

　先んじて駆けていた彼女が立ち止まり、後方を振り返る。

　呆れ顔でこちらを見つめているぞ。マジそれ無理なんじゃけど、なんて言いたそうな面持ちだ。人類を超越した二人静氏の身体能力に鑑みれば、十分に気を遣った上での無様に、辟易していることだろう。

「も、申し訳ない限りです……」

　ネクタイを緩めて周囲の様子を窺う。

　すると通りの先に数十メートルを隔てて、魔法少女の後ろ姿が確認できた。車道のど真ん中に立っている。片側二車線の比較的大きな道路、そこかしこに車のひっくり返った界隈の只中に御座す。

　相変わらずアニメのキャラクターを彷彿とさせる格好をしている。パッションピンクのシャツやスカートは遠目にもよく目立つ。同色の頭髪が風に揺られる光景は、顔こそ確認できないけれど、彼女で間違いないだろう。

「しかし、どうしたもんかのぅ？」

「相手は彼女一人とのことですから、真正面から攻めてはどうでしょう」

「マジカルフィールドを出されたら、儂ってば手出しできなくない？」

「そう言えば以前は、それで残念なことになっていましたね……」

「またそういうことを言う」

　先方はまだ我々に気付いた様子はない。

　代わりに意識が向けられているのは、その足元に横たわった人物。

　恐らく課長が言っていた野良の能力者とやらだろう。不思議な力に目覚めて、人前でイキっていたところ、局に捕捉される前に魔法少女に見つかってしまったのではなかろうか。前者に見つかっていれば、折檻こそ受けたとしても、命までは危機に晒すこともなかっただろうに。

　しばらく眺めてみるも、ピクリとも動く気配がない。傍目にもかなり不安な光景である。

「それなら以前と同じように、水を入れてみましょうか？」

「それで相手の出方を見るのが無難かのぅ」

「では、そういった方向で……」

そうこうしているとマジカルホームレスに動きがあった。

小柄な身体がくるりとこちらを振り返る。

どうやら我々を捕捉したようだ。

相手が魔法少女とは事前に知らされていたので、野良の能力者とやらの生命を守るためにも、これといって隠れることはしていなかった。阿久津課長からは後者についても捕獲せよと仰せつかっている。

とはいえ、先方とは結構な距離がある。

なかなか鋭い勘をお持ちだ。

「こりゃ怖い、頭のイカれた子供が攻めて来るぞぇ」

二人静氏の言葉通り、魔法少女がこちらに向かい飛び立った。

空中に浮かび上がって、凄まじい勢いで我々に迫ってくる。

その手に掲げられたステッキからは、問答無用のマジカルビーム。ただし、今回は照準が絞られており、電信柱ほどの太さで二人静氏をピンポイント照射。その事実にマジカルミドルは少しだけ喜びを覚えた。

「同僚が撃たれたのに、なんで嬉しそうにしておるのじゃ」

「まあまあ、無事なんだからいいじゃないですか」

「お主って真面目そうに見えて、意外と適当なところあるのぅ」

これはいけない、思わず顔に出てしまっていたようだ。

撃たれた彼女は超人的な身体能力でビームを回避。

かすり傷一つなく健在である。

念の為に障壁魔法を張ってはいたが、幸い出番を要さずに済んだ。

初めて出会ったときと比較して、先方への対応もだいぶ慣れた感がある。ここ最近はおざなりになっているけれど、もう少し上等な魔法をピーちゃんから学んだのなら、魔法少女を圧倒することも不可能ではないと思う。

「おじさん、また私の邪魔をするの？」

地上に降り立った魔法少女から声を掛けられた。

油断なくステッキを構えている。

その背後では彼女の移動を受けて、路上に倒れた野良の異能力者に向かい、局員と思しき人たちの走る光景が見て取れた。この調子であれば、あちらは他の人員に任せても問題ないだろう。我々は魔法少女の対応を優先しようと思う。

「おじさんはお巡りさんだからね。町の平和を守らないと」

「うっわ、なにその臭い台詞。いくらなんでも気取りすぎじゃろ?」

「二人静さん、いちいち茶々を入れないでくれませんか?」

「だって儂ばっかり噛ませ役っぽくて、見ててムカつくんじゃもん」

「前回はガッツリと活躍したじゃないですか」

「そういう言い方が良くないと思うの」

自分も返事をしていて、ちょっと格好つけ過ぎたかもと感じていた。重々承知しているので、どうか突っ込まないでやって欲しい。あとで寝る前とかに思い出して、一人で恥ずかしくなるやつだもの。

以前、エルザ様に対して偉そうに講釈をたれたときも、その日の夜に自身の言動を思い出して悶々としていた。ここ最近になってから、黒歴史を作ってばかりのような気がしてならない。それもこれも非日常的な出来事がよくない。

「おじさん、その異能力者と仲がいいの?」

「そうじゃよぉ? 儂とこの男はマブダチなんじゃよぉー?」

「ちょっと待って下さい、人のことを勝手に答えないで下さいよ」

「あ、酷い。この前は儂と仲良くしたいとか、言っとったのに」

「そういうのは時と場合で使い分けるべきかなと」

くだらないお喋りをしつつ、周囲の様子を確認する。

我々の意図を察してくれたのか、重点的に動いた局員の手により、近隣の封鎖が行われていく。路上からは瞬く間に人気が引いて、目の届く範囲に通行人や、動いている自動車は見えなくなった。

建物の内部には依然として人の姿が窺えるけれど、それもじきに消えることだろう。

遠くには警察官や自衛隊と思しき人たちの姿が見受け

られた。

　多分、爆弾テロだなんだと大仰な理由をでっち上げて、現場では人を動かしているのだろう。いつも末端には正確な情報が知らされないらしいので、彼らからしてみれば国家の一大事さながらの状況と思われる。

「……仲、良さそうだね」

「僕としては君とも、もっと仲良くなりたいと考えているんだけれど」

「なんじゃ、とっかえひっかえかぇ？　ヤリチンじゃのぅ」

「二人静さんは少しの間、黙っていてもらえませんか？」

　ピーちゃんが一緒じゃないからか、二人静さんがノリノリだ。

　やっぱり彼が一緒のとき、ストレスとか感じていたんだろうな。

　これはその八つ当たりなのではないかと思う。

「おじさんはどうして、異能力者なんかと仲良くしているの？」

　続けざまに先方から疑問の声が上がった。

　彼女は我々に対して有効な攻め手を持っていない。前回までの騒動からこれを理解して、攻めあぐねているのだろう。一方で我々は魔法少女に対して、マジカルバリアの内側に干渉する手立てを以前に示している。

　それでもすぐに逃げ出さないのは、マジカルフィールドを用いれば、この場を脱することが容易だからだろう。周囲を固めていく局員の気配にも、そう気にした素振りは見られない。それよりも二人静氏の存在に執着している。

「喧嘩をするよりも、仲良くするほうが楽しくはないかい？」

「ぜんぜん楽しくない。私はそこにいる異能力者を殺したい」

「……そうかい」

　彼女が異能力者に向ける憎悪は揺るぎない。

　この場での交渉は不可能だろう。

　個人的にはすぐにでも去っていって欲しい。彼女を局に売るような真似はしたくなかった。肉体労働担当の二人静氏としても、リスクを冒してまで、率先して彼女をどうにかしたいとは考えていないだろう。

　そうして会話に行き詰まりを感じ始めた時分のこと。残された手として強硬手段を意識しつつあった我々の下に異変が訪れた。

　一瞬にして世界から音が失われたのである。

　それは遠くから響いていた人々の声であったり、緊急車両から発せられていると思しきサイレンであったり、空を絶え間なく行き交っていたヘリのローター音であったりと、今しがたまで否でも応でも耳に響いていた喧騒だ。

「こりゃ、なんじゃあ？」

「っ……」

　周りを見渡して、疑問の声を上げる二人静氏。

　その正面では魔法少女も驚愕の面持ち。

　どうやら二人が何かした訳ではなさそうだ。

　当然ながら自分も関与していない。

「お主、また何かやったのかぇ？」

「違いますよ」

　耳が急に聞こえなくなってしまったかのような変化だ。

　事実、直後には過労から突発性難聴を発症したのかと疑った。過去にも覚えのある病歴である。しかし、それにしては二人静氏の声はしっかりと届けられた。自身の足元で革靴が地面と擦れる音さえも鮮明に聞こえる。

　我々ではなく、周囲が静まったのは間違いない。

　建物の陰に隠れて我々を監視していた局員も、自身が把握していた限り、一人残らず消えてしまっている。ビル内部にも人影は窺えない。現場に残っているのは二人静氏と魔法少女を含めて、三人だけのようだ。

「しかし、先方も身に覚えがなさそうやぞ？」

「この手の異能力に覚えはありませんか？」

「現時点では、なんとも言えんのぅ……」

　具体的に何が起こっているのか判断が難しいぞ。

　音を消すだけではないだろう。

　だって人まで消えている。

　一定の区画に限って、生き物を筆頭にした特定の事物を、選択的に排除するような異能力だろうか。だとすると、ランクAは間違いない。なんて恐ろしい異能力だろう。けれど、その場合だと我々が残っている点に疑問を覚える。

　本当に何がどうなっているのやら。

　思わず肩の上にピーちゃんの存在を求めてしまう。

「いつまでぼうっとしているつもりじゃ？」

「そうは言っても、下手に動いて急にズドンとか、やっぱり怖いじゃないですか」

「女々しいヤツじゃのぅ」

「二人静さん、それセクハラですよ」

　魔法少女と共々、周囲を警戒して過ごす。

　しかしながら、音や人が消えてからは、続く変化が見られなかった。

　そのまましばらくが経過すると、だんだん緊張感も緩んでくる。

　そして、遂には先方からも問われてしまった。

「おじさん、何をしたの？」

「それはおじさんたちも気になっているところだよ」

「…………」

　やはり魔法少女もご存じない出来事のようだ。

　彼女の仲間が出張っている可能性も低い。

　ただ、そうなると我々も困ってしまう。

　まだ見ぬ第三者は、依然として現れる様子がないし。

「一瞬、儂らを包むように光ったようにも見えたが……」

「本当ですか？」

　二人静氏、身体能力ばかりではなく目も良いみたいだ。

　自分は全然気づけなかった。

　我々の周りとなると、まず思い浮かぶのはピーちゃんから教えてもらった障壁魔法の存在。何かしら他所から放たれた魔法的な現象に、自身が展開していた障壁が予期せず対抗した、みたいな可能性は十分に考えられる。マジカルビームに備えて、事前に展開していたのは事実だ。

　けれど、肝心の何かにはまるで知見が及ばないから困ったものだ。

　試しに手元の端末を確認すると、なんと電波状況は圏外。

　自然と意識は空を仰ぐ。

　青々とした秋晴れの空の下、何かが足りていないこの世界。

するとき時を同じくして、視界の隅に動くものが見えた。

遠くビルの合間を、鳥よりも大きな何かが、比較的低いところを飛んでいく。自分の見間違いでないとしたら、人の形をしていた。それこそまるで、飛行魔法で空を飛んでいるかのような。

しかも背中に羽が生えているかの如きシルエットをしていた。

二枚一組の真っ白なそれは、人の世に舞い降りた天使さながら。

なんて呟こうものなら、また二人静氏に突っ込みを受けそうだ。

「おい、なんか飛んでおるぞ」

「そのようですね」

どうやら彼女も気付いたようである。

自ずと魔法少女の意識も向かう。

皆々が注目する先で、羽を生やした人はカラスやハトさながら、建物の隙間を抜けてどこへともなく過ぎ去っていく。そして、すぐに高度を落として見えなくなってしまった。建物の陰に隠れると、行方を追うことは難しい。

「今のが原因かのぅ？」

「さて、どうでしょうか」

背中に羽を生やす異能力とか、ちょっと奇抜過ぎやしないか。

しかも人の消えた世界との関連が分からない。

ただ、可能性はゼロとも言えない。

そうこうしていると、遠くからズドンと炸裂音が響いてきた。

かなり遠方からである。

他に音が失われているからこそ捕捉できた。

「なにやら賑やかにしておるのぅ」

「そうですね……」

こうなると魔法少女と争っている場合でもないような気がする。

そう思い立って魔法中年は彼女に向かい語りかけた。

「ちょっといいかな？」

「……なに？」

「君も君で僕らに対して、色々と思うところはあるとは思うよ。だけど、今はこのよく分からない状況から脱する為に、お互い協力しないかい？　いや、そこまでしなくとも、一時休戦としてはどうかな？」

「…………」

ある程度は対策の目処(めど)が立っている魔法少女と、得体の知れない人の消えた世界。どちらの対処を優先するべきかは考えるまでもない。前者としては如何(いかん)ともし難いとは思うけれど、だからこその歩み寄り。

お互いに後ろからズドンとやられては堪らないだろう。

「君も異能力者への復讐(ふくしゅう)ができなくなったら困るだろう？」

「……分かった。魔法中年に協力する」

酷い言い草もあったものだ。

けれど、無事に承諾を得ることができた。

「のぅのぅ。その言い方だと、儂のこと攻撃したりしない？」

「…………」

二人静氏は不安そうにしているけれど、たぶん大丈夫だろう。

障壁魔法さえ張っておけば、魔法少女の攻撃は無効化できる。

そうとなれば善は急げだ。

「早速ですが、あの人影を追いかけましょう」

ビルとビルの合間、遠方の空に見かけた羽の生えた人。その存在は現状と無関係ではないと思う。他二人とも意見が合ったところで、この場は一時休戦。我々は先方の消えていった方角に向かい出発した。

*

人の消えた世界はどこまで行っても静かだった。

我々以外に誰の姿も見られないし、自動車の走り回る様子も窺えない。そこで魔法中年は現場の移動に当たり、そこいらに止めてあった自転車を接収した。うまい具合に鍵がかかっていなかったので、これ幸いと。

こういう場合は強制徴収してもいいと、過去に研修で習ったのだ。

いつかやってみたいなぁ、などと考えていた行いの一つである。

　返却や補償については、別の担当部署が丸っと面倒を見てくれるという。

「それズルいのぅ？　お巡りさんがそういうことしていいのかのぅ？」

「二人静さんには自慢の健脚があるじゃないですか」

「お主、現場に向かうまでのこと根に持っておるじゃろう？」

「いえいえ、そんなまさか」

　ここ数年、碌に運動をしていなかった中年の持久力は小学生以下だ。

　普通に走っていたら、二人について行けない。

　魔法少女など、マジカルフライで空を飛んで移動しているし。

　星崎さんから聞いた話によると、現場担当の局員がジムなどに通った場合、入会金から月額料金まで全額、負担金が支給されるのだとか。彼女も定期的に通っているとのことで、いよいよ自分も焦りを感じ始めている。

　身体能力を向上させる魔法とか、存在していないだろうか。

　今度、ピーちゃんに確認させて頂こう。

　そうこうしていると、かなり近いところから音が聞こえてきた。

　パァンパァンという連続した炸裂音である。

「おっ、今のは近いのぅ」

「そこの一階にコンビニが入っているビルの手前に……」

　身を隠して様子を見ましょう。

　そう伝えようとした間際、我々の向かう先に人が現れた。

　二十歳前後と思しき女性である。

　パタパタと駆け足でビルの間から姿を現した。

　そしてすぐさま路上に我々の姿を確認して、驚きから立ち止まる。

「っ……な、なんでよ！　一人じゃなかったの!?」

　その口からは悲鳴じみた声が漏れた。

　鬼気迫る表情をしている。

　笑ったのなら可愛らしいだろう面持ちも、眉間にシワを浮かべていては台無しだ。まるで親の仇(かたき)でも見つめるかのように、我々を睨みつけている。咄嗟に身構えた姿は、夜の道で不審者に遭遇したが如く。

自ずと我々の歩みも止まる。

お互いの距離は数メートルほど。

自身は自転車から降りて、車体を脇にスタンドで立たせる。

「あの、すみませんが少々お話を……」

「こっちに来ないでっ！」

声をかけるも、すぐさま拒絶されてしまった。

露骨に嫌悪が窺える。

自分、そんなに怪しく映るだろうか。

「そっちの浮かんでるの、悪魔なんでしょう⁉」

「……私？」

自らの格好を省みたのも束の間、女性は魔法少女を見つめて吠えた。

知り合いかとも考えたけれど、それにしては後者の反応が覚束ない。一方的な悪魔呼ばわりを受けて、キョトンと首を傾げている。ランクが低い異能力者からすれば、悪魔さながらの魔法少女ではあるけれど。

「隣に立ってる男が、し、使徒なのよね⁉」

「あの、使徒というのは……」

「ひっ……こっちに来ないでよっ！」

一歩を踏み出すと、またも悲鳴を上げられてしまった。

こちらが進んだ以上に後ずさってのお返事である。

「お願い、私のこと見逃して？　見逃してくれたら、後でちゃんとお礼をするから！　なんだったら、貴方の好きなこと何でもしてあげる。だからお願い、どうかこの場は見逃して？　ね？　いいでしょ？」

めっちゃ媚びられてしまった。

それはもう卑しい笑顔が浮かべられている。

不気味に歪められた目元が、少し恐ろしくも感じる。

けれど、使徒とはなんだろう。

「すみません、私はこちらの彼女とは無関係なのですけれど」

「嘘を言わないで！　ならどうして隔離空間にいるのよっ！」

「……隔離空間？」

また妙なワードが聞こえてきた。

異能力の名前だろうか。

あまりにも必死な相手の表情から、嘘や冗談を言っているようには思えない。他の異能力者から、そのように言い聞かせられているのだろうか。たとえば宗教関係など、異能力の存在を知らない人たちには威力を発揮しそうだ。

神通力だ何だと嘯いて空でも飛んだのなら、信者も喜ぶことだろう。

「お願いだから見逃して下さい！　明日の同じ時間、ここに来てくれたら、ちゃんとお礼をするから！　ね？　いいでしょ？　私、明美っていうの。お兄さんみたいな男前だったら、なんでもしてあげるから！」

今にも泣き出してしまいそうな表情で訴えてくる。

まるで自分が悪者にでもなったかのようだ。

お兄さん扱いや、男前なる響きが、これ以上なく胡散臭い。

そうして我々が戸惑っていると、女性の後方から近づいてくる人の姿があった。うち一人は自分と同じ黄色い肌をした男性である。年齢は二十歳前後と思われる。短く刈り上げた頭髪と、浅黒い肌が印象的なイケメンだ。

「直美、大丈夫か!?」

「た、貴好！」

大仰にも声を上げる彼女の下へ、男性は駆け足で一直線。

どうやら二人は知り合いらしい。

直後には我々を指差して女性が言った。

「貴好、こいつら私を殺そうと、いきなり襲ってきたのっ！」

「俺に任せろ。直美のこと、絶対に守ってやるから！」

男性は女性の言葉に頷いて、こちらに向き直った。

ギリリと歯を食いしばり、拳まで握りしめていらっしゃる。

スラスラと偽名で受け答えしていた明美ちゃん改め、直美ちゃん凄い。

「なんじゃこの女、コロコロと態度が変わるのぅ」

「生命の危機とあらば、誰だってそんなもんですよ」

それよりも気になるのは、男性の隣に立っている人物。

何故ならば背中から羽が生えている。

先程にもビルの間に眺めた、空を飛んでいた方ではなかろうか。

身の丈は自分よりも頭一つ分ほど大きく、二メートル近い身長の男性だ。脚も長くてスラッとしており、顔立ちは彫りの深いイケメン。頭髪はブロンド、肌の色は真っ白である。身に付けた衣服はキリスト教の祭服のような雰囲気を感じさせる。

パッと見た感じ、宗教関係者という雰囲気がヒシヒシと。

「俺たちは悪魔なんかに、絶対に殺されてやらねぇ！」

「貴好！　私は貴好のこと信じてるっ！」

「ああ、必ず直美と一緒に勝ち残ってみせるっ！」

「うんうん！　そうだよね！」

「見てろよ直美、こんな悪魔、軽く倒してやるからよ」

「頑張って貴好！　大好きだよっ！」

ここぞとばかりに盛り上がりを見せる貴好君と直美ちゃん。

そんな二人に向けて、ボソリと魔法少女が問いかけた。

「お兄さん、異能力者なの？」

ちょっと待った。

その質問、とても大切な質問ですよね。

お返事にミスると、大変なことになるやつ。

「あぁ？　悪魔が何をごちゃごちゃと……」

「すみません、一つ確認させて頂きたいことが」

魔法中年は大慌てで両者のやり取りに割って入る。

このままでは貴好君の絶命に待ったなし。

前動作ゼロで放たれるマジカルビームを防ぐのは、事前に用意をしていない場合、なかなか大変な行いである。運良くバリア系の異能力でも備えていない限り、次の瞬間には蒸発している。自身はそれを航空機の残骸で学んだ。

彼らはその辺りを理解してるのだろうか。

見たところ魔法少女をご存じないようだし、とても危うい光景だ。

「この期に及んで、悪魔の使徒が何の用だ」

「貴方の言う悪魔というのは、一体何なのですか？」

「そこに浮いてるの、アンタが従えている悪魔だろうが。隣にいる和服のガキも怪しいけど、まあ、どっちがどっちだって構わねぇ。お付きの悪魔さえ倒しちまえば、使徒は後でどうにでもなるからな」

マジカルホームレスを視線で示して貴好君が言う。

魔法少女どころか二人静氏もご存じないみたい。

異能力者一年生の自分と大差ない立場にあるようだ。

「いえ、彼女は魔法少女ですが……」

「この期に及んでも碌に力を感じないし、そう大した悪魔じゃないいんだろう？　アルケー、やってしまえ！　せめて一体でも悪魔を倒さないと、直美に協力してくれていた天使に顔向けができねぇ」

「よろしいのですか？」

「ああ、サクッとやっちまってくれ」

「承知しました」

男性に言われて、アルケーと呼ばれた天使コスの人が動いた。

魔法少女に向かい一直線に飛んでくる。

これに対して動いたのが二人静氏。

正面に割って入った彼女は、振り上げた腕を相手に向ける。

天使コスの人は彼女の拳を受けるよう、片手を前に突き出した。その動きは相手を脅威と感じた様子がない。

振り下ろされた拳の延長線上に腕を差し出す。二人静氏の異能力をご存じなら、絶対に取ってはいけない対応だ。

前者のグーパンが後者の手の平に触れる。

変化は一瞬の出来事だった。

「っ……これは……これは一体、なにを……」

「栄養満点じゃのぅ？　こんなに吸ったのは久方ぶりじゃ」

二人静氏の面前、天使コスの人が崩れ落ちた。

膝からガクッて感じ。

そして、駆けていた勢いのままに路上を転がっていく。

我々のすぐ傍らを過ぎて、後方数メートルの地点でアスファルトに突っ伏す。以降はピクリとも動かなくなった。生きているのか、死んでしまったのか、仔細（しさい）は定かでない。

「アルケーッ！」

直後には貴好君から声が上がった。

けれど、天使コスの人から反応はない。

一方で二人静氏と魔法少女の間ではトークが発生。

「……どうして貴方が動いたの？」

「あん？」

「だって、狙われていたのは私なのに」

「少なくとも今は休戦協定を結んでおるじゃろう？」

「…………」

後ろから同士討ちされるのが嫌で、先んじて行動に移ったようだ。

二人静氏のそういうマメなところ、意外と嫌いじゃない。

しかも意外と効果があったようで、魔法少女は小さく頷いてみせた。以降はこれといって反発の声が上がることもない。外見年齢と実年齢が伴わない二人静氏とは対照的に、見た目相応の女児らしい反応ではなかろうか。

対して慌ただしいのが貴好君と直美ちゃんである。

「ちょっと貴好!?　どうなってるのよ！」

「な、なんだよ今の、碌に反応もなかったのに」

「天使を倒されちゃったら意味ないじゃないのっ！」

「いやでも、まだ消えてないから、もしかしたらっ……」

狼狽える二人を確認して、二人静氏に動きがあった。

魔法少女から貴好君と直美ちゃんに向き直る。

「さぁて、次はどっちかのぅ？」

なんて意地悪な表情だろう。

いずれにせよ異能力者疑いということで、気絶させて局に運び込むことは、彼女も承知しているはずだ。それにもかかわらず、わざと相手を脅すように語る。性根の悪さがひしひしと感じられるぞ。

「ま、待てっ！　やるなら直美じゃなくて俺を……」

「それならこの男、こいつにして！　今のは私の意思じゃないわっ！」

間髪を容れず、直美ちゃんが貴好君を指し示して言った。

彼の発言を遮ってまで、それはもう声高らかに。

「えっ、な、直美!?」

「この男なら好きにしていいから、お願い！　何でもするから！」

「っ……」

貴好君、なんかもう可哀想過ぎるでしょ。

せっかく助けに来てくれたのに。

本人も愕然とした面持ちで、直美ちゃんのことを見つめている。

「こうまでも露骨だと、むしろ清々しく感じてしまうのう」

「その感覚は分からないでもありません」

別に何をした訳でもないのに、貴好君のこと助けたくなる。

まあ、最終的には二人とも局にお誘いするので、行き着く先は変わらない。そうして考えると、彼女の今後の社会人生活は、些か面倒なことになるかもしれない。貴好君とは別々の職場にして欲しいと、忘れずに課長にお伝えしなければ。

「ちょっと待てよ直美、俺はお前のことを助けに来たのに！」

「助けられなかったら意味がないじゃない！」

「そ、それはっ……」

「天使が一緒じゃない貴方なんて、なんの価値もないわ！」

「っ……」

天使なる存在には疑問が残るけれど、正論には違いない。

なんて論理的な会話なんだろう。

ただし、感情は破綻寸前である。

「異能力者は殺す」

畳み掛けるように、魔法少女がステッキを掲げた。

これはよくない。

マジカルビームの予感。

貴好君、踏んだり蹴ったりである。

あまりにも可哀想だ。

「ちょっと待って下さ……」

咄嗟に一歩を踏み出して声を上げる。

これと時を同じくして、界隈に声が響いた。

『みぃーつけたぁ！』

それは歳若い少年のものだった。

自ずと皆々の意識が向かった先、界隈に立ち並んだ建物の合間から、魔法少女と大差ない年頃の男児が現れた。

それも空を飛んでの登場である。どうやら飛行関係の力を備えた異能力者のようである。

　真っ白な肌と明るい茶色の頭髪の持ち主だ。きりりとした彫りの深い面立ちからも、邦人でないことは明らか。出で立ちもコスプレさながらで、真っ黒なマントを羽織り、同じ色の王冠を被っている。

「な、なんでコイツがこっちに来てるんだ！」

「ちょっと待ってよ、どうして私なの!?」

　少年の登場を受けて、貴好君と直美ちゃんが顕著な反応を見せた。

　共に先方の姿を確認するや否や、表情を引き攣らせる。まるで墓場に幽霊でも目撃したかのようだ。

『使徒の指示は絶対だからねぇ。倒させてもらうよ』

　空を飛ぶ少年は姿を現すや否や、二人に向かって一直線。

　真正面から突撃していった。

　これがかなりの勢いであって、あっという間に接近。空中を滑空するがままに、大きく振り上げた腕を相手に向けて、躊躇なく振り下ろした。狙われたのは貴好君である。その頬を少年の小さな拳が撃ち抜いた。

　パァンという音と共に首から上が弾け飛ぶ。

　なんてグロテスクな光景だろう。

　すぐ傍らでは二人静氏と魔法少女にも動揺が走った。咄嗟に身構えた彼女たちは、少年に対して警戒の姿勢を見せる。自身も例外ではない。障壁の魔法を維持しつつ、すぐにでも逃げ出せるように、飛行魔法をスタンバイ。

　これに構わず少年は直美ちゃんに向き直った。

「おねがい、助けてっ……わたし、し、死にたくない！」

『ざぁんねん。それは無理な相談だなぁ』

「いやぁああああぁ！」

　悲鳴を上げたのも束の間、少年の拳骨が彼女の顔を捉える。

　貴好君と同様、パァンと音を立てて首から上が弾け飛んだ。

　この間、少年の登場から僅か十数秒の出来事である。

　あまりにもテンポが良くて、我々は止める暇もなかった。

＊

【お隣さん視点】

どうやら私が与(くみ)した悪魔は、かなり強力な部類のようだ。

前回に引き続き、今回のゲームでもアバドンは快進撃を見せた。私の判断で見逃してしまった使徒や天使はさておいて、残る数名については瞬く間に撃沈。ものの数分で使徒諸共、全員を屠ってしまった。

路上には惨殺体となった亡骸(なきがら)が横たわる。

正直、直視したい光景ではない。

以前の気色悪い肉塊とは打って変わって、本日のアバドンは少年の姿を維持したまま、天使や使徒と争ってみせた。自ずと喧嘩のスタイルも変化が見られて、一方的な捕食から、格闘技を思わせる肉弾戦へ。

拳や足を当てられた相手方は次々と、肉体を破裂させていった。まるで大口径の拳銃にでも撃たれたかのように、パァンパァンと甲高い音を立てて、肉体の様々な部位が弾け飛んでいく光景は圧倒的である。

飛散した血肉のいくらかは、私の足元にまで飛んできた。

真っ赤な肉の間に垣間見(かいまみ)られた、内臓を思わせるピンク色の艶やかな光沢は、向こうしばらく忘れられそうにない。今晩あたりは夢に見そうである。これならまだ以前に確認した肉塊の方が、幾分か上品であったかもしれない。

『さてと、それじゃあ逃げた天使と使徒を追いかけようか』

「……そうですね」

私の傍らに戻ったアバドンが言った。

何が楽しいのか、その顔にはニコニコと笑みが浮かぶ。上から下まで、返り血で真っ赤に染まった姿とのギャップが、見ていて違和感も甚だしい。幼い外見と相まって、得体の知れない恐ろしさを感じる。

『どうしたんだい？　露骨に距離をとってくれて』

「自身の姿を省みたらどうですか？」

『せっかく頑張って働いたのに、酷い言い草もあったものだ』

「次からはもう少し具体的に指示するようにします」

『そうかい？　僕としては自由にやれた方が嬉しいのだけれど』

もしかして当て付けだろうか。

私とのやり取りでストレスを溜めていたりするのだろうか。

だとしたら申し訳ないとは思う。

思い起こせば以前にも、会話のペースが早いと指摘を受けた気がする。他者との交友経験の少なさを、こんな形で省みることになるとは思わなかった。人は他人と交わることで、自らの欠点を見つけていくのだろう。

そんな当たり前のことに、今更ながら気付かされた。

『ところで先方、完全に気配を消してしまっているねぃ』

「そうでなければ、逃げる意味がないと思います」

『仕方がない、高いところから探すとしようか』

「……私、空を飛べないのですが」

この場でアバドンと争っていた使徒のいくらかは、天使と同じように空中に浮かび上がっていた。たぶん天使から分け与えられた力に、そういった行いを可能とするような何かがあったのだと思う。

自分も彼から不思議な力を与えられた。

触れた相手から生命力なる謎のエネルギーを吸い取る力だ。

つい先日には家庭内の問題を解決するのに利用させてもらった。右から左へ移すこともできるらしい。ただし、溜めておくのは無理とのこと。自身や移し先に問題があれば癒える一方で、万全の状態なら霧散するのだとか。

これで当面は飢えから体調を崩すこともない。

その点については非常にありがたい。

多分、アバドンもそのような意図があって、この力を私に与えたのだろう。向こうしばらく母親や母親の彼氏には、私の養分として活躍してもらうことになりそうだ。学校の配膳室で給食の残りを漁る日々ともお別れである。

『僕が浮かんで探すから、君は下から付いてきてよ』

「空を飛ぶような力を与えてはくれないのですか？」

『天使や悪魔が使徒に対して、無条件で与えられる力は一つ限り。そして、君には生命を弄る力を与えてしまった。これも代理戦争のルールなのさ。もしも追加で力が欲しかったら、それはゲームのご褒美で相談して欲しいな』

「なるほど」

　使徒からすれば、かなりモチベーションに影響を与えそうな話だ。

　少なくとも私はアバドンの言葉を耳にして、興味をそそられた。

『天使や悪魔からすれば、使徒に与えられる力は高が知れている。僕らが力を発揮できる隔離空間においては、誤差みたいなものだろう。ただ、何事にも例外は存在するから、このことは覚えておいて欲しいな』

「天使や悪魔を圧倒する使徒がいるんですか？」

『理由は定かじゃないけれど、過去にそういった出来事は起こっているよ』

「それってゲーム的に大丈夫なんですか？　根底が揺らぐような気がします」

『ルールに違反する過大なご褒美を使徒に与えると、悪魔や天使にもペナルティがある。現世で人草を害するのと同様、本体にまで影響が出てくる。平たく言えば、こうして活動している分身のみならず、大本が消滅しかねない一大事だね』

「……そうですか」

　個人的には他者を魅惑する力にも食指が動く。

　彼が隣のおじさんに使ってみせた魅了の術。

　残念ながら成果には至らなかったけれど、反応は顕著なものだった。場を改めて行使したのなら、次は私の求める光景が得られるかもしれない。そう考えると垂涎ものである。現在手にしている力を放棄してでも欲しくなる。

「ですがその場合、私の身の安全は大丈夫なのですか？」

『安心してくれていいよ、今も君の周りは結界で守りを固めているからね。同じことを現実世界で行うのは大変だけれど、隔離空間ならこれくらい朝飯前さ。並の天使が相手なら、君に触れることもできないと思うよ』

「そうだったんですか……」

　言われるまで、まったく気づかなかった。

　それっぽいものは何も見えないし。

『僕に抱かれてでも空を飛びたいというのなら、それでもいいけれど』

「分かりました。地上を歩いて付いていくので、先導して下さい」

『うん、まっかせて！』

おじさんにも抱かれたことがないのに、こんな訳の分からない悪魔に抱かれるのは御免だ。むしろ私はおじさんを抱きたい。抱かれるよりも抱きしめたい。彼のシャツの胸元に顔を埋めて、深く息を吸い込みたい衝動に駆られる。

そんなことを考えながら、頭上に舞い上がったアバドンの後を追いかける。

彼が空を飛ぶ勢いは思ったよりも速くて、自ずとこちらは駆け足で後を追いかける羽目になった。運動はあまり得意ではないので、これがなかなか大変だ。今後は体育の授業も真面目に受けるべきかもしれない。

日頃の運動不足が生命に関わる、そんな日が訪れるとは夢にも思わなかった。

そうして人の消えた界隈を歩くことしばらく。

空を進むアバドンから声が上がった。

『あ、見つけたよ！』

「近いですか？」

『うーん、少しだけ距離があるかなぁ』

地面と水平に掲げた手を額に当てて、遠方を眺めるように姿勢を取っている。何気ない仕草の一つ一つが芝居がかっており、尚かつそれが似合っているから、素直に彼の言動を受け入れられない私は、なんとも歯がゆい気持ちである。

ややあってその眼差しは、地上を歩む私に向けられた。

『どうする？』

隔離空間に入る直前、私は登校の途中だった。

この後には丸一日の学業が待っている。

いくら現実世界では時間経過が皆無とはいえ、自身の精神的な消耗は免れない。あまり時間をかけると、学校生活に支障をきたす。体調不良を理由にした早退も、あまり繰り返すと他の生徒や教師に目を付けられてしまう。

だから、判断に躊躇はなかった。

そもそも先方は、出会い頭に私の生命を狙ってきたのだし。

「倒しちゃって下さい」

『うん、わかった！』

ヒューンと勢いよく空を飛んでいったアバドン。

その姿はあっという間に、建物の陰に隠れて見えなくなる。

直後には少し離れて、元気のいい声が聞こえてきた。

『みぃーつけたぁ！』

同時にパァンという音が、私の下にまで届けられる。

先程と同じように、天使や使徒に対して腕をふるっているのだろう。立て続けに人の悲鳴を思わせる声が聞こえた。そうした争いの気配に向かい、私は普段よりもゆっくりと歩いて足を進める。

急いで現場に向かい、争いに巻き込まれては面倒だ。

静かになったあたりで到着するのが丁度いい。

アバドンの言葉に従えば、自身は結界なる代物で守られている。もし仮に敵を見逃していたとしても、不意打ちから絶命するような可能性は低い。大物が現れた場合は分からないけれど、その見込みは低いと考えているのだろう。


本当に優秀な悪魔だと思う。

＊

急にやって来た空飛ぶ少年。その暴挙を目の当たりにして、我々は気圧（けお）されていた。異能力者であることは間違いない。問題はどの程度のランクであるのか、ということ。もし仮にA以上であった場合、我々にとり得る選択肢は撤退一択。

ランクA能力者が相手なら、課長も大目に見てくれると信じている。

「この子供、どういった異能力なのかのぅ」

「パッと見た感じ、二人静さんに引けを取らない腕っぷしですね」

「真正面からやり合うような真似は勘弁じゃよ？」

「しかも空を飛んでますよ」

「羨ましいのぅ。儂も空とか飛んでみたいなぁ」

頭部を失った直美ちゃんの遺体がドサリと、アスファルトの上に倒れた。吹き出した大量の血液が、近隣一帯を真っ赤に染め上げる。幸い損壊部は我々とは別方向を向いており、飛沫（しぶき）に汚れるようなことはなかった。

　これは貴好君も同様である。

　二人の絶命を確認して、少年がこちらに向き直る。

　その直後に変化は訪れた。

　静まり返っていた界隈に、喧騒が戻ったのである。

　車道には自動車が走り始めて、歩道では通行人が行き交う。再び聞こえ始めた車の排気音は絶え間なく、そこにガヤガヤとした人々の話し声が混じる。延々とミュートされていた動画の音声が、急に解除されたような感じ。

　その只中に我々は変わらず立っている。

　幸いポジション的には歩道に佇（たたず）んでいたため、いきなり車に轢（ひ）かれるようなことにはならなかった。すぐ正面から向かって来た人が、え、なによアンタ、みたいな表情となり、目を見開いて驚いたくらい。

　そして、人々は貴好君と直美ちゃんの遺体を目撃して声を上げた。

　一部は空中に浮かんだままの魔法少女にも注目しているぞ。

　朝の通勤、通学の時間帯とあって、周囲にはそれなりに人気（ひとけ）が見られる。こうなると遺体を無かったことにはできない。全身ピンクでフリフリの魔法少女を隠すことも難しい。更には向かって正面、謎の少年も依然として健在だ。

　ただ、天使の人だけ消えて無くなっているのはどうして。

「うぬぅ、なんじゃこれは……」

「……元の世界に、戻った？」

　届けられた声は二人静氏と魔法少女のもの。

　あぁ、これは大変なことだ。

　どこから手を付けたらいいのか分からない。

　けれど、放っておくこともできない。

　なんかもうすべてを放り出して、異世界に逃げたい。

『隔離空間が解けた……？』

　とりあえず課長に連絡を取ろうと、懐の端末に手を伸ばす。

　そうした自身の正面で、少年がボソリと呟いた。

『使徒を失った天使や悪魔の分霊は、どれだけ策を講じたところで強制送還。だからこそ、天使でも悪魔でも、ましてや使徒でもない？　いやいや、なんだいそれは。こんなの意味が分からないぞ……』

周囲を見つめて、とても驚いた表情をしている。

ただ、そうしていたのも僅かな間のこと。

我々に向き直った彼から、改めて声をかけられた。

『……ねぇ、君たちは何者なんだい？』

数メートルほどの距離で見つめ合うことになる。

自己紹介をするのは吝かでない。むしろ、こちらこそ色々とお話を伺いたいところ。しかし、周囲には人目がある。この場で下手に言葉を交わすことはできない。そこかしこでは通行人たちが、こぞってカメラを構え始めている。

「二人静さん、課長に連絡をお願いします」

「承知したのじゃ」

「魔法少女さんはとりあえず、地面に降りて欲しいんですけど……」

「分かった。魔法中年の言うとおりにする」

「ありがとうございます」

端末を片手に連絡を取り始めた二人静氏。

その傍らで魔法少女が地面に降り立つ。

自分は少年との会話を担当だ。

『まさか前に会ったとき、僕のこと見えていたとか？』

「なんのことですか？　本日、初めてお会いしましたよね？」

『………』

子供相手ながら、咄嗟に丁寧語で対応してしまう。

だって相手は殺人鬼。

利用された凶器は拳。

すぐ傍らで血を流す遺体に内心ガクブルである。

二人静氏と同じで、外見年齢と実年齢が相関しない異能力者かもしれない。空を飛んでいた点には疑問が残るけれど、彼の圧倒的な身体能力は、エナジードレインなる異能力の特徴とも合致している。

ただ、いずれにせよ情報が足りていない。

現状だと何も判断できない。

なのでこの場は異能力の隠蔽に尽くそう。

「それよりも大丈夫ですか？　血で凄いことになってま

すよ」

返り血を受けて真っ赤になった彼に、大仰に語りかける。

アピール先は通りを行き交う通行人の皆様。

我々も偶然居合わせたんですよ、みたいな。

少年からしたら白々しいにも程があるだろう。けれど、本日この場で遭遇してしまった人たちには、こうした行いこそ意味があると信じている。公的権力は味方。メディアも規制上等。そうなると残るは現場の判断。

魔法少女が空に浮かんでいたのは、まあ、ほんの僅かな時間だし、局も率先して誤魔化してくれると思う。問題は貴好君と直美ちゃんの遺体。願わくは管轄の警察官より早く、局の担当者が来て欲しい。

そうすれば取れる方策も増えてくると思う。

『これは彼女には伝えられないなぁ』

「なんの話ですか？」

だからこそ、最大の焦点は目の前の少年。

彼の動き次第で、自身の今後の公僕生活は大きく左右される。

場合によっては魔法中年として戦う必要が出てくるかも。

二人静氏のおかげで懐は温かいけれど、それでも公務員という立場は惜しい。国家という虎の威を借りて送る日々は、安心と安全に満ち足りている。過去、長いものに巻かれて安心を覚えるタイプと二人静氏に語った思いは、決して伊達ではない。

それはピーちゃんと約束したスローライフにも必要なものだ。

『いいや、ただの独り言さ』

「すぐに警察が来ると思うので、できれば親御さんに連絡を……」

しかし、そうした自身の思いはさておいて、先方は踵を返した。

肩にかけた真っ黒なマントがふわりと翻る。

これがまた様になる立ち振る舞い。

幼いながらも整った顔立ちは、あと数年もすれば女泣かせのイケメンに育つことは疑いようもない。いいや、現時点においても十分に魅力的。その手の趣味がある女性にしてみれば、たまらない造形の持ち主だろう。

『それじゃあ、僕はこれで失礼するね！』

「あ、ちょっと待って下さっ……」

いつの間にやら、遺体を囲うように生まれた人垣。

その合間に紛れるように、少年は去っていった。

相手の力量が定かでない現状、無理に引き止めることも憚られる。ピーちゃんが一緒ならいざ知らず、自身が単独で対処できる異能力者は、どれだけ頑張ってもランクBが精々。二人静氏の協力があっても、ランクAな方々は困難だ。

アキバ系の人が戦う姿を眺めていて、確信を覚えた次第である。

だから、この場は素直に見送る他になかった。

少年は人混みに紛れて、すぐに見えなくなる。

これと時を同じくして、緊急車両のサイレンが聞こえ始めた。

更にはバラバラとヘリのローター音が遠くから近づいてくる。

「のぅ、お主よ」

「なんですか？」

「ちょっと気になったことがあってなぁ」

課長への連絡を終えた二人静氏が、端末を片手に言った。

視線はその画面に向けられている。

「儂らってそれなりに歩き回っておったよなぁ？」

「ええ、そうですね」

彼女が運転していた自動車ともかなり離れてしまった。また徒歩で戻るとなると、ちょっと面倒臭さを感じる距離感だ。高級外車のお高いモデルなので、放置しても下手に扱われることはないと思うけれど。

むしろ気になるのは、魔法少女と我々の消えた現場だろうか。

「なんか時間が戻っておるのじゃが」

「はい？」

一瞬、相手が何を言っているのか理解ができなかった。

彼女に倣い、自身の端末を確認する。

するとどうしたことか、たしかに時間が戻っている。

それは端末に表示された時計の値。世界から人が失われた後で電波状況を確認した時点より、画面の隅に映った時刻は以前を指し示している。

時間外を申請するため、しっかりと確認していたので間違いない。

早朝と定時後は時間帯に応じて割増賃金が発生するから。

傍らを確認すると、徴収したはずの自転車も見当たらない。

「まるで狐にでも化かされたようじゃのぅ？」

「これでは時間外申請ができませんね……」

我々のお賃金はどこに消えてしまったというのか。危険手当と合わせて、ベース賃金に対して乗算で利いてくるというのに。星崎パイセンなど、こうした時間外手当日当てに、早朝や深夜まで労働に励んでいるという。

「……お主、意外とそういうところ逞しいなぁ」

「貴方ほどじゃないと思いますけれど」

まさかとは思うが、人の消えた世界で過ごした時間は、現実の世界ではカウントされないのだろうか。こと時間の流れ方の変化については、異世界という前例を知っているので、そうだと言われたら、意外とすんなり受け入れてしまいそう。

むしろ自分より二人静氏の方が、難しそうな表情をしている。

そうした我々のやり取りを眺めて、魔法少女がボソリと呟いた。

「今日は帰る」

「こんなことを尋ねるのも変な話ですが、いいのですか？」

我々としてはありがたい限りだけれども。

人の消えた世界で天使の人に襲われた際のこと、二人静氏に庇われたのが影響しているのかもしれない。思い起こせば以前も、怪我をした子供の登場を受けて身を引いていた。決して良心が欠如している訳ではないのだろう。

ただ、異能力者が憎くて仕方がないだけで。

「じゃあね、魔法中年のおじさん」

魔法少女がステッキを軽く振るう。

すると彼女の傍らにジジジと音を立てて、真っ黒い空間が口を開いた。マジカルフィールドである。周囲に人目があるこの状況、できればご遠慮願いたい演出だ。しかし、まさか止めることもできなくて、大人しく退場を見送る。

空を飛ばれるよりはマシだと考えよう。

彼女の撤収は、時間にして数秒の出来事だった。

「儂だけお別れの挨拶がなかったのぅ」

「次の機会に期待しましょう」

「また次があると思うと、それはそれで嫌じゃな」

「二人静さんって贅沢な人ですよね」

そうこうしていると、現場に警察官がやってきた。

直後には空からヘリが降りてきて、局員も登場。

現場の管理を巡っては双方から声が上がったが、後者から降り立ったスーツ姿の局員が警察手帳を示してみせると、前者は敬礼と共に彼らを迎え入れた。その切り替わりの速さは、警察組織における上下関係の厳しさを意識させられる。

正直、なんかちょっと怖いくらい。

「失礼ですが、佐々木警部ですか？」

「え？」

警察官に現場作業を命じていたのも束の間、ヘリから降りてきた局員の一人が、こちらに声を掛けてきた。自身の名前の後ろに、聞き慣れない肩書がくっついていることに違和感を覚える。

こちらの記憶が正しければ、正しくは警部補であったような。

「お主、意外と厳つい肩書をしておるのぅ」

「そんなことはなかったと思いますが……」

いいや、そういえば、そんなことあった。

二人静氏のスカウトと併せて、課長から昇進させるだなんだと、言われた気がしないでもない。それを受けて昼ビールしてしまったからな。国民の血税で昼ビール。

ちなみに星崎さんも同じ役職にあるのだとか。

自身や彼女に与えられた分不相応な肩書について、今ならその理由を実感できる。こういった場合に、現場の警察官を顎で使うためなのだろう。多分、調子に乗ってドヤったりすると、簡単に剥奪されるんだと思うよ。

「現場指揮をお願いします。既に課長からも話を伺っております」

「それって僕がやることなんですか？」

「この場では佐々木警部が一番上の立場にありますので」

「……なるほど」

たしかにドラマとかでは、警部以上となると、デスクワークがほとんどである。

そういうこともあるのかもしれない。

何より今回はあまりにも急な出来事であった。二人静氏に向けられたところで、そうして語る相手の意識は、止まない。こうして自分と会話をしつつも、チラリチラリと視線が向けられている。多分、彼女の存在を正しく理解しているのだろう。

現場を訪れてすぐにこちらへ声をかけたのも、近くに彼女がいるだろうから、みたいな説明を課長から受けていたに違いない。和服姿の見目麗しい女児は、人混みにあっても目を引く。待ち合わせの目印には最適だ。

「承知しました。それでは早速ですが、周辺の監視カメラについて……」

我々と魔法少女の関係も含めて、秘密にしておきたいことは多い。

それならそれで、好き勝手にやらせて頂こう。

課長に対して成果をアピールできれば、局内でも過ごしやすくなる。入局から間もない立場で昇進してしまったので、周囲からは反感を買っている可能性が高い。他部署に対しても、実情はどうあれ、努力している姿をアピールしたいところだ。

〈合流　二〉

魔法少女と野良の異能力者の喧嘩から発した時間外対応。その現場処理を終えて登庁する頃には、陽も段々と傾き始めていた。遭遇したのが早朝、局に向かっている最中であったことを思えば、事後処理で半日ほど持っていかれた形となる。

昼食を取っている暇もなかった。

からの、課長に呼び出されて打ち合わせ。

これには自身に付き合う羽目となった二人静氏からも不満が漏れる。

「せめて食事を取る時間くらいは欲しいのだがのぅ」

「これも局員に課せられた仕事だ。悪いがしばらく付き合って欲しい」

「おぉ、これが噂に聞く宮仕えの辛みかぇ……」

「この打ち合わせが終わったら、今日は帰宅してくれても構わない」

場所は局内に設けられた六畳ほどの会議室。

そこで阿久津課長と顔を合わせている。

対面に座った彼に、二人静氏と二人で臨む形だ。

不服の声を上げた彼女は、これ以上は働けないと訴えんばかり、ぺたりと会議卓に頭を垂れた。エナジードレインなる異能力を思えば、二、三日は飲まず食わずでも働けそうなものだけれど、そこのところどうなんだろう。

「佐々木君からは既に報告書を上げてもらったが、内容については理解しかねている。この場で改めて確認させてもらいたい。二人静君も気付いたことがあったら、遠慮なく発言してくれたまえ」

「承知しました」

「なんでも喋るから、さっさと終わらせてしまいたいのぅ」

報告書には異世界の存在や我々と魔法少女の関係を除いて、今回遭遇した不思議な異能力について素直に記載している。

現場に到着しました。急に近隣から人気が失われました。異能力者と遭遇しました。先方から襲われたので、魔法少女の存在と併せて、二人静さんと共に対応しました。異能力者を退けて周囲に人気が戻ったとき、時間が過去に遡っておりました。

改めて説明してみると、荒唐無稽な話である。

龍宮城に招待を受けた浦島太郎さながらだ。

課長から呼び出されたのも当然のように思えた。

「時間が戻った、というのは分からないでもない」

「そうですか？」

「現場から君たちが急に消えたことは、我々も把握している」

「なるほど」

どうやら元居た場所では、そのように見えていたらしい。

なんとなく想像はしていたけれど、いざ実際に説明を受けると不思議な感じ。端末の指し示す位置情報が急に飛んで変わった訳だから、局で監督に当たっていた課長も、さぞ驚いたことだろう。

「君の報告が本当なら、相手はランクA相当と考えて差し支えない」

「そうですね、自分もそのように考えています」

チラリと課長の視線が二人静氏に向けられた。

彼女の以前の勤め先を疑っているのだろうか。

可能性としては自分も考えていた。

「言っておくが、儂もぜんぜん知らんヤツじゃからな？」

「二人静君が描いてくれた人物像を見る限り、子供のように思える」

対面に座った課長の手元には、今回の出来事で遭遇した人物のうち、姿をくらませてしまった少年と天使の人の人相書き、というか全身図がある。共に二人静氏が描いてくれたもので、これがなかなか上手だ。

イラストレーターで食べていけるんじゃなかろうか、と思ったほど。

「子供じゃったよ？　あれで大人だとか言われても、ちとキモいのぅ」

「それって二人静さん的には、特大のブーメランじゃありませんか？」

以降、貴好君や直美ちゃんとの会話の内容や、二人静氏がエナドレした天使の人についてなどから始まり、時間の戻りはどのように確認したのだとか、魔法少女に襲われていた異能力者との関係性はどうだとか、根掘り葉掘り質問を受けた。

　課長も関係各所へ報告を行うのに情報が足りていないのだろう。

　これに一つ一つ返答していると、あっという間に時計の針は一周してしまった。後半は二人静氏のお腹がグゥグゥと音を立てて、それはもう賑やかに空腹を訴えていた。本人は素知らぬ顔で話をしていたけれど。

　そうしてひとしきり言葉を交わした時分のこと。

「最後に一つ、二人に確認しておきたいことがある」

　居住まいを正した課長が、真剣な面持ちで問うてきた。

　改めてそういうこと言われると緊張してしまう。

「どうして現場で君たちだけが、時間を戻す異能力の対象になったのだろうか？　信頼性に乏しい推測であっても構わない。現時点で検討している事柄があれば、この場で私にも共有して欲しい」

「その点については、我々も理解しかねています」

「魔法少女を狙ったところ、儂らも巻き込まれたんじゃないかのぅ？」

　課長には申し訳ないけれど、これればかりは素直にお伝えできない。

　というのも現時点で既に一つ、当たりが付いている。ピーちゃんから教えてもらった障壁魔法や、魔法少女のマジカルバリアが、どこかの誰かの異能力に干渉したのではなかろうか。あの場に居合わせた三名は、各々が魔法的な現象で身を包んでいた。

　二人静氏も変化の前後で、我々の周りが光るのを見たと言っていた。

　ただ、そうなると人の消えた世界との遭遇は、我々を狙ってのことではない、ということになる。むしろこちらが先方の予期せぬところで、偶然から他所様の異能力に足を踏み入れてしまった、みたいな感じ。

　こうして考えると、謎の少年の驚愕も腑に落ちた。

　だからこそ、この話題はあまり続けたくない。

「なるほど、それは残念だ」

「ところで課長、こちらからも確認しておきたいことが」

「なんだね？」

「明日以降、僕と二人静さんの仕事はどうしましょうか？」

「あぁ、今回の出来事が偶発的な遭遇であったことは理解した。こちらでも引き続き調査を進めておくので、以前伝えた仕事を継続して頼みたい。本件については、新しい情報が入り次第、改めて指示を送るようにする」

「承知しました」

取り急ぎ、貴好君と直美ちゃんの身元確認から、みたいな感じだろう。

そういうのは専門職の人たちが最強なので、我々の出る幕はない。

上司の言葉通り、異世界のリザードマンが現代にやってきてしまった問題について、調査をすすめるとしよう。今はまだテレビのニュースに流れて、お茶の間を賑わす程度で済んでいるけれど、それも今後は分からない。

打てる手があるのなら、早めに解決してしまいたいところだ。

＊

局でのお勤めを終えた我々は、本日も異世界へ向かうことにした。

自宅に戻り次第、局支給の端末をデスクの上に放置。ピーちゃんの空間魔法のお世話になって、二人静氏が確保した拠点まで一直線である。同所でケプラー商会さんとの取り引きに利用する物資を引き取った上、異世界の拠点に出発だ。

このあたりの流れもかなり慣れてきた感じがする。

二人静氏も最近、一緒に行きたいと言い出した。

残念、お断りである。

異世界へのショートステイは、我々の癒やしの時間でございます。

これ以上の問題は、絶対に持ち込んでなるものか。

そんなこんなで訪れた先は、ヘルツ王国はエイトリアムの町に所在するミュラー伯爵のお屋敷。まずは彼に来訪のご挨拶をすると共に、我々がこちらの世界を留守にしていた間の情報を得るのがいつものパターン。

顔見知りの門番に取り次いでもらい、伯爵の下まで案内を受ける。

そうして訪れた応接室でのこと。

「エルザ様がご婚約、ですか？」

「ああ、そうなのだ……」

ミュラー伯爵から娘さんの婚姻を伝えられた。

男子が二人、女子が一人のミュラー家においては、一人娘という立場もあって、ご家族からも大切にされていたと記憶している。お屋敷に仕えている人たちの信頼も厚いのだとか、お家騒動の折に聞かされた。

つまるところ、蝶よ花よと育てられてきた女の子である。

そんな盛り姫様の記念すべき晴れ舞台。

本来なら祝うべきイベントのような気がする。

しかし、そうして語るミュラー伯爵の表情は覚束ないものだった。

『肝心の相手は誰なのだ？』

彼の面持ちを確認してだろう、ピーちゃんからも声が上がった。

こういう場面でも素直に尋ねられる文鳥殿、とても頼もしい。

ちなみに彼は本日も、伯爵が用意して下さった止まり木に止まり、我々と席を共にしている。ソファー正面に設けられたローテーブルの上から、先方を見上げて囀る姿は、自宅で眺める彼よりも幾分か貫禄が感じられた。

自分もケージの止まり木とか、もう少し上等なものを新調するべきなのかも。

「それが第一王子から、側室筆頭にと声を掛けられておりまして」

『なるほど、それで困っているという訳か』

「私事となり申し訳ありません。ただ、今後の私の立場にも影響して来そうなので、お二人には早めにお話をさせて頂きました。アドニス殿下にもご相談はさせて頂いたのですが、こればかりは当事者の問題となりますので」

異世界に疎い自分には、側室筆頭というのがどういった立場なのか分からない。字面だけを日本語に当てはめると、妻のことは大切だけれど本当に愛しているのは君なんだ、みたいな感じ。だけど、たぶんそうじゃないんだろうな、とは思う。

相手が第一王子となれば、セフレであっても相応の権力を持っていそうだ。

『どうやらルイスは、本格的に王位を狙っているようだな』

ルイスというのはヘルツ王国の第一王子の名前である。前に謁見の間で耳にしたから間違いない。

それがミュラー伯爵の娘さんを王子妃にとなると、第二王子派閥である伯爵の立場はなかなか大変なことだ。というか、そんなことが許されるのだろうか。

『貴様はそれでいいのか？　ユリウスよ』

「いえ、私のような場末の貴族が、王家の意思に口答えなど……」

『そうは言っても、娘にとっては一生に一度の大事であろう』

「……返す言葉もございません」

「第二王子との関係を理由に断ったりはできないんですか？」

「今となっては色々と騒々しくありますが、第一王子はアドニス殿下と共に、次代のヘルツ王国を担うべく生まれられた方です。こうまでも位の低い貴族の娘を側室筆頭として迎え入れるなど、前代未聞のことなのです」

過去に前例がないから、断っていいのか、受け入れなければ不味いのか、判断をするにも困ってしまっているみたいだ。相手が王族とあらば、下手を打てばお家の進退にも影響がありそうだし。

自分も似たような経験、沢山あるので分かりますとも。既存の決裁が収められたファイルに、似たような決裁書類が見当たらず、一から所定の書式を埋めていく苦労といったら、思い出しただけで胃がシクシクとする。

だって参考決裁がないと、部課長が承認印を押してくれないんだもの。

『それもこれも貴様の家の問題だ。我々から強く言うことはするまい』

「はい、お気遣いありがとうございます」

『しかしなんだ、手伝えることがあるようなら気軽に言って欲しい』

「っ……星の賢者様」

ピーちゃんの何気ない一言に、ミュラー伯爵が感動から打ち震え始めた。

そんなことを言ってしまったら、星の賢者様を敬愛する彼は、これまで以上に我々を頼らなくなってしまうのではなかろうか。傍から眺めていてそんなふうに感じた。なんて罪作りな文鳥だろう。

　しかも本人は、少しだけ視線を逸らしてみたりして、ツンデレ風味。

　その直後のこと、不意に応接室のドアが開かれた。

　姿を現したのはいつも伯爵の護衛に付いている騎士である。しかもどうしたことか、彼の腕にはグッタリとしたエルザ様が抱かれている。気を失っているのか、目を閉じており、身体はピクリとも動かない。

「大変です！　エルザ様がご自害を図られましたっ！」

「なっ……」

「部屋で、く、首を吊られていたのですっ！　椅子の倒れる物音に気付いたメイドが、急いで縄から下ろしたのですが、依然として意識が戻らず、今もこうしてグッタリとされておりまして！」

　これまたショッキングなお知らせである。

　エルザ様を運び込んだ騎士の人も、軽く混乱しているようで、普段の落ち着き払った態度とは打って変わって、甲高い声で状況を説明してみせた。

　感動からむせび泣きそうになっていたミュラー伯爵は、一変して驚愕から顔を強張らせる羽目となる。

　自分も驚きから言葉を失った。

　我々の目の前で、力なく手足をだらんと下げたエルザ様。呼吸も失われているようで、胸の上下する様子も窺えない。

　その姿を目の当たりにして、ピーちゃんに反応が見られた。

　止まり木からぴょんとはねて、ローテーブルの天板に降り立った文鳥殿。

　その足元にふっと魔法陣が生まれた。

　時を同じくして、騎士に抱かれたエルザ様の周りにも、球状の立体的な魔法陣が描かれる。同じ色合いの両者は、前者の輝きが増すのに応じて、後者もまた眩いばかりに力強く発光し始めた。

「ピ、ピーちゃんっ……」

『…………』

　騎士の人の目があるからだろうか、何を喋ることもない。

淡々と魔法を放ってみせる。

たしかに首吊りの場合、吊ってから数分間は存命である場合が多いという。早期に救出されれば、後遺症を残さずに生き残れる可能性もあるのだとか。そして、生きてさえいれば意外となんとかなるのが、星の賢者様の凄いところ。

自身の想定通り、数瞬の後にエルザ様に反応が見られた。

彼が我々の面前で行使したのは回復魔法である。

騎士の人に抱かれている彼女の小さな身体。力なく垂れ下がっていた腕の先で、指がピクリピクリと動いたのである。しばらくすると目が開かれて、首が動いたかと思いきや、その瞳に我々の姿が映った。

ゆっくりと動いた唇が、ボソリと小さく声を届ける。

「……お父、さま？」

「エルザ、どうして、どうして自害だなどと……」

お父様はソファーから立ち上がり、彼女の下に駆け出した。

騎士の人から娘さんを受け取り、自らの腕でギュッと抱きしめる。

すると彼女は小さく笑みを浮かべて、パパに伝えた。

「お父様の邪魔になるくらいなら、私は死を選ぶわ」

「っ……」

これまた健気かつ危うい発言ではありませんか。

ミュラー伯爵のお顔が大変なことになっている。

どうやら彼女も自身の婚姻については聞き及んでいるみたいだ。しかし、だからといって早々にも自害とは、行動力に満ち溢れていらっしゃる。もう少しくらい躊躇するものだと思うのだけれど。

それもこれも異世界ならではの価値観か。

こんなにも眺めていて不安になる笑顔は初めて見た。

＊

エルザ様のご自害騒動で、打ち合わせは仕切り直しである。

上下共に汚れてしまった彼女のお色直しだとか、ピー

ちゃんの格好いいシーンを目撃してしまった騎士様への対応だとか、その手の諸々を終えるには、小一時間ほどを要した。それはもうお屋敷を上げての大騒ぎと相成った。

騎士様の扱いについては、自身が使い魔を介して回復魔法を使った、という形で理解を得られた。幸いお喋りしているところを見られた訳ではないので、そこまで不審に思われることもなく済んだ。

ただし、エルザ様ご本人の意向は頑なである。

「繰り返しますが、お父様の邪魔になるくらいなら、私は死を選びます」

応接室のソファーに掛けた彼女は、居合わせた面々に対して宣言した。

同所には彼女の隣に並び座る形でミュラー伯爵。対面に自分。そして、ローテーブルの止まり木にピーちゃん。

騎士の人はミュラー伯爵から退席が指示された。以前までならこのような折には、睨むような視線を向けられていた我が身である。しかし、前回のステイでササキ男爵なる立場を得たことが影響してか、本日は恭しい礼とともに去っていった。

「エルザ、よく聞いて欲しい」

「なんですか？　お父様」

「私は君の命を代償にしてまで、この家を守りたいとは思わない」

「それはミュラー家の当主として、怠慢ではありませんか？」

「…………」

盛り姫様の発言には、ほんの僅かな躊躇も感じられなかった。

パパとしては複雑な心持ちだろう。誇らしくも悲しい、などと感じているのではなかろうか。続く言葉を失ったミュラー伯爵の切なげな表情を眺めていると、そんなふうに思った。

「だから申し訳ないけれど、貴方たちには感謝の言葉を伝えられないわ」

自分とピーちゃんを見据えてエルザ様が言った。

覚悟を決めた表情が凛々しい。

完全に腹を括(くく)っていらっしゃる。

放っておいたら、また同じことをしそうな感じがヒシヒシと。

「エルザ、どうか考え直してはもらえないかい？」

「私だってお父様の役に立ちたいの。いいえ、せめて足を引っ張るようなことだけはしたくないの。だからどうかお父様、私のことを見送って下さい。これ以上、家の迷惑になるばかりの人生だなんて、私は耐えられないわ」

思い至ったら一直線なところ、非常に彼女らしい。

こうなると父娘(おやこ)の議論は平行線を辿(たど)るばかり。

その問答を見かねてだろうか、外野から声が上がった。

『ならば、我から一つ提案がある』

ピーちゃんである。

ローテーブルの上、止まり木の上に戻った文鳥殿。伯爵やエルザ様を見上げるように、クイッと持ち上げられている頭部に対して、自(おの)ずと強調されたクチバシや、胸元のフサフサとした羽毛が大変愛らしい。

その発言を耳にしたことで、居合わせた皆々の視線が彼に移った。

「な、なんでしょうか？」

『以前、貴様がやってみせたのと同じことだ』

「……私が、ですか？」

『しばらく娘が死んだことにして、この者の世界で預かるのだ』

文鳥のつぶらな眼差(まなざ)しが、エルザ様から自分に対して流れた。

それはつまり、現代で匿(かくま)え、ということか。

『こちらとあちらでは時間の流れが異なる。こちらの世界で数年過ごす程度であれば、あちらの世界では僅か数(すう)ケ月(かげつ)ほど。年若い娘であっても、婚姻前の貴重な時間を無駄に使うことなく、ルイスの思惑から逃れることができる』

たしかに相手がいなくなれば、婚姻もへったくれもない。首都に赴く途中、盗賊に連れ去られただ何だと適当な理由をでっち上げて、身柄を隠してしまえば、非難の声は上がるかもしれないけれど、先方はどうしようもない。

場合によっては伯爵が切った、みたいな話が上がるかもしれない。

けれど、それならそれでミュラー家は、第二王子に忠義を見せたことになる。

ヘルツ王国の封建的な価値観に従えば、決してマイナスばかりではないだろう。

そして、王位継承を巡る問題は五年という制限時間が存在しており、既に数ヶ月が経過している。第一王子の思惑にもよるだろうけれど、二、三年も雲隠れしていれば、世の中は彼女の存在に構わず大きく動くことだろう。

しかもエルザ様自身、現代行きは過去に望まれていた。

ミュラー伯爵が良しとすれば、すぐにでも実現できるお話だ。

「鳥さん、ちょっと待ってほしいわ！」

『なんだ？』

自身が尊敬している星の賢者様に対して、娘から大上段の鳥さん呼ばわり。ミュラー伯爵の表情が、あわわと焦りを見せる。ちょっと可愛い感じになっているのズルい。これに構わず娘さんは、捲し立てるように言葉を続けた。

「それは無理だと、前にササキから説明を受けたわ」

『以前とは状況が変わっている。違うか？』

「たしかに、ピーちゃんの言う通りだとは思う」

エルザ様からの突っ込みを受けても、文鳥殿は気にした様子がない。

二人静氏との関係を前提にしているのだろう。

呪いを打ち込んだ直後と比較して、彼女とのやり取りには融通が利くことが分かってきた。異世界との取り引きで利用している拠点などその最たる例だ。ピーちゃんの協力を得られれば、二人静氏のコネと併せて、海外で匿うことも不可能ではない。

そう思えるくらいには、入局から間もない同僚のことを理解し始めている。

対価として支払うものを支払っている、というのが大きいとは思うけれど。

「……ほ、本当なの？」

『無論、決して無理にとは言わない。貴様にとっては僅か数ヶ月の期間であっても、こちらの世界では数年という歳月が経過する。その間に家族の身に不幸があったとしても、駆けつけることすら儘ならない』

「…………」

『更に言えば、我々になにかあった場合、こちらの世界に戻る手立てはなくなる。そうなったら二度と家族とは顔を合わせることもできない。頼る相手がいない世界で、生涯を終えることになるだろう』

そう言われると、自分も大差ない立場にあるんだよな。あまり心配はしていないけれども。

向こうで結婚していたら、絶対に取れなかったリスクである。もしかしたらピーちゃんも、そのあたりを確認した上で、自分に対して声をかけたのかもしれない。引き取られて行った先、ボロい1Kだったから。

そうでなかったら、購入から間もない文鳥が自宅から逃げ出すという、ちょっと心の痛いアクシデントが発生していた可能性も脳裏に浮かぶ。いやいや、過ぎたことをあれこれと考えるのは止めておこう。

今こうして一緒に過ごしているのだから、それでいいじゃないの。

「ええ、問題ないわ。それでお父様の悩みがなくなるのなら」

「待って欲しい、エルザ。もっとよく考えるべきだ」

「お父様、これはまたとない機会だと思うの。悲観するばかりではないわ」

「……どういうことだい？」

エルザ様の表情に笑みが浮かぶ。

それは過去、偶然から我々の世界を訪れた際にも垣間見た感情の表れ。

「ササキたちの世界は私たちの世界と比べて、とても洗練されているわ。これを実際に自らの目で見て学ぶことには、とても価値があると思うの。それをこちらの世界に持ち帰ることができたら、私は更にお父様の力になれるわ！」

ご両親が望む地元の短大ではなく、都内の総合大学に進学せんとねだる受験生のような感じ。四年制の大学を出ておいたほうが、短大と比較して生涯年収も高いから、云々。家庭内で話をしたことがある人も多いことだろう。

彼女の場合は些かスケールが大きいけれど。

「も、もちろん、この世界とは別の世界があるなんて、吹聴して回ったりはしないわよ!?　ただ、あちらの世界で良いと思ったことを、こちらの世界でも取り入れていくことができたら、この町はもっと発展すると思うの」

彼女には以前、異世界のことは口外しないで欲しいと伝えた。

続けられた文句は、そのあたりを意識しての発言だろう。

「エルザ、君の言うことは正しいと思う。けれど、それはササキ殿たちの商売と競合する行いだ。まさかとは思うけれど、すんなりと協力を受けられるとは考えていないだろうね？　君はその対価として、彼らに何を提供できるんだい？」

「っ……そ、それは……」

「今の話もおふた方の好意あっての賜物なのだよ」

きっと星の賢者様に気を使ってのことだろう。

父から娘にやんわりとお叱りの言葉が与えられる。

けれど、話題に上げられた当の本人はどこ吹く風だ。

『あの世界の知識は非常に高等なものだ。話し言葉や文字も違っている。数ヶ月ほどの滞在では、我々と競合するほどの知識を得られるとは思えない。もし仮に何かを得ても、こちらに持ち帰り形とするには、相応の年月を要することだろう』

「ですが、本当によろしいのでしょうか？」

『我はそのように考えている。貴様はどうだろう？』

「それでエルザ様が落ち着いて下さるなら、構わないと思うよ」

既に一度は首を吊っている彼女を思うと、断るという判断はなかった。

ここで断って再挑戦された日には目も当てられない。

また、今回のお話は星の賢者様からのご提案となる。少なくとも向こうの世界では、彼女の面倒を見る腹積もりでいることだろう。だとしたら、向こう数ヶ月という期間も手伝い、自身の負担はそう大したものではない。

「……ササキ殿」

するとミュラー伯爵の表情が、これまた申し訳なさそうなものに。

ここ最近の彼は、苦労ばかりしている気がする。

帰りがけに星の賢者様に頼んで、回復魔法の一発でもご提案したくなる。

「いつも迷惑をかけてばかりで、本当に申し訳ない」

「気にしないで下さい。我々も伯爵にはお世話になっております」

　ミュラー伯爵がいなければ、我々はこちらの世界の動きを掴むのにも一苦労だ。とりわけ王宮での出来事は、第二王子とも仲のいい彼でなければ、持ち帰ることが難しい。これまでにも色々とお世話になってきた。

　だからこれは嘘偽りのない本音。

　するとこちらの思いが通じたのか、伯爵は小さく頷いた。

「分かったよ、エルザ。もしもササキ殿たちが受け入れてくれるというのであれば、私は君の意思を尊重しようと思う。だが、決して二人に迷惑をかけないと、家名に誓って約束してくれるね？」

「はい！　お父様との約束、しっかりとお守りいたします！」

　ピーちゃんの提案から、エルザ様の現代への渡航が決定した。

　二人静氏に借りばかり重ねている点、不安に思わないでもない。

　せめて次の取り引きでは、多目にインゴットを積むことにしよう。

＊

　ミュラー伯爵のお屋敷で一晩過ごした我々は翌日、ルンゲ共和国に向かった。

　ヨーゼフさんやマルクさんと、お取り引きを行うためである。

　エルザ様にはその間に出発の支度をお願いした。女の子はお泊りをするにも、何かと入用だと聞く。それは異世界でも大差ないことだろう。どの程度の外泊になるのかは定かでないけれど、猶予を設けた次第である。

　その間に我々は、現代の品々を金のインゴットに化かす作業を進める。

　今回も以前と同様に大量の砂糖と、既に取り引きの実績がある工業製品を何種類か持ち込んだ。また、これに追加で一部の薬剤についても、治験の結果が出たとのことで、改めて持ち込ませて頂いた。

コミコミの売り上げは、防壁の建設費用としてマルクさんにお預けした額の約二倍。二人静氏から本格的に協力を得たことで、砂糖の搬入量が増えた点が大きく寄与した。今後も同額の収入が見込まれる。

また、そうして卸した商品はどれも、改めてケプラー商会さん傘下、マルク商会の名前で世の中に売り出していくことになる。以降はヨーゼフさんとマルクさんのお仕事なので、我々はノータッチというお約束だ。

「ところでヨーゼフさん、今回はマルクさんの姿が見えませんが……」

「以前、ササキさんから話題のあった件で、現地に向かわれました。エイトリアム支店の設立と合わせて、しばらくは滞在するとのことでしたので、もう少し時間がかかるのではないかなと」

「なるほど、そうだったのですね」

意外とガッツリ時間をかけて下さっているのかもしれない。我々の都合で振り回してばかりで申し訳ない限りだ。こうなると今更ではあるけれど、負い目を感じてくる。

ただ、当面は異世界へのショートステイも時間が限られている。課長から仕事が降ってきてしまったので、平日は地球時間で数時間が限度。そうなると今回も、エルザ様の渡航を二人静氏と調整したら終わってしまうだろう。

できることはと言えば、金銭的なサポートくらいだろうか。

今回の儲けも念の為にお渡ししておこう。

「このようなことをヨーゼフさんにお頼みするのは、本当に申し訳ないと思うのですが、次にマルクさんにお会いしたとき、今回の売り上げの半分を追加の資金及び、謝礼としてお渡しして頂けませんでしょうか？」

「結構な額だと思いますが、本当によろしいのですか？」

「はい、問題ありません」

ケプラー商会さんからの支払いを待って、その後でマルクさんを訪ねてもいい。けれど、本人の下へ大量の大金貨を持ち込んでも迷惑だろう。こちらについては急ぐ話でもないので、この場はエルザ様とのお話を優先しようと思う。

「以前も思いましたが、ササキさんは思い切りがよろしい方ですね」

「仕入先との関係が改善しまして、当面は余裕がありますので」

「……なるほど」

ただでさえ丸投げしている手前、資金だけは尽きないようにしたい。

来週からは持ち込む物資を増やしてもいい。

我々が扱っている商品に、段々と引き合いが付いてきたとのことで、現代製の工業製品はルンゲ共和国でも話題になり始めているのだとか。やはりというか、こちらでも太陽電池式の電卓が重宝されていると聞いた。

あと、精神安定剤がバカ売れらしい。

日頃から暗殺に怯えている人とか、決して少なくないとのこと。何かと物騒な世界観が所以して、上流階級からの引き合いが凄いそうだ。次も持ってきたら持ってきた分だけ、倍値で引き取るとのお話を受けた。

依存性があるから注意して欲しいとは、重々お伝えしてある。

世界の在り方こそ異なっていても、人の心の脆さは大差ないものだった。

以降、ケプラー商会さんとの商談を終えた我々は、同日をヨーゼフさんのご好意からルンゲ共和国で一泊。高そうなお店で存分に接待を受けた後、翌日にもヘルツ王国はミュラー伯爵のお膝元、エイトリアムの町に戻った。

二日酔いは回復魔法で一発だった。

帰還先はこちらの世界を訪れてから、ずっとお世話になっている高級な宿屋である。部屋付きのメイドさんとも、現地時間ではかれこれ数ヶ月のお付き合いになるだろうか。自身の感覚では、そう大した期間ではないけれど。

部屋に戻って人心地ついた後、ピーちゃんは大量のルンゲ金貨をインゴットに変えてくると言って、どこへともなく消えていった。その間に自分は、客間で瞬間移動の魔法の練習。この魔法の詠唱は向こう数年、忘れられないと思う。

それと本日は、他にも詠唱の暗記を進めることにした。

以前、ピーちゃんがマーゲン帝国の兵たちを倒した魔法だ。

　雷撃の魔法が対象をかなり限定する為、他に範囲的な攻撃が可能な魔法を求めてのこと。上級より上の区分に位置する魔法らしいので、そう容易に使えるとは思えない。ただ、いずれにせよ呪文の暗記は必須となる。

　そこで先んじて、詠唱だけでも覚えてしまおうと考えた次第。

　唱えるべき呪文は文鳥殿にお伺いを立てて、既にメモを取っている。

　ソファーに腰を落ち着けた姿勢のまま、これをブツブツと口にする。自ずと脳裏には、同魔法が発せられた光景が蘇った。夜のレクタン平原を照らし上げた閃光は、未だ鮮明な記憶として残っている。

　すると、呪文を半分ほど口にしたところで、変化は訪れた。

　ブォンと音を立てて、足元に魔法陣が浮かび上がったのだ。


「っ……」

　あぁ、これはいけない。

　最後まで呪文を口にしたのなら、魔法が発動してしまうのではなかろうか。

　宿屋の居室という状況も手伝い、それはもう焦った。

　もし万が一にも発動したのなら、この部屋はおろか建物全体、いいや、町そのものに甚大な被害を与えかねない。どれほどの人たちが死傷するか、想像するだけで恐ろしい。

　しかもこちらの魔法はピーちゃんであっても、自分の肩に止まっていないと、行使が困難だと語っていた。それを自分が一人で使ったのなら、どれほどの負担が身体にかかるか分かったものではない。

　自ずと緊張から口の動きが止まる。

　これに応じて足元に浮かんだ魔法陣は、段々と輝きを弱めていった。

　時間にして十数秒ほど。

　最後は形を失い、ふっと音もなく消えた。

　どうやら発動は免れたようである。

「……魔法、ヤバいな。これはヤバい」

いつの間にか脇の下はぐっしょりだ。

これまでピーちゃん監修の下、安全に学んできた経緯も手伝ってだろう。今更ながら魔法の恐ろしさを実感した。決して適当に扱ったつもりはないけれど、今後はもう少し慎重に挑もうと心に決めた。

少なくともこの魔法は、ピーちゃんが一緒のときに練習しよう。

絶対に一人では詠唱しないぞ、と。

そうこうしていると、お宿に来客があった。

知らせに来てくれたメイドさん曰く、ミュラー伯爵家の使いとのこと。なんでも諸々、支度が整ったそうである。仔細は知らされていないが、とにかく屋敷に来て欲しいと、メッセンジャーの騎士様からお言葉を頂戴した。

エルザ様の偽装殺害の支度であることは間違いない。

できればマルクさんの下にも足を運んでおきたかった。けれど、伯爵家の使いとあらば、お待たせする訳にはいかない。自身が悩んでいるうちに、インゴットを携えたピーちゃんが戻ってきたことも手伝い、同日中に屋敷へお邪魔することになった。

＊

エルザ様の現代入りは、翌日にも進められる運びとなった。

場所はエイトリアムの町から首都に続く道中。

ミュラー伯爵のお屋敷を出発した我々は、馬車に揺られて街道を進んでいる。名目上はヘルツ王国の第一王子との婚約に向けて、首都アレストにいざ向かわん、みたいな。自分とピーちゃん以外、事情を知っているのはミュラー伯爵とエルザ様のみ。

そうした背景も伴い、実際に馬車の並びはそれなりのもの。

護衛の兵なども含めて、三桁近い人の歩む光景は壮観である。

馬車の台数も片手では数え切れない。

その中でも一際豪華な一台にミュラー親子は乗車している。

自身とピーちゃんはその後続の馬車にて待機。

他の馬車にはお付きの侍女であったり、護衛の兵を取りまとめる騎士であったりと、関係各所の重要人物が乗り込んでいるのだそうな。人件費や食費だけでも、かなりお金がかかっていることが窺える。

食事の用意をする為の機材が設けられた馬車、なんてのもあった。

新幹線や飛行機に慣れた身の上には、これがまた目新しく映る光景である。しかし、それも日を跨いで揺られていると、段々と飽きてきた。延々、馬車に乗っているばかりの旅路というのは、想像していた以上に苦行であった。

回復魔法がなければ、腰がやられていたかもしれない。

やがて、エイトリアムの町を出発してから、数日が経過した時分のこと。

馬車の窓から外の景色を窺っていたピーちゃんが、ボソリと呟いた。

『そろそろいいだろう』

どうやら作戦を開始するタイミングが訪れたようである。

星の賢者様が立案、実施するので大丈夫だとは思う。

それでもやっぱり、本番を前にするとドキドキしてしまう。

「僕はここで待っていればいいんだよね？」

『うむ、すべて我に任せてくれて構わない』

こちらの言葉に頷いて、肩からヒラリと飛び立った文鳥殿。

そのまま窓から馬車の外に向かい飛び立っていく。

直後に変化は訪れた。

護衛として隊列の周囲を固めていた兵たちが、急に声を上げて騒ぎ始めたのである。届けられた叫び声曰く、盗賊だ、盗賊が攻めてきたぞ、とのこと。窓から外の様子を眺めると、馬車を守るように構えた兵たちの姿が見られた。

自ずと馬の歩みは止められて、界隈は物々しい雰囲気に包まれる。

事前にピーちゃんから聞いた説明によれば、幻惑の魔法なる行い。

作戦はシンプルだ。ありもしない盗賊の襲撃を皆々に見せつけて混乱させた上、睡眠の魔法で昏倒させる算段なのだとか。その間にエルザ様の乗り込まれた馬車を破壊、彼女と共に現代日本にエスケープである。

事実、彼らの前に盗賊の姿は見られない。

穏やかな街道の一角に向かい、各々剣や槍を振るい始める。

傍から眺めたらちょっと滑稽な感じ。

けれど、自分以外は誰一人の例外なく、目に見えない何かに怯えている。共に隊列を組んでいた下男やメイドさんたちも、馬車の陰に隠れてガタガタと震え始めた。地面にしゃがみ込んで自らの身体を抱いた姿は、とても演技とは思えない。

例外は馬車を引いていたお馬さんくらいだろうか。

こいつら何やってんだ？　みたいな感じで慌てふためく人たちを眺めている。

ややあって、ズドンと大きな破壊音が響いた。

かなり近い位置から聞こえてきたので、多分、ピーちゃんの魔法がエルザ様の乗車していた馬車を破壊したのだろう。窓から身を乗り出して前方の様子を確認すると、想像したとおり、屋根を吹き飛ばされて、半壊した馬車が確認できた。

ちょっと勿体ない気がしないでもない。

しかし、出し惜しみをする訳にもいかないとは伯爵の言である。

そうこうしていると、ピーちゃんがこちらの馬車に戻ってきた。

傍らにはエルザ様とミュラー伯爵の姿もある。

エルザ様の手には大きな旅行鞄が下げられていた。モノクロの洋画で眺めるような、木と革で作られた四角い手提げ鞄である。かなり大きな代物で、持ち主である彼女が収まってしまいそうなほど。恐らく魔法の補助を受けて持ち運んでいるのだろう。

二人が馬車に乗り込む。

後ろ手に出入り口のドアが閉められる。

直後、ミュラー伯爵が深々と頭を下げて言った。

「ササキ殿、どうか娘のことを頼みたい」

「はい、この身に代えましてもお守りいたします」

『いいのか？　そんな安請合をしてしまって』

「……と、ピーちゃんが言っておりましたので」

『うむ、任せておくといい』

「ですが私も、できる限りサポートさせて頂きます」

　伯爵の下を離れて、我々の傍らにエルザ様が並んだ。

　彼はこれを正面から見つめるポジション。

　長旅用に造られた大きめの馬車だから、大人二人と子供一人、どうにか立ってやり取りできる。ピーちゃんは車内に戻るや否やこちらの肩に戻った。世界を渡る際には、互いに触れ合っている必要があるらしいので。

「本当に申し訳ない。我儘を言ったら叱ってやって欲しい」

「ちょ、ちょっとパパ！　我儘なんて言わないわよ!?」

「あちらの世界には、映像を記録する道具もあります。次にこちらを訪れる際には、エルザ様の元気な姿を撮影して持ち込むとしましょう。そうすれば顔を合わせることはできずとも、お互いにやり取りすることができます」

「ありがとう、ササキ殿。貴殿にはどれだけ感謝してもし足りない」

『それでは行くとしよう。後のことは頼んだぞ、ユリウスよ』

「はい、どうか何卒よろしくお願い致します」

　ピーちゃんの声に応じて、我々の足元に魔法陣が生まれる。

　ここ数週間で見慣れた空間魔法のそれだ。

　そして、次の瞬間には目の前が真っ暗になる。

　慣れない浮遊感を受けてだろう、すぐ近くから人の身動ぎする気配と共に、エルザ様の小さな声が聞こえた。しかし、取り乱すようなことはない。過去にも一度は経験しているとあって落ち着いたものだった。

　移動先は二人静氏が用立ててくれたホテルの一室である。

　視界が暗転したかと思えば、周囲の光景は窮屈な馬車内から一変して、広々としたリビングスペースに早変わり。ホテルと言えばビジネスホテルが常であった自分からすると、異世界さながらに映る豪華絢爛な居室だ。

　寝室と別に設けられた同所は、四十平米近い広さがある。

　都心の町並みを眼下に望むよう設けられた大きな窓からは、キラキラと朝日の差し込む様子が見て取れた。室内に設けられた時計を確認すると、針は夜が明けてから間もない時刻を指し示している。

「お、やっと来たのぅ？　待っておったぞ」

「ありがとうございます、二人静さん」

　ソファーに座っていた二人静氏が、我々の到着を受けて腰を上げた。

　彼女には事前に声をかけていたので、受け入れはスムーズなものだ。こちらのホテルにしても、空間移動に先立って事前に下見をしている。そうでないとエルザ様を伴い、屋外を移動する羽目になってしまうから。

『しばらく世話になる。よろしく頼んだぞ』

「しかしなんじゃ、相変わらず人使いの荒い文鳥じゃのぅ」

『対価は支払っている。問題はないだろう？』

「まあ、今回はかなり色を付けてもらったからなぁ」

　ピーちゃんの言葉を受けて、二人静氏の顔に笑みが浮かんだ。

　先立って受け渡した金のインゴットを思い起こしてだろう。以前よりもかなり多目にお渡ししている。こちらのホテルの滞在費用や、当面のエルザ様の生活費を差し引いたとしても、十分な利益が出ているはずだ。

　そんな彼女に向けて、エルザ様からご挨拶。

「以前にも会った子よね？　よ、よろしくお願いするわ！」

「この娘、なんと言っておるのじゃ？」

「よろしくお願いします、と言っていますよ」

「ほぅ、礼儀のできた娘じゃないかぇ」

「事前にお伝えしたとおり、あちらの世界では特権階級にある娘さんです。こんなことをお願いするのも申し訳ないのですが、相応の対応をして頂けると、我々としてもとても嬉しく思います」

「貴族と言ったかや？　儂も現地の光景を拝んでみたいものじゃ」

「そちらは何度お願いされても、承諾する訳にはいきませんよ」

「相変わらず甲斐性のない男じゃのぅ」

『あまり調子に乗っていると、呪いが侵食するぞ?』

「おぉ、なんと恐ろしい文鳥じゃ。くわばらくわばら……」

ちなみにこうしてお邪魔したホテルの所在は都内となる。

エルザ様の滞在先を国外に移すなら、しばらく支度をする時間が欲しい、というのが二人静氏からの返事だった。いくつか候補を用意してくれているようで、準備が整い次第、改めてお声がけ頂けるらしい。

過去には要人の亡命とか、手伝っていたのだろうな、なんて思った。

『しばらくは我々も、こちらを生活の場としたい』

「そうだね、僕もそうするべきだと考えていたよ」

当分は自分たちも、エルザ様と同様に外出は厳禁だ。恐るべきはどこに潜んでいるか分からない上司の目。移動はピーちゃんの空間魔法に頼ることになりそうである。まあ、仕入れの問題が解決した今、そう大したハードルではないと思う。長くても数ヶ月の制限だし。

「仕事が終わったら自宅から連絡を入れるんで、迎えに来てもらえるかな?」

『うむ、承知した。当面はそのようにしよう』

「のぅのぅ、儂もここで寝起きしていい? なんか楽しそうなんじゃけど」

『わざわざ確認せずとも、好きにしたらいいのではないか?』

「だってお主、いっつも酷いこと言うし? また仲間外れなのかと思ったし?」

『……代わりにこの者に良くしてやって欲しい。頼めないだろうか?』

「そりゃあもちろん、お客様じゃからのぅ? 大船に乗ったつもりでおるといい」

ニコニコと笑みを浮かべて語る二人静氏。

手の甲に呪いがなければ、まさか信じられない物言いだ。そうして考えると、真に彼女と信頼関係を結ぶことは、非常に困難なように思われた。何故ならば他の誰でもない、自分自身が彼女のことを信じられないのだから。

そうこうしていると、エルザ様がボソリと呟いた。

「……やっぱり私だけ、彼女が何を言っているのか分からないのね」

『しばらくは我が通訳を務めよう。日中はいつも暇にしているからな』

「面倒ばかりかけてしまってごめんなさい、鳥さん」

『共にインターネットで、こちらの世界の知識を得ていこうではないか』

「いんたーねっと？　何かしら、それは」

『インターネットはいいぞ、インターネットは。たとえば……』

　盛り姫様を相手に、ピーちゃんがインターネットを語り始めた。

　ブラウザの履歴を確認したところ、最近はネット辞書やニュースサイトばかりではなく、ＳＮＳにまで手を出している。星の賢者様の知識欲は留(とど)まるところを知らないようだ。近い将来、クレカの番号とかせがまれる日が訪れるやもしれない。

　こうなると長いので、自分は二人静氏と今後の打ち合わせをしよう。

「なにはともあれ、あの格好をなんとかせんといかんなぁ」

「色々と丸投げしてしまってすみませんが、お願いしてもいいですか？」

「構わんよぉ？　お賃金さえくれるなら、上から下まで整えてやるわい」

「是非お願いします。ただ、できればなるべく目立たない形がいいなと」

「うむ。既に厄介な相手から、目をつけられておるからなぁ……」

　登庁の時刻が刻一刻と迫っている。

　あまり時間もないので、この場では最低限、本日の日中帯を彼女が快適に過ごせるように、環境を整えることしかできなかった。生活必需品の調達と合わせて、細々とした作業は帰宅後に行うことで決定。

　今や二人静氏も局員の身分であるから、昼間は自由に動くことも難しい。

　エルザ様の歓迎会は今晩にでも開催させて頂こう。

　それまでは申し訳ないけれど、ピーちゃんと一緒にお留守番をお願いした。

＊

　エルザ様のお迎えを終えた我々は、予定通り局に向かった。

　自身は自宅アパートを経由の上、途中で二人静氏と合流してのルートとなる。つい昨日と同様に、彼女が運転する自動車に拾ってもらった。運転手付きの高級外車の快適さを味わった後では、とてもではないけれど満員電車には戻れない。

　昨日は途中で魔法少女の襲撃に巻き込まれてしまったけれど、本日はなんの問題もなく職場に到着した。本来、平局員の自動車登庁は認められていない。しかし、そこは二人静氏が課長と交渉して、駐車場スペースを勝ち取ったのだとか。

　そうして局を訪れた我々は、早々に課長から呼び出しを受けた。

　場所はいつもの会議室。六畳ほどの手狭いスペース。

　そこでテーブル越しに伝えられる。

「君たちには本日、こちらの学校へ調査に向かってもらいたい」

　会議スペースの一面に設けられた大型のディスプレイ。

　そこには国内の高等学校と思しき施設の写真が映し出されている。また、傍らには正確な学校名だとか、所在地を示す地図だとか、全校生徒数だとか、施設に関係した諸情報がコンパクトに示されていた。

　いつぞやメガネ少年の採用活動でも、似たような資料を見た覚えがある。

「こちらは？」

「昨日の騒動で殺害された被害者のうち、少年が通学していた学校だ」

「あの子、高校生だったんですか……」

「財布に定期券が入っていて、そこから身元が割れた形だ」

「相変わらず、この手の仕事だけは早いのぅ」

　てっきり成人しているものだとばかり考えていた。

　最近の高校生はなかなか大人びているのだな。

「もう一人の女性も免許証から身元が割れている。こちらは昨晩から、別の担当者に調査を進めてもらっている。勤務先が風俗店であったので、強面の局員の方が何かと融通が利くものだからな」

「もしかして、彼女は成人済みだったんですか？」

「年齢は二十歳だ。何か気になる点があるのかね？」

「いいえ、そういう訳ではありませんが……」

直美ちゃんと彼のやり取りを思い出して、切ない気持ちになった。

貴好君、高校生なのによく頑張っていたよ。

「現地では少年が異能力者であったことの裏付けを取ると共に、どのような力の持ち主であったのかを把握して欲しい。また、可能であれば彼と交流のあった異能力者についても、情報を集めてもらいたい」

課長が端末を操作するのに応じて、ディスプレイの内容が更新される。

画面には貴好君の写真がずらりと並べられた。恐らく学校に連絡を入れて、急ぎで取り寄せたのだろう。大半は学内で撮影されたもののようで、体育祭や文化祭といった、イベントの風景が多くを占めている。

どれもリアルが充実していたことが窺える写真ばかりだ。

「細かな情報は端末に送るので、移動の間にでも確認してほしい」

「承知しました」

「分かったのじゃ」

こうして学内のものと思しき個人情報が開示されているということは、学校側には既に我々の来訪が伝えられていることだろう。メガネ少年のときと同じように、視察だなんだと銘打って、学内に入り込む算段と思われる。

そのあたりは端末に送る情報とやらに、仔細が記載されているに違いない。

課長の仕事なら、いちいち確認しなくとも大丈夫だと思う。

こういうデキるところだけは、上司として非常に好ましい。

以前の職場だと、自身による事前のチェックは必須であったから。

「何かこの場で確認しておきたいことはあるかね？」

「そうですね……」

課長から問われたところで、ふと気付いた。

本日、会議室に星崎さんの姿が見られない。

各々が備えた異能力の都合から、普段なら自分は彼女とセットで呼び出される。星崎さん自身もこちらの力を便利に感じているようで、本人からも同行を求められることが多い。それが今回は声をかけられることさえなかった。

「今回、星崎さんは一緒じゃないんでしょうか？」

「あぁ、そうだ。一つ念頭において欲しいことがある」

「なんでしょうか？」

「この学校は、星崎君が通っている学校でもあるのだ」

「え、そうなんですか？」

これまたビックリのお話である。

現役ＪＫであることは知っていたけれど、通学先まで特定してしまった。更に連絡先まで交換しているとあらば、いよいよストーカー扱いを受けても不思議ではない、昨今の自身の立ち位置である。

「星崎さんの通っている学校であれば、彼女こそ適役では？」

「警察と同じで局員の身辺での調査は、本人には行わせない方針だ」

「なるほど」

身内贔屓だとか先入観だとか、色々と懸念があるのだろう。もしくは過去にそういった観点から、問題が起こっているのかもしれない。なにより彼女が貴好君と通じていた可能性も、局としては排除していないのだろう。

そうして考えると、課長の判断は当然とも思えた。

自ずと二人静氏からも、疑念の眼差しが向けられる。

「しかし、これまた大した偶然もあったものじゃのぅ？」

「二人静君の危惧は尤もだ。我々も別枠で既に調査を進めている」

何もないといいな、とは願わずにいられない。

なにかと騒々しい人物ではあるが、彼女のことは好ましく感じている。世話にもなっているし、今後とも仲良くしていきたいと思う。ただ、あまり仲良くし過ぎると、それはそれで仕事が大変になるので、節度ある距離感を大切にしたい。

「そういう訳で当然ながら、この情報は星崎君には知らせていない。更にいえば彼女は本日、普段どおり学校に通っている。君たちもこの点に注意して、現地での調査に当たたって欲しい。局員の間で問題が起こった場合には、私に連絡をするように」

彼女に知られたのなら、まず間違いなくお仕事を始めることだろう。

現地では絶対にバレないようにしなければ。

本人の視界に我々の姿が映っただけでもアウトだと思われる。

「承知しました」

「精々頑張ってお務めに励むとするかのぅ」

打ち合わせはこれにて終了、すぐに現地へ向かうことになった。

*

局を出発した我々は、再び二人静氏の車に乗り込んでの移動である。

この手の仕事では、局員はタクシーを利用しても構わない規定になっている。しかし、こちらの方が色々と込み入った話もできるので、彼女にお願いして用立ててもらった。本人もその方が都合がいいとのことで、二つ返事で快諾を頂いた。

それから自動車に乗り込んでしばらく。

取り留めのない軽口を交わしていたのも束の間のこと。

ハンドルを握る彼女から、改まった口調で声をかけられた。

「ところで、あの男に関して伝えておきたいことがある」

「それってもしかして、阿久津課長についてですか?」

「うむ、そうじゃ」

彼女には以前から、課長の調査をお願いしていた。

その追加報告のようである。

急に畏まった雰囲気で言われたので、自ずとこちらも背筋が伸びる。

「これはあのキモいロン毛とは別口なんじゃが、近いうちに局内で人事があるらしい。そこで現在の次長がトバされるのではないかと噂になっておるそうだ。なんでも儂らとの一件で、責任を取らされるのだとかなんとか」

「それってボウリング場での騒動ですか？」

「うむ、それじゃ」

「二人静さんからは以前、先の出来事は課長の自作自演だと伺いましたが」

「自作自演には違いない。しかし、偽の情報を掴まされて局員の動員を決定したのは、あの男ではなく、その上司だとの話じゃ。むしろあの男は、局員の動員に反対しておった、みたいな噂もちらほらと聞こえてのぅ」

「え、それってまさかとは思いますが……」

　これまた急に、きな臭い話になってきたような。

　彼女の話が本当なら、課長は完全にアウトである。

「お主の想像したとおりじゃろう。そうして空いた次長のポストが、あの男の下に転がり込んでくる、ということであろうな。身内の局員を儂らに売って、自らの出世に利用するとは、なかなか大した悪党ではないかぇ」

「ちょっと待って下さい。あの騒動では結構な死傷者が出ているんですけれど」

「あの男が儂の古巣と通じていることは、誰も知らんだろうからなぁ」

「………」

　なるほど、たしかに二人静氏の言う通りである。

　我々もピーちゃんがアキバ系の人を圧倒したからこそ、こうして色々と情報を手に入れることができた。そうでなければ決して、外に出ることはなかったお話である。課長もそのあたりは理解しているはずだ。

「もし仮にそうだとすると、二人静さんもヤバいんじゃないですか？」

「そうじゃのぅ。これでも自らの意思で局に足を運んだつもりじゃったけど、もしかしたらあの男の策にまんまと嵌められていたのかもしれん。今更ではあるけれど、そんなことを考えずにはいられんなぁ」

　彼女にこうまで言わしめるとは、阿久津課長恐るべし。

　出世というのは、そこまで魅力的なものなのか。

　あと、自動車のフロントガラス越し、正面を見つめながら語る二人静氏の横顔が格好いい。語っている内容と相まって、できる女、って感じがヒシヒシと感じられる。見た目完全に女児なのに、思わず見惚れてしまうよ。

「そういう訳じゃから、お主も気をつけて仕事に励むといい」

「課長、他所の国のスパイなんですかね？」

「可能性の上では、考慮しておいた方がいいかもしれん」

「……承知しました」

そこまでいくと、平局員には荷の重い話である。

然るべきところに通報したくなってしまう。

あぁ、前に二人静氏が言っていた知り合い、そっち系かもしれない。

「別に儂らは御上に楯突く理由もなかろう？　当面はゆるりと過ごせばいい」

「そうですね。今後も現在のポジションをキープできるように頑張りましょう」

今の話は墓場まで、自身の胸の内に秘めておくことにしよう。

表に出したところで誰も得をしない。

むしろ関係各所に迷惑を掛けた上、自分は国内でお尋ね者だろう。

ピーちゃんが望むスローライフのためにも、当面は人畜無害な局員として、付かず離れずの距離感を維持していこうと思う。異世界の魔法があれば、少しくらい無茶な仕事を振られても、生き永らえることができると信じている。

＊

自動車に揺られることしばらく、我々は目的地の高校に到着した。

こちらの来訪は先方にも既に知らされていたようで、表向きの名刺と警察手帳を差し出すと、あれよあれよという間に応接室まで招き入れられた。そして、同所で校長先生からご挨拶を受ける運びとなった。

このあたりはメガネ少年のときと同じである。

ちなみに現場入りしたのは自分のみ。

二人静氏は近くの駐車場で待機している。

どこからどう見ても女児な彼女だから、まさか同行して頂く訳にはいかなかった。課長からはこれといって指示を受けていないけれど、彼もそのような展開を望んでいるとは到底思えない。常識の範疇(はんちゅう)である。

そこで陰ながらバックアップして頂くことで、本人とは合意を得た。

ちなみにこちらからはイヤホン越しにコミュニケーションが可能。

タイピンに偽装したマイクとか、よくまあ用意したものである。スパイ映画さながらの装備ではなかろうか。

鞄には小型のカメラ。映像越しに彼女も学内の様子を確認することができる。局の調達担当、なかなか頑張っておりますね。

これらで状況を確認の上、何かあれば車上から駆け付けて下さるそうな。

そのため自分は安心して仕事に臨むことができる。

「……そういう訳でして、我が校としましては生徒の自主性を十分に尊重した上で、文武両道を目指しております。進学先については先程の資料にも示させて頂きましたが、それ以外でも就職を希望する生徒には……」

ローテーブルを挟んで対面では、校長先生が自校を絶賛アピール中。


課長から端末に送られてきた情報によれば、自身の視察は名目上、警察庁が主催するお国のイベントの選考、みたいな扱いになっているとのこと。イベント自体は本物で、選考過程がブラフ、といった塩梅(あんばい)である。

見たところ相手は定年も間近と思われる老齢の男性。遠目にも白髪が目立つ一方で、未だ衰えを知らないフサフサとした頭髪は、こういう毛根年齢を重ねたいと思わざるを得ない七三分け。その為か活発な印象を受ける。日頃から運動をしているのか、身体付きも引き締まったものだ。

意識の高い裕福な老齢層、みたいな人物である。

「校長先生の仰(おっしゃ)るとおり、モデル校としての魅力に溢(あふ)れているように思えます」

「ええ、それはもう素晴らしい学校であると、私も自負しておりまして」

かれこれ一時間ほど、学校の魅力を語られている。

段々と話を聞くのも疲れてきた。

こちらは公立高校なので、先方は定年後の再就職とか、狙っているのかもしれない。公立高校の校長先生が、私立の中高校の教頭や校長に収まるなんて鉄板。けれど、その為にはある程度、世間的に通用する実績を作っておく必要がある。

阿久津課長もよくまあ、あれこれと言い訳を拾ってくるものだ。

「それでは佐々木さん、これから実際に教室の視察に向かいませんか？」

「ええ、是非ともお願いします」

応接室でのやり取りを終えたのなら、次は学内の散策である。

校長先生が自ら、ご案内をして下さるみたい。

しかしなんだ、立場のある人からチヤホヤされると、どうしても気分が良くなってしまうな。接待とは縁遠いブラック勤めの万年平であったから、こんなつまらないことでも、いちいち嬉しくなってしまう。

いまいち実感の湧かない異世界の貴族待遇と比較して、これまでの人生と地続きな世界観がゆえ、人としてワンランク上のステージに立った感じがワクワクする。世の中にはこんな世界もあったんだなぁ、とか。

まあ、それも阿久津課長の気分次第の儚(はかな)いものではあるけれど。

「今は授業中ですので、施設のご紹介に参りましょう」

「はい、どうぞお願い致します」

そうして校長先生に連れられることしばらく、学内を見て回った。

決して古くはないけれど、新しいと言うほどでもない。どこにでもある公立高校といった施設だ。地方と比べると、土地柄も手伝って少しだけ敷地面積が狭いかな、といった寸感が精々である。

色々と説明は受けたけれど、そこまで特色がある学校ではなかった。

ご案内を下さった校長先生は、情報処理室を猛プッシュ。

昨年に設備を総入れ替えしたそうで、ピカピカのパソコンが並んでいた。今後はプログラミングを筆頭に、情報処理技術の教育にも力を入れていくのだとか、熱く語っていらっしゃった。

そうして学内を一通り巡ったあたりでのこと。

本格的に仕事へ取りかかるべく、先方にご相談させて頂く。

「ところで校長先生、一つよろしいでしょうか？」

「はい、なんでも聞いてやって下さい」

「このようなことをお願いするのも申し訳ないとは思いますが、校長先生が一緒ですと、やはり生徒さんや教員の方々も緊張されると思います。そこで差し支えなければ、少しばかり私の方でも学内を見て回りたいのですが」

「なるほど、たしかにご尤もなお話ですね」

「よろしいでしょうか？」

「そういうことでしたら、どうぞゆっくりとご確認下さい。私は校長室か職員室におります。佐々木さんの視察については、朝礼で他の職員にも説明をしておりますので、何か困ったことがあったら、目に付いた者に気軽にお声掛け頂けたらと」

「ご了承下さり、ありがとうございます」

よかった、これで以降は自由に学内を見て回れる。

校内の廊下で校長先生とは一時のお別れ。

その背中を曲がり角の先に見送ったところで、いざ散策を開始だ。

まずは貴好君が通っていた教室の確認に向かおう。

彼と仲が良かったクラスメイトを確認の上、場所を改めて、個別に事情聴取を行う算段である。個人情報の特定は顔写真さえ撮影できれば、局の担当者が行ってくれる。このあたりは端末越しにちょちょいのちょいだ。

というのも、貴好君の死亡はまだニュースになっていない。

もし仮に身辺に関係者がいた場合、逃走の可能性があるから。

ご家族からは捜索依頼こそ出されているけれど、課長の指示で受理するのみに留められている。少なくとも我々は先の打ち合わせで、そのように話を伺った。たぶん、自分や二人静氏の調査を待ってから、みたいな動きではなかろうか。

そうして目的の教室に向かい廊下を歩くことしばらく。

校内にチャイムが鳴り響いた。

授業の終了を知らせる合図のようだ。

一斉に教室から生徒が吐き出され始めた。

得体のしれないスーツ姿の中年を確認して、生徒からはチラリチラリと視線が向けられる。これから逃れるように潜入エージェントは足を早めた。この休み時間に聞き込みを行いたい。これを逃すとまた一コマ、授業が終わるのを待たなければならないから。

『お主、階段を登っていくＪＫのパンツをチラ見したな？』

「はてさて、何のことでしょうか？」

片耳に嵌めたイヤホンから、二人静氏の声が届けられた。

どうやらカメラ越しにこちらの挙動を確認していたようだ。身動ぎに応じて左右に揺れた手提げ鞄から、視線の向かう先を想像したみたい。ほんの一瞬の出来事ながら、なんて目ざとい相棒だろう。

正確には、視線が向かいそうになって止めた。

ギリギリセーフであったと信じている。

だから嘘はついていない。

本能に抗うオスの労力を、彼女にも理解して頂きたい。

『なんだかんだ言って、溜まっておるのじゃろう？』

「溜まっていたとしても、時と場所は弁えますよ」

ピーちゃんと出会ってからというもの、一人の時間がほとんどない。彼と離れている間も、大体誰かしら一緒にいる。彼女の言葉ではないけれど、溜まるのは当然のこと。ここ数年で落ち着いてきたとは言え、生理現象が消えた訳ではない。

そういう意味では、勝手気ままな一人暮らしが少しだけ懐かしくもある。

『そんな体たらくでは、あの小煩い先輩に見つかってしまうぞぇ？』

「学年が違うので大丈夫だとは思いますが……」

貴好君は同校の三年生だ。

星崎さんとは教室の収まっている階が異なる。

それでも十分に気をつけてはいるけれど。

『位置情報のマーカーは、すぐ近くを指しておるのぅ。そこから見当たらないということは、別のフロアにおるのじゃろう。だが、階段を上り下りすれば、すぐに行き来できる距離じゃから要注意じゃな』

「この調子で継続して、彼女の動きを見ておいて下さい」

『想定はしていたが、やはり局の仕事は地味じゃのぅ』

「僕はこういう地味な仕事のほうが好きですが」

こちらは視察の名目で同所を訪れている。

まさか延々と歩きスマホをする訳にもいかないので、二人静氏のバックアップは大変ありがたい。彼女とのやり取りも、胸元のマイクを介してはいるけれど、念の為に端末を口元に掲げてのことである。

それでも時折、注目の視線を受けること度々だ。

「目的の教室が見つかりました。会話を切りますよ」

『あいよぉー』

二人静氏に断りを入れて、目的の教室に向き直る。

すると直後に、覚えのある名前が聞こえてきた。

「貴好のヤツ、昨日から家に帰っていないらしいぜ？」

「え、そうなの？」

「学校の休みも、俺らに連絡なかったよな……」

「家に帰ってないの？　体調不良とかじゃなくて？」

「うちの親にあいつの親から連絡が来たからマジだって」

「前に自慢してた新しい女のところじゃない？」

声の出処は、廊下の一角で顔を合わせている三人組の男子生徒だ。

輪になって言葉を交わしている。

おかげさまで早々にも、お仕事を一つ片付けた予感。

わざわざ自分から会話の機会を設けることもなかった。どうやって学生さんにアプローチしたものか、ずっと悩んでいたので非常に助かった。

手に下げた鞄のカメラを利用して、生徒たちの顔を映す。

音声は二人静氏にも伝わっていると思うので、自身が撮影した映像を局に転送、個人情報を引き出すところまでは、サクッと行われることだろう。相棒がこの手の作業に慣れていると、とてもやりやすい。

相手は所属の知れている民間人であるから、個人の特定に時間を要することはないと思われる。たぶん、放課後までには返事があるのではなかろうか。そうなれば本日中にも、個別に事情聴取を行える。

そちらは危険性も低いので、他の局員を動員してもらってもいい。

『いかん、あの娘が動き出したぞ』

二人静氏からアラートが上がった。

あの娘とは、星崎さんを指してのことだろう。

下級生の彼女が、上級生の教室が連なるエリアに向かうとは思えない、けれど、十代の若者に混じったスーツ姿の中年はとても目立つ。先方に動きがあったとあらば、できる限り距離を設けたい。

『西側の階段から階下に向かい、そのまま校舎の外に出るとよかろう。個人を特定するのであれば、今の映像でも十分じゃ。校長の下へ向かうにしても、この休み時間が終わってからでも差し支えないじゃろう』

オペレーターの指示に従い、足早にフロアを進む。

階段を下り、校舎から棟同士をつなぐ外廊下へ。

すると再三にわたって二人静氏から声が。

『むっ、なんだかお主に接近しておるような……』

「え、ちょっと待ってくださいよ」

思わず声を上げてしまった。

自分からは星崎さんの位置情報を確認することが難しい。大慌てで周囲を見渡すも、今のところそれらしい姿は見当たらない。こうなると警戒すべきは、校舎の窓からの視線だろうか。一方的に捉えられる可能性がある。

そのように考えて、校舎の裏手に向かうよう進路を取った。

『……移動が止まったぞぃ』

しばらくして、二人静氏から追加情報が入った。

けれど、それは既に無用の長物である。

何故ならば向かった先で、当人の姿を確認した。

「この呼び出し、先輩ですよね？」

「あ、ああ、いきなり呼びつけちまってごめん」

星崎さんは校舎裏で、男子生徒と向かい合っていた。

前者の手には手紙のようなものが摘まれている。

後者はこれを眺めて、なにやら緊張した面持ちだ。

当然ながら本日のパイセンはお化粧をしていない。以前、メガネ少年との騒動で目の当たりにしたすっぴんバージョンである。お下げに結われた頭髪と、野暮ったい丸メガネが印象的な、文学少女然とした出で立ちである。

一方で対面に立った男子生徒は、肌の焼けた背が高いスポーツマン風。肩幅が大きくて、シャツ越しにも肉付きの良さが窺える。短く刈り上げられた頭髪と、彫りの深い顔立ちがキリリとした印象を与えるイケメンだ。

そして、中年エージェントはこれを校舎の陰に隠れて眺めている。

「星崎、俺と付き合ってくれ！」

おっと、星崎先輩が男子生徒から告白を受けたぞ。

もしやとは思ったけれど、ドンピシャリ。

まさかこんな状況に出くわすとは思わなかった。

星崎先輩、めっちゃ青春しておりますね。

「…………」

『これまた青臭い光景じゃのぅ』

今のところ先方に気づかれた気配はない。

本当ならすぐにでも現場を離れるべきところ、相手が職場の同僚とあって、思わず二人のやり取りに注目してしまう。星崎さん、告白を受け入れるのだろうか。だとしたら、自身も今後は色々と気を使う必要が出てくるかも、とか。

そんなふうに考え始めた矢先のこと。

「ごめんなさい、それは無理です」

「っ……」

告白の男子生徒、僅か数秒で玉砕のお知らせ。

星崎さん、なんて勿体ないことを。

局で眺めるスーツ姿はさておいて、こうして校内で目撃した彼女は、かなり地味に映る。当然ながら学内における立場も相応だろう。だからこそ、彼女に声を掛けてきたイケメンの存在は、傍目にも良縁として感じられた。

相手もそうした背景があって、直接呼び出して声をかけたに違いない。

自分ならまず間違いなく大丈夫だという、勝算あってのアプローチ。

「それじゃあ、私は失礼します」

「ちょ、ちょっと待ってくれ！」

「……なんですか？」

踵を返しかけた星崎さんに男子生徒が声を上げた。

かなり慌てていらっしゃる。

「他に付き合っているヤツとか、いるのか？」

「いません」

「だよな!?　でも、それならどうして……」

自身が感じたとおり、男子生徒も相手の胸中が気になるようだ。

　見るからにリアルが充実していそうな彼だから、自分が振られるとは夢にも思わなかったことだろう。両者のやり取りから、星崎さんがフリーであることは、事前に確認まで行っていたようであるし。

　これに対して彼女は粛々と伝えてみせた。

「他に気になる人がいますので」

「え、マジ?」

「はい、マジです」

　しかしなんだろう、丁寧語でお喋りをする星崎パイセン、違和感が半端ないな。普段から呼び捨てで、怒鳴るように名を呼ばれているから、こういうしおらしい姿を眺めていると、化粧の有無も手伝い別人のように見える。

　むしろ成人女性が制服を着てJKに化けているのではないかと。

「そっか、なら仕方がないよな」

「先輩も私なんかより、もっと可愛らしい子を選ぶべきです」

「俺は星崎のこと、この学校で一番可愛いと思うけど?」

「だとしたら尚更、私とは付き合わない方がいいと思います」

「……どういうこと?」

「人を見た目で判断していると、いつか痛い目に遭いますよ」

　彼女がそういうことを言うと、妙な説得力を感じる。下手をしたら自分よりも激しく、大人の社会で揉まれてきただろう星崎さんだ。そういえば彼女は、何歳の頃から局に勤めているのだろう。まさか自分の社畜歴より長いとは思わないけれど。

「だけど星崎だって、付き合うなら格好いい男のがいいだろ?」

「遊ぶ相手ならそうですけど、本気で付き合うなら中身ですね」

「あぁ、それは分からないでもないけど。っていうか、もしかして俺って中身がないと思われてる?　そういうことなら、是非とも一回遊んでみることをオススメするぜ?　意外としっかりしてるから」

「そういう訳ではなくて、比較対象の問題です」

「星崎が気になってるのって、まさか学校の教師とか?」

「似たようなものですね」

「マジか。相手がそっち系だと、たしかに弱るなぁ」

「そろそろ戻ってもいいですか?」

「あ、もしよかったら連絡先だけでも交換しない? たぶん、ないとは思うけど、遊びたくなったら連絡してよ。真面目な相談事とかでも全然構わないし、これからも友達としてやっていけたら嬉しいな」

「すみません、遊び相手には不自由していないので」

「そ、そう? 分かったよ。呼び出しちゃってごめんね」

星崎さん、意外と遊んでいるのだろうか。

局の職場環境を思うと、遊ばずにはいられない、という気はする。何気ない外回りが殉死に繋がっている勤務実態は、その手の躊躇を取り払うのに十分なものだ。実際、この短い期間で自身は彼女のピンチを二度も目撃している。

「失礼します」

小さく会釈をして、男子生徒に背を向ける星崎さん。

彼女の視線がこちらを振り向く瞬間、覗き魔は大慌てで建物の陰に引っ込む。そして、先方から気付かれないように、足音を殺して現場を脱出した。移動は二人静氏がナビゲートしてくれたので、再接触するようなこともない。

以後は再び学内に戻って、各所の調査を実施。

ただし、収穫はゼロ。

昼休み前には校長室に向かい、視察を終えて同校を後にした。

*

二人静氏が局に送った映像については、小一時間ほどで返信があった。

名前から住所、家族構成に至るまで、かなり詳細な情報が返ってきた。各種公共料金の滞納状況や、銀行口座の残高、本人はおろか親類の前科の有無まで記載されている。こういった情報を眺めるとき、自分は局の備えた強権に恐ろしさを感じる。

しかし、送られてきた情報だけでは何も判断ができなかった。

局の担当者の感想も同様であって、異能力の痕跡は皆無とのこと。

そこで当初の予定通り、放課後を待って先方と接触することにした。場所は対象が通う学校から少し離れた路上。帰路で一人になったところを狙う作戦である。こういうときこそ、懐に収められた警察手帳が頼もしい。

ちなみに今回も二人静氏とは別行動だ。

学内での活動と同様、彼女には車内でサポートをお願いした。彼女も自分と同様に手帳を所持しているけれど、あまりにも幼いその外観は、同行を願うには抵抗が大きい。だって自分の存在まで怪しまれてしまいそう。

本人はぶぅ垂れていたが、こればかりは仕方がない。

そうして路上でターゲットを待って待機することとしばし。

『いかん、あの娘が動き出したぞ』

通信機越しに、二人静氏からアラートが上がった。

あの娘とはやはり、星崎さんを指してのことだろう。

「またですか？」

『そっちに向かっておる。そこの脇道にでも隠れるのじゃ』

「了解しました」

我々の待機していた場所が、彼女の通学路と重なったと思われる。

先方をやり過ごすべく、建物の陰に隠れて通りの様子を窺う。

現場は中央線も引かれていない細めの道路である。車通りはほとんどない。片側のみ控えめな歩道が用意されている。歩行者の姿はほとんど見られない。我々に都合の良い場所を選んだので、当然といえば当然のこと。万が一にも学友が異能力者であった場合に備えての措置。

しばらく待つと、見知った顔が路上をこちらに向かい歩いてきた。

「来ました、たしかに星崎さんですね」

『じゃろう？』

「どうやら学校の友達と一緒のようです」

星崎さんは数名の女子生徒と連れ立って歩いていた。

ただ、なんだか様子がおかしい。

学友と一緒に下校している筈なのに、ほとんど会話が見られない。彼女たちくらいの年頃だと、登下校では賑やかにするのが普通ではなかろうか。混んでいる電車の中であっても、お喋りに興じている学生をよく見かける。

ややあって一団は、こちらの手前でT字路を曲がった。アパートの外壁と戸建ての敷地を囲うブロック塀の間に生まれた、軽自動車がギリギリ通れるか否かといったくらいの細路地である。誰一人の例外なく曲がっていった。

直後には星崎さんの位置情報を確認していた二人静氏から疑問の声が上がる。

『おかしいのぅ、そっちは袋小路のようじゃが』

「少し様子を確認してみます」

先方との距離に注意しつつ、路地の様子を窺う。

端末を片手に、出先で電話がかかってきた営業を装いつつのこと。

「……星崎さん、囲まれていますね」

『あぁん？　なんじゃそら』

二人静氏の言葉通り、細路地は十数メートルほどで行き止まり。

その奥まった場所で彼女たちは顔を合わせていた。

向かって左側に星崎さんが立っている。その正面に同じ学校の女子生徒たちが、横に広がり彼女を威圧するように並んでいる。自身はこれを横から眺める位置取りだ。おかげで先方に気付かれることなく袋小路を確認できた。

端的に申し上げて、かなり物々しい雰囲気を感じる。

これを肯定するように、すぐさま後者から荒々しい声が届けられた。

「進藤先輩に告られておいて一方的に振るとか、どういうつもり？」

「……どういうつもりって、具体的に何が知りたいの？　愛美さん」

「ど、どういうつもりは、どういうつもりよ！　いいから説明してっ！」

星崎さんに向かう一団のうち、真正面に立った一人が声を荒らげる。

お名前は愛美ちゃんと言うらしい。

どうやら彼女たちは、自身が本日に校舎裏で目撃した光景と同じ情報を、どこからか仕入れたようである。たぶんだけれど、進藤先輩とやらは彼女たちの間で、それなりに人気のある人物なんだろう。

「休み時間に呼び出されて、告白されただけ。どうもこうもないから」

「っ……そ、そういう態度がムカつくのよ！　何様のつもり!?」

愛美ちゃんの傍ら、他の女子生徒たちも同意の姿勢を見せる。

めっちゃウンウンって頷いたりしている。

先輩から告白されて、しかも振った星崎さんが気に入らない、みたいな。

猛る彼女たちの姿を眺めていて、そんなふうに思った。思い起こせば自分が学生の時分にも、クラスの女子はその手の話題で盛り上がっていたような気がする。授業中に手紙を回したりするアレだ。

当時、学内ヒエラルキーの下層にあった自身は、中身が大層気になったものだ。

「これといって偉ぶったつもりはないんだけど」

「もう少し気を使った喋り方とかできないわけ？　そんなだから貴方は、いつもクラスで一人なのよ！　周りに合わせるとか、相手の心情を察するとか、そういう協調性が全然感じられないわ！」

「…………」

両者のやり取りを眺めていて確信した。

星崎さん、学校でボッチなんだ。

もしかしたら、とはこれまでにも思わないでもなかった。ただ、いざ実際にこうしてクラスメイトから槍玉に上げられている光景を目の当たりにすると、多少なりとも心が痛むのを感じる。

ただ、本人はなんら気にした様子がない。

一連の光景を盗み見ている職場の同僚としては複雑な気分だ。

『こういうときは、いじめ１１０番じゃ！』

「冗談でも止めてくださいよ？」

イヤホン越しに物騒な茶々が聞こえてきた。

どうやら音声は二人静氏にも届いているみたい。

「ガリ勉みたいな格好して、真面目な子が好きな先輩のこと、自分から誘惑したんでしょ？　この前の中間試験なんて、普通に赤点取ってた癖に！　そこまでして男に自分をアピールしたいわけ？」

星崎パイセン、名実ともに脳筋の予感。

愛美ちゃんの言う通り、今の彼女の見た目で赤点は詐欺だと思う。

メガネ少年に尋ねても、恐らく同意を頂けるのではなかろうか。

しかし、これにはカチンときたのか、彼女から反論が上がった。

「流石にそこまで言われる謂れはないと思うんだけど」

「事実じゃないの。そうでないなら、何故そんな格好をしているの？」

職場の同僚は見ていてハラハラしてきた。

口喧嘩が殴り合いの喧嘩に発展しそうで怖い。

星崎さんに対しては、やはり職場のイメージが強いから。

「貴方まさかとは思うけど、ナミが進藤先輩のこと好きなの知ってて、私たちのこと煽っている訳じゃないわよね？　もしもそんなことされたら、私たちだって黙っていられないんだけれど！」

すぐ傍らの人物にチラリと視線を向けて言う。

彼女がナミちゃんなのだろう。

愛美ちゃんに促されて、しきりに頷く姿が確認できた。

「どうして私が、貴方たちのプライベートを知っていると思ったの？」

「っ……」

これに対して星崎さんは、淡々と受け答えを継続。

煽っていると受け取られても仕方がないやり取りは、試験の赤点を指摘されたことで、彼女も少なからず苛立っているからだろう。自分も今後は彼女との交流で、学業を話題に出さないようにしようと決めた。

思い起こせば、卒業後は局に就職すると言っていた彼女だ。

「ひ、人の行いなんてどこからか漏れるものじゃないの！　私だって貴方のこと、色々と知っているわよ？　大人しそうな顔をして、男と遊びまくっているらしいじゃないの。騙された進藤先輩が可哀想よね」

論破されたのが悔しいのか、話題を替えに向かう愛美ちゃん。

これに星崎さんから鋭い指摘が入った。

「もしかして、貴方も進藤先輩が気になっているの？　愛美さん」

「ち、違うわよっ⁉」

「だとしたら、ごめんなさい。たしかに気を使うべきだった」

「っ……」

愛美ちゃん、壮大に自爆である。

居合わせた他の女子生徒からも視線が向けられ始めた。

これを好機と見たのか、星崎さんは矢継ぎ早に言葉を続ける。

「それと、変な噂になっても困るから言うけど、私は処女だから」

「はぁ？　な、なに勝手にカミングアウトしているのよっ⁉」

予期せず盗み聞きしてしまった中年エージェント的には、これがまた申し訳ない話題である。万が一にもその事実が知られようものなら、現場での連携にも支障をきたしかねない。これは聞かなかったことにしよう。

校舎裏で語っていた話と併せて、真実がどのようであったとしても。

『いつまでこれを眺めているつもりじゃ？』

「そうですね、戻りましょうか」

星崎さんの動きについては把握できたので、現場に戻るとしよう。

先方に動きがあれば、二人静氏がアラートを上げてくれるだろう。

そのように考えて袋小路から回れ右。

オペレーターの案内に従って、場所を移すべく移動を始める。

その直後の出来事だった。

まるで耳が聞こえなくなったかのように、世界から音が消えた。

星崎さんたちの声を筆頭に、遠くから響いていた自動車の排気音だとか、路地の間から届けられていたエアコンの室外機の駆動音だとか、音という音が一斉にピタリと止んで聞こえなくなる。

咄嗟に袋小路を覗き込むと、そこに星崎さんたちの姿は見られない。

「っ……」

この感覚は間違いない、昨日と同じ現象だ。

直前には自身の周りで、障壁魔法の境界が輝くのが確認できた。

過去に二人静氏が言っていたとおりの反応である。

貴好君の友人が異能力者であった場合に備えて、障壁を張っていたので、それが反応したものと思われる。これを肯定するように、イヤホン越しに聞こえていた二人静氏の声も、時を同じくしてピタリと聞こえなくなった。

大慌てで彼女が待機する車の下に走る。

しかし、そこに目当ての人物は見られない。

何故ならば今回、彼女には障壁を張っていなかったから。

これで一つ事前に立てていた仮説が検証された。

やはりこの不思議な異能力は、障壁魔法に反応したらしい。


「…………」

端末を取り出して画面を確認すると、以前と同じように電波は圏外を示している。画面の隅に表示された時計の確認も忘れない。再び元の世界に復帰したとき、適切に時間外を申請するためだ。

どこの誰が何の為に力を行使しているのか。

得体の知れない恐ろしさを感じつつ、一人で調査に向かうことにした。

〈天使と悪魔〉

人の消えた静かな世界、自分以外に動くものがない住宅街を一人で歩く。

気分はお化け屋敷でも探索しているかのようだ。

昨日は二人静氏や魔法少女が一緒だった。けれど、本日は単身での散策である。彼女たちの存在が当時の自分にとって、どれほど心強いものであったのか、今更ながら理解した次第だ。せめてピーちゃんに連絡がついたら、とは願わずにいられない。

前に貴好君や直美ちゃんを襲った謎の少年。

彼との遭遇、出会い頭の喧嘩を念頭にあれこれと検討を行う。

「…………」

身体能力は相手の方が遥かに上だと思う。しかも空を飛んでいた。障壁魔法の効能次第ではあるけれど、もし仮に効果がなかった場合、接近されたら即死は免れない。腹パン一つで内臓が吹き出す未来しか見えてこない。

そのように考えると、真正面から挑むような真似は禁忌だ。

絶対に交渉で解決すべき相手である。

ピーちゃんだったら、どのように対処するだろうか。

ふと思い立って考えたところで、まるで参考にならないのが切ない。

だって彼は星の賢者様。

どんな困難にも真正面から臨んでいけるだけの凄い人。

「……無茶は止めとこう」

原因の調査とか、後回しでも問題はないでしょうと。

だって怖いし。

死にたくないし。

こういうときこそ、局に助力を求めるべきシーンだと思うよ。

多勢に無勢とか、大好きな言葉。

常に多勢に属していたいと、心から願って止まない。

だとすれば自身が行うべきは、昨日と同じように、この人が消えた世界が失われるのを静かに待つばかり。どういった原理で発生しているのかは知れないけれど、ずっと続くようなものでもないだろう。

過去の経験から、そのように当たりを付ける。

最悪、屍肉を食らってでも生き延びる心意気。

元の世界に戻ると、時間は戻った。

この世界における老いも、元に戻る可能性は高い。

以前、ピーちゃんから聞いた言葉に従えば、自身は異世界の基準で人間の上位個体。これと併せて回復魔法があれば、向こう数十年くらいは一人でも生き永らえることができると思う。

その事実を思い返して、今後の方針を決定する。

絶対に死んではやらないぞ、と。

感覚的には海難事故で無人島に漂着した旅客さながら。

「エリエル、顕現せよ！」

そうして挫けそうな心を、必死になって奮い立たせている最中のこと。どこからともなく、知らない人の声が聞こえてきた。

住宅街のさして広くない路上、民家が立ち並んだ界隈は、身を隠す場所などいくらでもある。

大慌てで周囲を確認。

すると少し離れた戸建ての屋根に人の姿が。

「近くに悪魔の姿が見られない、注意して！」

「はい、警戒します」

内一人は十代と思しき少年だ。

カーゴパンツにパーカーという出で立ち。少し長めの黒髪をセンター分けにしたマッシュヘア。この時間に制服を着用していないということは、学校を卒業して働きに出ているのだろうか。いやしかし、身元を隠すために着替えた、という可能性も考えられる。

もう一人は背中に羽を生やした人物。

アジア人にはありえない真っ白な肌やブロンドの頭髪は、昨日目撃した天使の人と同じような雰囲気が感じられた。ただし、性別は女性。少年よりも背が低くて、二人静氏よりも少しだけ大きいくらい。身体つきも相応。

こちらが相手を捕捉すると同時に、先方にも動きがあった。

共にフワリと浮かび上がり、自身の正面に降り立つ。

「エリエル、使徒が一人で歩いてるってどういうこと？」

「悪魔と分断されたのでしょう。よくあることです」

「それってもしかして、僕らでも倒せちゃったりする？」

「はい、可能です」

少年と天使の人、めっちゃ物騒なことを言い始めた。

どうやらこちらを使徒なる人物と勘違いしているみたいだ。勘違いで喧嘩を売られるとか、冗談じゃないんだけれど。そもそも使徒ってなんだろう。以前も貴好君たちが口にしていたような気がする。

「っていうか、このオッサン、使徒にしては歳をとってない？」

「悪魔の考えることは、私には理解しかねます」

「まあ、せっかくの機会だし、そろそろ僕にも白星を上げさせてよ、エリエル。本隊に連絡したら、絶対に横から奪われちゃう。そうなったら自分みたいな雑魚、いつまで経っても願いを叶えてもらえないよ」

「承知しました。対象の使徒を排除します」

天使の人がこちらに向かい身構えた。

出会い頭、早々に喧嘩の予感。

「ちょっと待って下さい、私を他の方と勘違いしていませんか？」

「悪魔に与する者の言葉は、天使である私には届きません」

口上と共に、羽を生やした女の子が飛んできた。

飛行魔法さながら、低空で浮かび上がり一直線。

果たして彼女は、オークの上位個体より強いだろうか、弱いだろうか。

もし仮に前者だとしたら、ピーちゃん印の障壁魔法にも不安が残る。

先方のスペックを実戦で確認することも憚られて、こちらも咄嗟に攻撃魔法をスタンバイ。回復魔法があれば、足の一本や二本であれば、すぐに癒やすことができる。その事実を言い訳にしつつ、彼女の右足に向かい、雷撃魔法を放った。

間髪を容れず、パシッという音が近隣に響く。

同時に面前で天使の人が地面に転がった。

撃ち抜かれた足は太ももから下が完全に消失。

まるで車に撥ねられた歩行者さながら、彼女はアスファルトの上を転がり、こちらから大きく横に逸れる。やがて道路に面したブロック塀にぶつかり静止した。吹き出した血液が、路上を真っ赤に染める光景は、とても猟奇的なものである。

「エ、エリエルッ!?」

天使の人が倒れるのに応じて、少年の声が大きく響いた。

悲痛な声を耳にして、実行犯のオッサンは胸が痛い。

だって相手は、小学生から中学生ほどの年齢の女の子。

ただ、普通の人には思えなくて、駆け寄ることは憚られた。

回復魔法の行使も然り。

せめて先に相手の素性を確認したい。

「すみません、少しだけ話をさせて下さい」

「っ……く、来るなっ!」

少年に向かい一歩を踏み出すと、先方からは拒絶の意思が。

驚愕に見開かれた目が、こちらをジッと見つめていた。

「天使が使徒に負けるはずがない！　オッサン、なんなんだよ!?」

「その使徒という単語について教えてもらいたいのですが」

「は、はぁ？　アンタ、悪魔の使徒だろ？　なに言ってんだよ」

天使と悪魔、使徒、それと隔離空間、だっただろうか。

この人が消えた世界で耳にしたキーワードだ。

どれも謎の少年の異能力に由来するものだと、現時点では考えている。しかし、それにしては扱われ方が画一的な気がしないでもない。こうして堂々と第三者の間で話題に上がっている。

もしや箱庭的な異能力だったりするのだろうか。

「貴方はどちらの異能力者ですか？　局の方ではありませんよね？」

「異能力者？　オッサン、なにを言ってるんだよ。頭沸いてるの？」

「いえ、決してそんなことは……」

異能力者とか、絶対に外すことのない共通言語だと思っていた。

けれど、少年が嘘を言っているようには見えない。

しばし頭を悩ませたところで、ふと予感めいたものが脳裏をよぎった。

この人が消えてしまった世界も、魔法少女やピーちゃんと同じなのかもしれない。前者においては妖精界、後者については異世界、それぞれ現代とは異なる仕組みの上に成り立っている、摩訶不思議な世界。

もしも仮にそうだとすれば、目の前の少年が異能力という単語に理解を示さなかったことも、分からないではない。ただ、あまりにも強引な想定となるので、現時点では断定することも憚られる。

もうちょっとお話をして情報を引き出そう。

「悪魔と天使、それに使徒について話を伺いたいのですが」

「……時間稼ぎのつもり？　今ので手持ちのカードが切れたとか？」

「私の質問に答えて頂ければ、そちらの方の怪我を治しましょう」

少年から視線を移して、チラリと天使の人の様子を窺う。

するとどうしたことか、既に彼女の足は治癒が始まっていた。シュウシュウと音を立てて、元あった形を取り戻しつつある。骨が伸びたり、肉が生えたり、この様子だと何もせずに放っておいても、すぐに完治してしまいそうだ。

交渉の手間が増えた点を惜しむべきか。

小さな女の子に負担をかけず済んだことを喜ぶべきか。

一方的に敵対者認定されている立場としては、複雑な心境である。

「オッサン、まさかとは思うけど、アバドンの使徒だったりする？」

「アバドン？　すみませんが、そのような人物や団体は存じません」

「本当に？」

「ええ、本当です」

天使の人の容態を懸念した早々、本人に動きがあった。上半身を起こすと共に、地を蹴って空に舞い上がる。

そして、あっという間に少年のすぐ隣まで移動した。

「使徒の備えた力は、行動を共にしている悪魔の力に比例します。この使徒と組んだ悪魔が倒された、という可能性はかなり低いでしょう。早急にこの場から退避の上、本隊にアバドンとは別個体の存在を報告するべきです」

「やっぱり、逃げるしかない感じ?」

「私一人ではこの使徒に対処できません」

治りきっていない足を庇いつつも、自ら矢面に立つ女の子。

これまた健気な振る舞いではなかろうか。

一連の天使呼ばわりも納得の献身ぶりである。

「使徒にすら勝てないなんて、エリエルってばマジ最弱だよね」

「……申し訳ありません」

「でも、僕はそんな君のことが、大好きなんだけどさ」

「…………」

あと、微妙にラブコメっているの羨ましい。

自分も若い頃にそういう恋愛、してみたかったなぁ。

「そういう訳でオッサン、俺たちのこと見逃してくれない?」

「見逃しても構いませんが、代わりに一つだけ教えて下さい」

「……え、マジで?」

「天使と悪魔が、使徒と呼ばれる方々を巻き込んで、お互いに争っていることは理解しました。するとこの人が消えた世界は、両者の争いの場、ということになるのでしょう。もし私の推測が正しかったら、この世界が発生する条件を教えて下さい」

「…………」

天使と悪魔。

異世界や妖精界に続く第三の世界観、その存在を前提に尋ねてみる。

すると少年は訝しげな表情となって黙り込んだ。

時間にして数十秒くらい。

ややあって返されたのは、思ったよりも素直なお返事。

「天使や悪魔が、限られた場所に十体以上集まると発生するね」

「なるほど、そんなふうになっているんですね」

そうなると自分や魔法少女は、彼が語ってみせたような状況に図らずも遭遇。そして、これまた偶然から展開していた障壁魔法やマジカルバリアの作用から、人のいない世界、隔離空間に取り込まれてしまった、みたいな感じだろうか。

いや、そういうと若干の語弊があるかも。

本来なら人知れず行われている天使と悪魔の戦い。これを隠蔽するための工作、目眩ましとも称すべき行いに、知らず抵抗してしまった、というのが正しい気がする。それなら目の前の相手が、こちらの存在に驚いている点にも納得がいく。

本来なら天使と悪魔、それに使徒と呼ばれる人たちしか知らない世界なのだ。

「ありがとうございます、色々と理解が捗りました」

「……それじゃあ、俺たちはこれで行くからね？」

「ええ、どうぞお気をつけて」

近隣で二度も遭遇した点から、このあたりで最近になって、天使と悪魔の争いが激化したのではなかろうか。今後も障壁魔法を多用した場合、繰り返しこちらの世界に飛ばされる可能性は十分に考えられる。

「う、後ろから攻撃とかするなよ？」

「そんなことしませんよ。安心して下さい」

しかし、そうなると課長への報告はどうしよう。

下手に伝えても信じてもらえない可能性が高い。自分も異世界を訪れていなければ、きっと信じられなかった。魔法少女の存在をだしにすれば、信じてもらえるだろうか。いっそのこと黙っておく、という選択肢もあるけれど。

「エリエル！」

「はい、この場から撤退します」

少年と天使の人がアスファルトの上から浮かび上がる。こちらを捕捉してやって来たときと同じだ。

彼らも我々と同じように、異能力や魔法、マジカルサムシングに類似した、不思議な力を備えているのだろう。できればそちらについても知りたかったけれど、流石にそこまでは教えてもらえそうになかったので控えておいた。

そして、魔法中年の眺める先、二人はどこへともなく飛び立っていった。

*

【お隣さん視点】

その日、私とアバドンは天使の軍勢から狙われる羽目になった。

隔離空間が発生したのは放課後。クラス担任の先生から仰せつかった雑務を終えて、帰路につかんとした時分のことである。別所での作業を終えてから、教室に荷物を取りに戻ろうと廊下を歩いていた最中、周囲から音が消えた。

「アバドン」

『どうやら天使の使徒がやって来たみたいだねぃ』

私の傍らにはアバドンが浮かんでいる。

目覚めから就寝まで、私のすぐ隣が彼のポジション。

滅多なことでは距離を設けることもない。

『ここはごちゃごちゃしているから、校庭に出たらどうだい？』

「分かりました」

荷物は教室に放置したまま、駆け足で廊下を進む。

足取りはしっかりとしている。

アバドンから授けられた生命を弄る力を利用すれば、飢餓には対応できる。主な栄養源は住まいを共にする母親と、母親が連れてくる男たち。ここ数日の鍛錬から、ギリギリ意識を奪わない程度で、生命を吸い出すことができるようになった。

おかげで貞操の危機も遠退いた。

栄養状態が改善した為、図らずして体調もすこぶるいい。

階段を駆け下りて、昇降口で靴を履き替えて屋外に出る。

校庭に移動して空を見上げると、眩しいほどの夕焼けが目に入った。

『西日が綺麗だねぇ。夜が訪れるまで眺めていたくなるよ』

「悪魔であっても、そんなことを思うんですか？」

以前までは明確に捉えられた天使の存在。

これが屋外に出てもまったく感じられないのは、先方が完全に身を隠しているからだろう。偶然から接近してしまったのか、明確な目的があって近づいてきたのか、判断に迷う状況だ。後者だとしたら、先方の策略の只中にいる可能性もある。

　一方でアバドンはこれまでと変わらず、控えめに存在を主張。

　率先して天使の使徒を狩りたいという、本人の意思を尊重した結果だ。

　相手には大して強くない、並の悪魔として感じられていることだろう。

『これでも天使であった頃は、花を愛で、空に唄っていたのだよ？』

「蟻の巣を水攻めにしていた方がしっくりときますね」

『それは君の趣味だろう？　妙な価値観を押し付けないで欲しいな』

「……違います」

　たしかに小学生の頃、そんなことをしていた気がしないでもない。

　ふと思い起こしたところで、アバドンから視線を逸らす。

　でも、趣味というほど繰り返した覚えはない。何度か遊んだ程度である。

『ところで早速だけれど、先方から捕捉されたみたいだ』

「っ……」

　アバドンが見つめる先で、空に人のような姿が見られ始めた。

　学校の正門がある方向から、こちらに向かって一直線に飛んで来ている。大半は背中に羽をはやしており、ブロンドの頭髪が陽光に煌めく様子が、遠目にも窺えた。

まず間違いなく我々を打倒すべくやってきた天使だろう。

　しかも今回はかなり数が多い。

　パッと見た限りであっても、二、三十体はいる。

　そして、天使がいるということは、使徒も同行していることだろう。恐らく我々からは目の届かない、地上を移動してきているものと思われる。その護衛の存在も考えられるので、全体として天使の数は更に増えるだろう。

「かなりの規模ですけど、大丈夫なんでしょうか？」

『たぶん、前の騒動で撃ち漏らしがあったんだろうねぇ』

「もしかして私のこと、非難していたりします？」

　前回の一件では、最終的には一人残らず討ち取ったと、事後にアバドンから報告を受けている。もし仮に撃ち漏らしがあったとしても、それは私の責任というより、先方の粘り勝ちではなかろうか。

実際に現場を見た訳ではないから、なんとも言えないけれど。

『いや、事実を口にしたまでさ。他にも仲間がいたんだろう』

「……そうですか」

『昨日の今日でこうまでも群れて来るとは、ちょっと僕も想定外かな』

ふと、アバドンの口から弱気な発言が溢れた。

出会ってから本日まで、そう大した期間を共にした訳ではない。けれど、なにを行うにしても常に自信満々でオラついていた彼だから、その発言には私も驚いた。思い起こせば初めてのことではなかろうか。

つまり、今の我々はかなりピンチ、ということなんだろう。

そうこうしている間にも先方との距離は縮んでいく。

「逃げ出すべきではありませんか？」

『それも選択の一つではあるね。けれど、逃げ出すという判断を行うにしても、その前に一度くらいは相手を圧倒しておきたい。今後、先方を勢いづかせないためにも、出会い頭の牽制は重要だと思うんだよね』

「そんなことができるんですか？」

『僕のこと、信じて欲しいなぁ』

「……分かりました」

今この瞬間、自分の生命はとても大切なもの。

しかし、このゲームのプレイ時間は数年、場合によっては数十年にも及ぶらしい。アバドンの言葉ではないけれど、今回の出来事から全体の流れが天使の有利に動いたのなら、この場でこそ助かったところで、以降も延々と苦労する羽目になる。

逆にこの数の天使を倒すことができたら、当面は安泰だろう。

このあたりの損得勘定が、デスゲームだ何だと呼ばれる所以だと思う。

まるで自分が将棋の駒にでもなったかのような気分だ。

「そういうことなら、全力で挑んで下さい」

『以前と同じように、指示をもらってもいいかい？』

指示というのはあれか、彼が本当の姿になるためのおまじない。

前に本人から聞かされたフレーズを改めて口にする。

「アバドン、今すぐに顕現して下さい」

『うん、まっかせてっ！』

私の声に応じて、彼の肉体が変化を見せ始めた。

人としての形がドロリと崩れると共に、肉の塊となった身体がもぞもぞと蠢く。どういった仕組みなのか、肉塊はあっという間に大きく膨れ上がる。身に付けていた衣服やアクセサリーも内側に飲み込まれて見えなくなった。

僅か数秒ほどで自動車と大差ないサイズ感。

しかも、更に大きく膨れようと胎動を続けている。

そうしたアバドンの変化を受けて、先方からは顕著な反応があった。

空に浮かんだ天使の一団、その正面に魔法陣のようなものが浮かび上がる。何事かと見上げた私の視線の先、無数の幾何学図形が集まって描かれた真っ白な円は、太陽さながら、眩いほどの輝きを発し始めた。

説明を受けずとも、自分が危機的状況に置かれていると分かる。

きっと中央のあたりから、ビーム的な何かが撃たれるんじゃなかろうか。

『今からしばらく、そこを動かないでねっ！』

肉の塊から指示が飛んできた。

素直に頷いた直後、視界を真っ白な輝きが埋め尽くす。間際にはピョンと地面から跳ねた相棒が視界に入った。痛みすら覚える光量を受けて、咄嗟に目を閉じる。

「っ……」

地面にしゃがみ込みたい衝動に駆られるも、膝を震わせつつ我慢。

後日、アバドンに茶化されそうだから。

瞼越しに感じていた輝きは、数秒ほどで収まりを見せ始める。

恐る恐る目を開くと、私が立っている周辺とその後方を除いて、校庭が大きく抉れていた。まるで地面が陥没したかのように、広々とした敷地の半分以上が、底の見えない大穴と化してしまっている。

残された足場は平らな部分が半径二、三メートルほど。

まるで崖の先端に立っているかのような感じ。

たぶん、アバドンがバリア的な何かで守ってくれたのだろう。

『今度はこっちの番だねっ！』

間髪を容れず、肉の塊は飛び出していった。

勢いよく空に舞い上がり、正面に浮かんでいた天使の一団に突っ込んでいく。これを受けて先方は、蜘蛛の子を散らすように散開。そのうち反応が遅れた数体の天使が、ぶわっと広がった肉の塊に絡め取られた。

以前にも目の当たりにした光景だ。

薄く広く伸びた肉が、天使をまとめて飲み込んだ。

巨大な饅頭のでき上がる工程を眺めているかのようだった。

バキボキと気味の悪い音が、私の耳にまで届いて聞こえる。

「あっ……」

逃げ延びた天使たちのうち、数体が私に向かい身構えた。

そのなかでも斧を手にした個体、至近距離での喧嘩にめっぽう強そうな相手が、こちらに向かい飛んでくる。筋骨隆々とした大男の天使である。顔立ちもイケメンで、アクション映画の俳優のような外見をしている。

大きく振り上げられた斧は、私の首を狙っていた。

使徒は天使や悪魔に敵わない。

自分にどうこうできるような相手ではない。

だからアバドンに言われたとおり、その場で棒立ち。

すると彼の本体から分離した肉が私の正面に落ちてきて、大男の斧を受け止めた。直後には今しがたと同様、広がりをみせて相手を飲み込まんとする。対して相手は手にした斧を放棄して、すぐさま後ろに身を飛ばした。

数秒と要さずに、後方に控えていた一団と合流する。

『熾天使が混じっているの、面倒臭いなぁ……』

斧を受け止めた小柄な肉から、アバドンの声が聞こえてきた。

肉塊となっても声色が同じなの、とても違和感がある。

「このまま続けて、リスクなく勝てそうですか？」

『下級天使の数を減らして、この場は一度退こうと思う』

「承知しました」

天使と悪魔の代理戦争に巻き込まれて以降、自身もその手の知識を能動的に仕入れるようになった。主な情報源は、学校の図書室やパソコン室である。休み時間や放課後を利用して足繁く通っている。

そして、書籍やインターネットから得た知見が正しければ、アバドンが口にした熾天使というのは、かなり位の高い天使である。悪魔たちの親玉に当たる存在も、元々は熾天使なる立場にあったと、随所に記載があった。

つまり目の前の一団には、油断ならない相手が混じっているということだ。

＊

エリエルと呼ばれていた天使の女の子と、彼女を連れた少年。二人と別れてからしばらく、元の世界に戻る手立てを失った迷子は、人が消えた世界を歩き回った。これと言って当てもなく、気分が赴くがままにテクテクと。

閑散とした街の光景も、当初は目新しいものとして映った。

しかし、それも延々と眺めていると飽きてくる。

そうした時分のこと、ズドンという地響きのような音が聞こえた。

「…………」

他に音がないから、とても鮮明に感じられた。

方角までしっかりと把握できたくらい。

この世界が生み出された意義を確認したことで、音の出処にはすぐに見当がついた。天使と悪魔、更には使徒と呼ばれる人たちとの間で行われている争いだ。派手に暴れているだろうことは想像に難くない。

だからこそ、音源に近づくことは憚られた。

しかし、今後とも彼らが我々と無関係であるとは限らない。

こちらが先方に対して、一方的に知見を備えている現状、先んじて相手について知っておくことは、局の仕事から彼らと関わりを持たざるを得ない状況が生じた時、有利に働くだろう。

それは例えば今回のようなケースだ。

また、課長が彼らの存在に気付いた時、優位にありたいという思いもある。

その重要性は異世界との交流を通じて、痛いほどに実感しているから。

「……行くか」

遠くから様子を確認するくらいなら、問題ないのではなかろうか。

場合によっては、元の世界に戻るための条件を確認した上で、帰還に向けて交渉を行えるかもしれない。かなり殺伐とした世界観を垣間見ているので、さっさとお暇したいという意思は大きい。

そのように考えて、音の聞こえてきた方角へ向かうことにした。

一方的に狙撃されるような事態を避けるため、空を飛ぶことは控える。

足元を数センチだけ浮かせて、路上に沿って素早く移動する。

しばらく進むと音の出処が見えてきた。

近隣に所在する中学校の校庭が、喧嘩の現場となっているみたい。

確信を覚えたのは、建物の合間から見られた天使たちの飛び交う姿。剣やら斧やら、物騒なものを手にして宙を舞っている。背中に生えた羽のおかげで、離れていても彼らが天使なる存在だとは容易に想像できた。

相手をしている悪魔については、ちょっとよく分からない。

巨大な肉の塊のようなものが、同じように空を飛び回っている。

「…………」

現場を目前に控えて、以降は慎重に接近を試みる。

校舎の周囲に立ち並んだ家屋の陰に身を隠しつつ、ゆっくりと接近する。

敷地に接する通りまで移動すると、人の声が聞こえてきた。

「私たち、やることなくない？」「暇ならそれに越したことはないでしょ」「マジそれね。安全でいいじゃん」

「だけど、報酬も期待できないよ？」「せめて一匹くらいは、こっちでも仕留めたいね」「それは無理でしょ？　数を揃えても使徒は使徒だし」「弱い悪魔だったらいけるんじゃね？」

中学校の正門前に人の集まりが見える。

上は二十代中頃から、下は十代中頃までの比較的若々しい男女である。姿格好はバラバラで、スーツを着用している人がいれば、セーターにジーンズというカジュアルな出で立ちの人も見受けられる。

また、傍らには数名、背中に羽の生えた人たち。

後者は天使で間違いないだろう。

エリエルちゃんと大差ない年頃の可愛らしい天使がいれば、細マッチョなイケメンの天使も見られる。共通しているのは現代離れしたデザインの衣服。

多分、前者こそ使徒と呼ばれている人たちなのではなかろうか。

「大人しく待っていようよ。そういう約束じゃん」「だけど、これじゃあ何のために集まったのか分からなくない？」「マジそれだよ。報酬がないとモチベーションだだ下がり」「一体くらいなら、こっちで好きに使ってもよくない？」「だよね？　天使は俺らの言うことに逆らえない訳だし」

天使という響きから、自然と友好的な関係を望みたくなる。けれど、つい先程にも一方的に挑まれた経緯を思うと、安易に声をかけることは憚られた。下手をしたら顔を出した瞬間に総攻撃を受けかねない。

まずは状況の確認を優先。

取り急ぎ、学校の敷地内を確認するとしよう。

そのように考えて、正門前から裏門に向かい進路を取った。

物音は校庭から聞こえてきている。教員用と思しき駐車場を経由の上、校舎の陰に隠れつつそちらに向かう。

自分が移動している間にも、かなり近いところから、絶えず誰かの争う気配が届けられる。

段々と増していく緊張。

そうしていよいよ、建物に遮られていた視界が開けた。

まず目に入ったのは、大きく抉れた校庭である。

「っ……」

思わず声を上げそうになった。

ピーちゃんがマーゲン帝国の軍勢に対して放った魔法。その結果として生まれた大穴を彷彿とさせる。底が見えないほどに深いもの。ただ、それ以上に驚いたのは、大穴の中央に一部残された地面と、そこに立っている人物の姿だ。

何故ならば先方は、見覚えのある相手だった。

自宅アパートのお隣さんである。

見慣れたセーラー服姿は間違いない。

「…………」

彼女の周囲では、天使たちが忙しなく飛び回っている。どうやらお隣さんが狙われているみたい。

夜の街灯に群がる虫さながら。

そして、こうした攻勢に抗うかのように、得体の知れない肉塊がいくつも、校庭を飛び交っている。剣や槍を手にして迫る天使たちを翻弄しつつ、時折発せられる魔法的な現象を受け止めている。

いずれも見た感じかなりグロテスク。

これが悪魔だと説明されたのなら、すんなりと理解できる。

丁寧にカットされた切り身というよりは、むりやり骨から引き千切った上、しばらく放置して腐らせたようなビジュアルだ。一瞬、肉がお隣さんを襲っているのだと、見た目から勘違いしそうになったほど。

「アバドン、空が飛べないのは不便だと思いませんか?」

『ないものねだりをしても、仕方がないとは思わないかい?』

「この場を無事に脱したら、ご褒美で飛べるようにして下さい」

『……前向きに検討しよう』

耳を澄ませると、お隣さんの声が聞こえてきた。

会話の相手は誰だろう。

どこかで聞いたような声だ。

ただ、それっぽい人物は周囲に見当たらない。

まさかとは思うが、肉の塊とお話をしているのだろうか。そうして語る彼女の表情は傍目にも緊張が感じられる。軽快な語り口とは対照的に、かなり危機的状況にあることが、初見でもなんとなく察せられた。

しかもこのシチュ、お隣さんってば使徒の予感。

天使から襲われているので、相棒が悪魔なのも確定だろう。

こうなると具体的に、天使と悪魔、双方が掲げている目的というか、互いに争う理由みたいなものが気になってくる。響きからして邪悪な後者だから、善良な人類としては声をかけることに躊躇してしまう。

個人的には無条件で、お隣さんのことを助けたくはあるけれど。

「あっ……」

そうこうしていると、戦況に変化が見られた。

お隣さんが立っていた足場が、天使によって破壊されたのである。切り立った崖さながらの場所であったから、大穴の底に向かい彼女は落下していく。これを空を飛んだ肉片が、危ういところでキャッチした。

「……アバドン、凄くヌルヌルしてますね。気持ち悪いです」

『この状況で贅沢が言えるようなら、僕も満足だよ』

「助けてくれて、ありがとうございます」

やはり彼女と会話をしている相手は、空を飛び回る肉片みたいだ。

異能力や魔法少女と比較しても、浮世離れした光景である。

ただ、そうして危地を脱したのも僅かな間のこと。これを好機到来と考えたのか、天使たちの攻勢が激しさを増した。大穴の只中に浮かんだお隣さんに向けて、天使たちの下から魔法のようなものが集中砲火。

対して彼女を支える肉塊は、その形を変えて守りに入る。

一端が大きく広がったかと思えば、貝殻のようにお隣さんを覆った。

肉塊による守りは十分なもの。

十数秒にわたって天使からの攻撃を防ぐ。

けれど、どうやらそうした攻勢は、彼女たちを同所に抑え込むためのものであったようだ。一団からの一斉掃射が止むのと時を同じくして、守りに入って硬直したお隣さんと肉塊の下へ、空を飛んで切り込む天使がいた。

エリエルちゃんと大差ない年頃の女の子である。

腰下まで伸びたブロンドが印象的だ。

背中には三対六枚の翼。

他の天使たちよりも枚数が多いのが気になる。

彼女は手にした剣を振りかぶり、肉の塊を一撃で切り裂いた。

『っ……これ、苦手なんだよなぁ』

「アバドン、まさかこれでゲームオーバーですか?」

切り裂かれた肉から火の手が上がる。

メラメラと燃え上がる。

直後に落下を始めたお隣さん。

天使に襲われている彼女の劣勢は、疑いようのないものだ。

こうなると自分も傍観してはいられない。

だって知り合いだもの。

飛行魔法で身体を浮かせて、お隣さんの下に向かい全力で飛んだ。

幸いであった点を挙げるとすれば、校庭に生まれた大穴が非常に深々としたものであったこと。そのため彼女が底へ落ちるまでに、身体を支えることができた。モノを浮かせる魔法を併用した上で、かなりギリギリではあったけれど。

「っ……お、おじさん!?」

自身の胸の内、こちらを見上げてお隣さんが声を上げた。

驚きは尤(もっと)もなものだ。

自分も異世界で、お隣さんに窮地を助けられるような場面に遭遇したら、同じように声を上げていたと思う。だからこそ、こうして交わりあった二つの世界観は、きっと別物なのだろうとも確信を持てた。

あれこれとお喋(しゃべ)りしたい衝動に駆られる。けれど、この場は返事に優先して、障壁魔法を周囲に張り巡らせる。

『まさかとは思うけれど、君も悪魔だったのかな?』

直後に頭上から肉の塊が一つ振ってきて、我々のすぐ隣に並んだ。

更にはこれを追いかけるように、六枚羽の天使の人。

彼女の手にした剣が、こちらに向かい振り下ろされる。

なんておっかない。

物怖(ものお)じした異世界の魔法使いは、咄嗟に雷撃の魔法を放った。

　これが剣の切っ先にヒット。

　バシッという音と共に、目前まで迫った剣の軌道が逸れる。肩のすぐ隣を目にも留まらぬ勢いで、切っ先が上から下に過ぎていく。直後にはパァンと音を立てて、障壁魔法が我々の周囲から消失した。

　なんということだ、ピーちゃん印の魔法が破られてしまったぞ。

「なんだ？　今の妙な手応え（てごた）は……」

　剣を手にした天使の子から、疑問の声が上がった。

　かなりの美声。

　直後には空から振ってきた比較的大きめな肉塊が、彼女に襲いかかった。

　ぐわっと大きく広がったそれが、天使の子を飲み込まんとする。

　すると先方は身を引いて、大穴の外まで飛び出していった。

「…………」

　あぁ、危なかった。


　もしも障壁魔法のみで挑んでいたら、今頃はお隣さんと一緒に真っ二つ。

　あまりにも小さい自身の肝っ玉を褒めてやりたい。障壁魔法が破られたのは初めての経験。無事に生き永らえることができたのなら、是非ともピーちゃんにご相談したい事案である。なんて切れ味のいい剣だろう。

「アバドン、この人のことは信用して下さい」

『使徒の命令は絶対、そう言われたら僕は断れないんだよね』

「そうでないと困ります」

『君のその判断が、ゲームの今後にどう影響するか、気になるねぇ』

「きっと私に感謝すると思います。間違いありません」

　お隣さんと肉の塊との間で言葉が交わされる。

　それを耳にしていて、ふと気付いた。

　この声は以前、貴好君たちを撲殺した少年ではないか。

　いや、今はそれを気にしている場合ではない。

　大穴を囲うように集った天使たちから逃げ出さなければ。

「細かい話は抜きにして、単刀直入にお伺いします」

『いいよ、なんでも聞いてよ』

「こちらとしては今すぐにでも、この騒動から脱したいのですが」

『それは喜ばしいね。僕らも同じことを考えていたところさ』

こんな慌ただしい状況であっても、早々に意見交換が成り立ったあたり、かなり争いごとには慣れていると思われる。お隣さんとの関係も含めて、目の前に浮かんだ肉の塊には、疑問ばかりが募っていくよ。

ただ、そうした疑念を解決するのはこの場を脱してからでも遅くない。

下手をすればこの場で二人と共に、貴好君たちの後を追うことになりそうだ。

『けれど、このままだとそれも危ういかな』

肉の塊がプルプルと震えた。

こちらに向いていた面が、クイッと上方に移る。

上を見ろ、ということだろうか。

そのように考えて視線を頭上に向けると、大穴の上に天使たちが陣を成していた。正門前に待機していた天使の姿まで窺える。更には先方の正面に、巨大な魔法陣のようなものが浮かんでいるから、これは困ったことになったぞ。

今からとどめを刺しますよと、言外に訴えているかのような状況だ。

きっとその中央から、魔法みたいなのを撃つつもりでしょう。

異世界から始まって、異能力やら魔法少女やら、ここ最近は身の回りが賑(にぎ)やかであったから、容易に想像できてしまった。異世界や魔法少女が浮かべるモノとは、また雰囲気の異なるデザインの魔法陣がお洒落(しゃれ)ですね。

「アバドン、らしくないですね」

『先方に一体、位の高い天使が紛れ込んでいてね……』

「貴方よりも強い天使なのですか？」

『さて、どうだろう。相性が良くないのは間違いないけれど』

「これまで貴方と当たった天使たちも、同じことを考えたと思いますよ」

『なるほど、それは戦意をそそられる言葉だね』

対応に頭を悩ませている自身の傍ら、お隣さんと肉塊の間でやり取り。彼女たちにしても、阿吽の呼吸でこの場に挑んでいるという訳ではないみたい。ちょっと格好いい感じのやり取りが、両者とも役柄にハマっておりますね。

その手の台詞が似合わないマジカルミドルはどうしよう。

このままだと絶命は必至と思われる。

剣の一振りで障壁魔法を破られてしまったのだ。そんな相手が仲間たちと協力して放つ一撃は、きっと我々を消し飛ばして余りある代物ではなかろうか。過去に受けた経験がなくとも、自ずと察することができてしまう。

『こちらからも単刀直入に尋ねるけれど、君、何かいい手はないかい？』

肉塊がくるりと半回転して、尋ねてきた。

そちら側が前方向なのだろうか。

「いい手と言われましても……」

自身が備えた最大の攻撃手段である雷撃の魔法は、六枚羽の人が振るった剣の軌道を僅かに逸らすばかり。また、最大の防御手段である障壁の魔法についても、たった一撃で無効化されてしまった。

完全に手詰まりである。

しかし、その事実を素直に受け入れたのなら、明日はやってこない。

何かないだろうか。

必死に考えたところで、ふと思い出したのは現在練習中の魔法。

呪文だけでも覚えておこうと考えて、異世界のお宿でカンペを読み上げたところ、一発目で魔法陣が浮かび上がったやつだ。そのときは怖気づいて行使をキャンセル。以後もピーちゃんに相談するタイミングを逃して、それっきりとなっていた。

あの魔法なら、なんとかなるかもしれない。

万を超えるマーゲン帝国の兵を一撃で消滅。更には地上に大穴を空けてみせた、非常に強力な魔法だ。人の消えた世界、周囲に対する気配りが不要である点も、行使に当たっての心理的なハードルが大きく下がって感じら

「ご確約はできませんが、多少は役に立てるかもしれません」

『ええ、本当に？』

「他に確実な手があるようでしたら、この場は譲りますが」

『……いいや、そういうことなら是非とも試してもらえないかな』

「承知しました」

そもそも悠長に検討している時間はない。

頭上では天使たちによって描かれた魔法陣が、段々と光量を増しつつある。ブォンブォンと低い音を響かせて、中央付近に光り輝くエネルギー的な何かを収束させる光景は、眺めていて生きた心地がしない。

次の瞬間にも撃たれてしまいそう。

そういう訳で、こちらも大慌てで呪文を詠唱。

幸いであったのはスーツの内ポケットにカンペが入っていたこと。これを手に取り、早口言葉さながらの勢いで口にする。お隣さんからは疑念の視線が向けられているけれど、それを気にしている暇もない。

それでも不安は大きい。

自分が扱って大丈夫なのかと。

ピーちゃんも上級以上の魔法は負担が大きいと言っていた。

この脆弱な肉体では術に耐えられない、とかなんとか。

どうやら文鳥の身体はかなり脆いらしい。

小さいから当然といえば当然か。

そうした負担を回避するために、自分は彼に協力している。

「…………」

ただ、これって逆に考えたのなら、自分はピーちゃんが一緒でなくても、彼が使用を忌諱していた魔法を一部でも、行使することができるのではなかろうか。もちろん、魔力の量的な問題はあるのかもしれないけれど。

そのように考えると、試してみる価値はある。

なにより今のままでは、いずれにせよアウト。

このまま先方の攻撃を待っていたら、身の破滅は免れない。

事情を知らない人からしたら、完全に危ないオッサンである。

ただ、それも次の瞬間には驚愕に変わった。

「っ……」

理由は直後にも浮かび上がった魔法陣の存在。

こちらの足元で、煌々(こうこう)と輝き始めた見覚えのあるデザイン。

でた、でたよ。やっぱり以前の発動は、決して見間違いではなかった。

そして、今回は躊躇することもなく、カンペのテキストを最後まで読み上げる。このような慌ただしい状況にありながら、一字一句間違えずに呪文を唱えることができた自分を褒めてあげたい。

そうかと思えば、こちらの魔法が完成したのと同じタイミングでのこと。

頭上から天使の声が聞こえた。

つい先程にも障壁魔法を剣で貫いた六枚羽の子である。

「撃てっ！」

号令を受けて、天使たちの魔法陣が一際強く、ピカッと輝いた。

これと時を同じくして、自身もまた準備の整った魔法を放つ。

「い、行きますっ！」

発射と併せて、魔法の名前とか、叫べたら格好良かったと思う。

けれど、肝心な名称を知らなかったので、ちょっと残念な感じ。

上から、下から、お互いに魔法陣より光の帯が発せられる。

それは大穴の中程で、真正面からぶつかり合うことになった。

『ふぅん……』

「おじさんっ！」

これがまた、あまりにも眩しいものだ。

思わず目を瞑(つぶ)ってしまったほど。

ブォンブォンという低い音が、大音量で穴の内側に響きわたる。ただでさえ煩(うるさ)いのに、四方に反射してえげつないことになっている。まるで大排気量のバイクが、すぐ近くで空ぶかしでもしているかのような。

それでも魔法に込める力を緩めることはない。

すると身体の内側から、元気というか、やる気というか、その手の何かがゆっくりと吸い出されていく感じ。これが魔力を消費する、という感覚なのだろう。事前に説明は受けていたけれど、魔法を習い始めてから初めて実感した。

ピーちゃんから譲り受けた魔力が膨大であった為、中級以下の魔法ではその消費を体感できなかったものと思われる。これが行き着くところまで行くと、最終的には気を失ったり、最悪、死んでしまうのだとか。

ただ、今は先方に押し負けても死亡確定なので、全力だ。

力の限りを魔法に込めた。

拮抗したと思われたのは、十数秒ほどだろうか。

やがて何かを突破する、手応えのようなものが感じられた。

薄目を開けて頭上を見上げると、大穴の出入り口を越えて、空高くまで伸びた魔法の輝きが窺える。それはもう立派にそそり立っており、先端がどこまで達しているのか、下からでは判断がつかない。

これはもしや、天使の一団を貫いたのではないか。

全開にした蛇口を閉めるように、魔法に込める魔力を停止。

大穴全体を満たすほどの太さがあった光の帯は、すぐさま細まっていき、最後は散り散りとなって消えた。空に浮かんだ雲が、ある一点だけ丸く消失しており、夕焼けを覗かせている。かなりの高さまで打ち上がっていたようだ。

やってやった、のではなかろうか。

しかし、達成感に震えたのも一瞬の出来事である。

空から一体の天使が降ってきた。

剣を構えた六枚羽の彼女だ。

これがお隣さん目掛けて、一直線に迫る。

「っ……」

気付いたときには、身体が勝手に動いていた。

腕に抱いた彼女を庇うように、自らの背を相手に向ける。剣から逃れるように飛行魔法を操作。天使の人を迂回して、その背後へ抜けるように進路を取る。過去にも覚えのない急発進と、内臓が片方に寄るほどの制動。

　間髪を容れず、ズドンという衝撃が身体を震わせた。

「くっ……やはり、威力が激減している」

　天使の人の声が、すぐ傍らから届けられる。

　これに構わず、彼女の脇を通り過ぎて大穴の外を目指す。

「お、おじさんっ！」

　衝撃と前後して、急に身体が軽くなるのを感じた。

　自分と入れ替わりで、肉の塊が天使の人に襲いかかる光景が、視界の隅にチラリと垣間見られた。彼女のことは彼に任せて、自分はお隣さんの救出を優先するとしよう。そのように考えて進路を決める。

　がむしゃらに身体を飛ばして、大穴を外に向かい抜ける。

　数秒ほどで穴を登りきり、校庭の隅に平坦な地面を確認。直後、ふっと抗いがたい脱力を感じたものだから、大慌てで高度を落として、お隣さんを地上に降ろした。

　そして、いざ自分も着地をと姿勢を取る。

　いいや、取ろうとしたところで気付いた。

「……やばい、足がない」

「おじさん！　おじさんっ！」

　そのままドサリと、地面の上に身体が倒れた。

　よくよく見てみれば、足どころか腰から下が失われている。体内から漏れ出した内臓が丸見えなの、めっちゃグロテスク。溢れ出した血液によって、お隣さんも下半身が真っ赤になってしまっている。

　大慌てで回復魔法を行使。

　倒れた肉体の下に魔法陣が浮かび上がる。

　しかし、これは困ったな。治癒の進行がかなり遅い。

　そうこうしていると、視界の隅がじんわりと黒く滲み始めた。

「おじさん！　死なないで！　おじさん！　おじさんっ！」

　倒れた自身の上半身を抱きしめて、お隣さんが声を上げる。

　彼女が声を荒らげる姿は、初めて見た気がする。

　そんな顔もできるんだね、こんな状況なのに妙な感慨を覚えた。

「君が無事でよかったよ」

「っ……わ、私なんてどうでもいいです！　それよりも貴方が生きて下さい！」

「……どうか僕の分も、幸せになって下さい。君はまだ若いんだから」

「お、おじさん！　おじさんっ!?」

　これはもう助からない、そのように理解したことで、気づけば遺言めいたことを口走っていた。もっと気の利いたことを言えないのかと、呟いた直後に後悔するも、台詞を続けようとして舌が動かなかった。

　そうこうしているうちに、目の前が暗くなっていく。すぐ正面にあるお隣さんの顔が、あっという間に見えなくなる。

　安全第一だと念頭に置いていたのに、気づけばこのざまである。

　ピーちゃん、ごめん。

　できることなら、その一言を最後に愛鳥へ届けたかった。

「アバドン！　早く天使たちの使徒をっ！」

『任せて。言われなくたって、もうとっくにやってるから』

　お隣さんと肉の塊がやり取りする声。

　それも段々と遠退いていって、聞こえなくなった。

　やがて全身の感覚が失われて、意識は視界と共に消失した。

*

　もう駄目だ、とかなんとか一切合財を諦めたのも束の間のこと。

　まるで眠りから覚めるように意識が戻った。

　まず最初に知覚したのは、どこからともなく届けられる自動車の排気音。それは人の消えた世界に入り込んだことで、一様に失われていた気配。直後には頭部に柔らかな感触を覚えて、はて、いつの間に枕を敷いたのかと疑問も一入。

　瞼を上げると、視界に飛び込んできたのはお隣さんの顔だった。

それもかなり近くて、お互いの鼻が触れ合ってしまいそうなほど。

どうやら後頭部に触れている柔らかなものは、彼女の太もものようだ。お互いの位置関係から枕だと思ったそれが、生まれて初めて経験する膝枕であると理解した。

自宅の潰れ気味な枕と比較して、かなり高さを感じる。

「おじさんっ！」

「…………」

気恥ずかしさも手伝い、視線は自然と自らの下腹部に向かう。

するとそこには、失われたはずの腰から下が確認できた。

しかも何故なのか、衣服さえ汚れ一つなく無事だ。

あれだけ派手に臓物を撒き散らしていたというのに。

「あの、もしかしてこれはお隣さんが……」

「あぁぁぁぁぁぁ！　おじさん、おじさんっ！」

「っ……」

何を語る暇もなく、お隣さんからギュッと抱きつかれた。

顔面が彼女の胸元に埋もれる。

最後に目撃した時、べったりと血まみれであったセーラー服。けれど、こうして頬で触れた生地は、血の一滴さえ付着した様子が見られない。まるで何もかもが、無かったことになってしまったかのような錯覚を覚える。

すべては夢であったのだと。

自身の妄想であったのだと。

しかし、それにしては感極まった言動のお隣さん。

自身の無事をこれでもかと言うほどに喜んで下さっている。

直後にふと思い出した。

過去、人の消えた世界で過ごした時間が、丸っと戻ったことを。

「…………」

まさかその影響は人体の損傷にまで影響するのだろうか。

あまりにも滑稽な想像だ。

けれど、現状を説明するには非常に都合のいい考え方

だった。時計の針と同じく、自身が負った怪我まで元に戻ったのではないかと。以前にも一度は経験した出来事であったため、多少なりとも信憑性を覚えてしまう。

『無事を喜び合うのも結構だけど、時と場所を選んだらどうだい？』

そうこうしていると、耳に覚えのある声が聞こえてきた。

お隣さんの近くを飛び回っていた、肉の塊から発せられていた声だ。

併せてこちらに向かい、段々と足音が近づいてくる。

「おじさんが無事なら、世間の目なんて些末なものだと思います」

『君はそうでも、彼の方は色々と抱えているものがあるだろうに』

「…………」

ご指摘の通り、今の自分はかなり情けない格好をしている。

中学生の女の子に膝枕の上、頭部を抱きしめられている。

まさか他所様に目撃されては大変なことだ。

大慌てで彼女の腕の中から抜け出すと共に、上半身を起こす。

すると視界に入ったのは、見覚えのある少年の姿だった。

「君は……」

『やあ、この姿で会うのは二度目になるかな？』

貴好君と直美ちゃんを殺害した人物である。

以前と同様、マントを羽織り王冠を被っている。

おとぎ話に登場する王子様さながらの人物だ。

「アバドン、それはどういうことですか？」

『詳しい話はむしろ、彼の口から聞きたいところだね』

「……おじさんの口から、ですか？」

お隣さんと少年のやり取りを尻目に、懐から端末を取り出す。

急ぎ時刻を確認すると、やはり戻っていた。

周囲から人が消えた直後に確認した時刻と、大差ない値が表示されている。また、画面脇の通知欄には一件、不在着信の案内が見受けられた。内容を確認してみると、二人静氏からの着信である。

　恐らく自身の位置情報が急に飛んだ為、連絡を入れてきたのだろう。

　着信時刻は、つい数分前となっていた。

「すみません、あの小柄な天使はどこに？」

　急ぎで身体を立たせると共に、少年に向き直る。

　場所は変わらず、中学校の校庭の隅のほう。

　不幸中の幸い、現在は放課後であり、周囲に人気は見られない。もしこれが日中であったのなら、きっと大変なことになっていた。学内に不法侵入した中年男性が、同校の女子生徒に卑猥な行為を行った、みたいな。

『少なくとも使徒は追い払ったよ。これから先方がどういった判断をするかは、僕にも想像ができないけれどね。ただ、君という不確定要素を加味した上で、勝負に万全を期すのであれば、普通は距離を設けると思うなぁ』

「使徒を倒せなかったのですか？」

『どうにも逃げ足が速くてね。他の天使の使徒は大概倒したけれど』

「……そうですか」

　少年の説明を受けて、お隣さんは落胆したように呟いた。

　せっかくの機会なので、自分もお話に混ぜて頂こう。

「天使や悪魔が十体以上、限られた場所に集合すると、あの不思議な世界が発生すると話に聞きました。今回の場合は居合わせた天使が散ったことで、元の世界に戻り、怪我なども癒えたと考えて差し支えないでしょうか？」

『なんだい、その微妙に間違っている認識は……』

「違うんですか？」

　本日、人の消えた世界を訪れた当初、使徒と思しき少年から教えてもらった情報である。天使の方も同行していたので、彼が偽物ということはないと思う。けれど、こちらの問いかけに対して、少年から返されたのは訂正の言葉だ。

『まず数は関係ない。そして、対象は天使や悪魔ではなく使徒だよ』

「使徒というのは、天使と悪魔、それぞれに付いているのですか？」

『うん、そのとおり。先程は僕が天使の使徒を倒すか、遠くに追いやったことで、悪魔の使徒である彼女との間に距離が生まれて、隔離空間は消失した。空間を脱すると、天使や悪魔は大した力を使えないから、今のところは安心していいよ』

「それで自分は九死に一生を得たということですか。ありがとうございます」

『こちらも彼女を助けてもらったからね。お互いにイーブン、お礼は結構だよ』

どうやらエリエルちゃんの使徒には、偽の情報を掴まされたみたい。

あるいはこちらを試していたのか。

今となってはいずれであったとしても、大して気にならないけれど。

『君、本当に何も知らないんだねぇ？』

「できれば色々と、ご教示して頂けると嬉しいです」

『ただ、それは僕らとしても、まったく同じなんだけどさ』

「そうなんですか？」

『言っただろう？　君は不確定要素だと』

局の頑張りも手伝ってのことだろう、天使や悪魔の人たちは、異能力の存在をご存じではないみたいだ。彼らからすれば、天使や悪魔を伴うことなく、単独で隔離空間とやらに入り込んだ自分の存在こそ、疑問に思っているに違いない。

こうなると最低限、異能力については伝えておくべきだろう。

お隣さんの存在もあるので、彼と敵対するような真似は避けたい。過去の行いには疑問が残るが、この場は歩み寄るべきだ。ただし、彼らの存在を課長に対して、どこまで報告するかは検討の余地がある。

「でしたらお互いに、情報の共有を行えたらと」

『そう言ってもらえると嬉しいね』

ニコニコと人懐っこい笑みを浮かべながら、少年は受け答えしてみせる。

その笑顔の裏にある思惑は、今はあまり考えないでおこう。

なにをするにしても、先に気にかけるべきはお隣さんだ。

チラリと彼女に視線を向けると、すぐに先方から声が上がった。

「おじさん、私、とても嬉しかったです。ありがとうございます」

「いや、こっちも無我夢中だったから……」

意識を失う直前のやり取りを思い起こす。

どうか僕の分も幸せになって下さい。

君はまだ若いんだから。

とかなんとか。

「あと、苦労をかけてしまい、本当に申し訳ありませんでした」

「いやいや、気にしないでいいよ。忘れてくれて全然構わないから」

これまた小っ恥ずかしい黒歴史を作ってしまった。

生きるか死ぬかの瀬戸際であった為、脳内麻薬もビンビンに分泌されていたことだろう。改めて思い起こしてみると、本当に自分が言った言葉なのかと、まるで他人の行いのような気さえしてくる。

強引にでも話題を変えさせて頂こう。

彼女から少年に向き直り、適当な話題を振る。

「ところで取り急ぎ、一つ確認してもいいですか？」

『なんだい？　僕に答えられることなら何でも答えるよ。使徒である彼女から直々に、君を信用しろと命令されてしまっているからね。よほどのことがない限り、嘘を吐いたりしないから安心してよ』

「剣を手にしていた、六枚羽の小柄な天使なんですが……」

『あぁ、気付いたかい？　あの天使だけ突出して位が高かったんだよね。君もよくまあ、彼女からの一撃を受けて生き永らえたものさ。世間ではミカエルだとか、ミゲルだとか呼ばれているんだけれど、僕、彼女のことが苦手なんだよねぇ』

なにやら知ったふうな口調でご紹介を受けた。

天使と悪魔はお互いに面識があるみたい。

魔法少女や二人静氏の元上司と並んで、彼女のことは今後とも要注意人物としてマーク。ピーちゃんを伴わずに出会ったら、即座に撤退しようと心に決めた。自分も一発でミカちゃんのこと、苦手になってしまったな。

できれば二度と遭遇したくない。

そうこうしていると、二人静氏が我々の下までやってきた。

「おぉい、儂もそっちに行って大丈夫？　急に襲われたりしない？」

校庭に面した細路地から、敷地を囲った金網越しにこちらの様子を窺っている。路地を形作るブロック塀に半身を隠して、遠くから我々の姿を眺める仕草は、本気で躊躇しているのか、それとも冗談なのか、判断に迷うところだ。

「おじさんの知り合いですか？」

早々、お隣さんから疑問の声が上がった。

少年からも眼差しが向けられる。

「ええまあ、職場の同僚とでも言うか……」

「それにしては小さいように見えます」

「ああ見えて、君よりも年上、というか成人しているんだよ」

「え、本当ですか？　どう見ても未成年のように感じられますが……」

なんにせよ、この場で話を続けるのはどうかと思う。放課後とはいえ、生徒がやってくる可能性はある。部活動で遅くまで残っている子など、いくらでもいるだろう。場合によっては教員が見回りにくるかも。懐にしまった警察手帳があれば、多少の問題は回避できるけれど、使わないに越したことはない。

「そのあたりも含めて説明をするから、場所を変えられないかな？」

「はい、分かりました」

幸いお隣さんは二つ返事で承諾してくれた。

アバドンと呼ばれていた少年は、彼女のお願いを断れない、みたいな発言を先程していたので、たぶん問題はないだろう。そのあたりも含めて、悪魔と使徒、天使と使徒の関係を確認できたら幸いだ。

『その前に君は教室まで戻って、荷物を回収するべきじゃないかな？』

「……学生、未成年という身分は、なかなか面倒なものです」

『僕としてはそういうところ、蔑ろにして欲しくないんだよねぃ』

気になることがあるとすれば、それは一つ。

星崎さんは学友と、上手く話を付けることができただろうか、と。

＊

中学校の校庭から、二人静氏所有の自動車内に場所を移した。

現在は学校周辺を流している。

取り立てて目的地は決めていない。

運転席に座っているのは二人静氏。たまにはお主も運転したらどうか、とは彼女の言だ。しかし、大変申し訳ないとは思うけれど、こちらは年季の入ったペーパードライバー。そして、他に免許を持っている人もおらず、彼女にはハンドルを握ってもらっている。

お隣さんとアバドン少年は後部座席。

そして、自分は助手席に収まっている。

「天使と悪魔の代理戦争、とはまたスケールの大きな話じゃのぅ」

「嘘は言っていません。信じるか信じないかは個人の自由です」

「ああいや、決して否定したつもりはないのじゃよ」

車上ではお隣さんの口から、我々も昨日から巻き込まれている不思議な出来事について、全容をご説明して頂いた。こちらが有していたのは、断片的な知識であった為、ようやく事件の細部が見えてきた。

同時に彼女が置かれた状況も然り。

「しかしながら、デスゲームという響きは穏やかじゃないですよね」

「おじさん、私なんかのことを心配してくれるんですか？」

「知り合いがそんなことになっていたら、誰だって心配すると思うけど」

事実、目の前で二人ほど亡くしている。

しかも犯人は彼女と行動を共にしている悪魔だから、こうしてやり取りしている我々としては複雑な気分だ。

ただ、殺らねば殺られていた、という事情も把握できたので、そういうものなのだという理解はある。

自身も各所で似たような立場に身をおいているから。

『君が考えているとおり、この子はとても危機的状況にあるね』

「それって誘った本人が言うような台詞ですか？」

『君、彼女とは住まいが近いよね？』

「それがなにか？」

『もし仮に君が、あと一歩だけ彼女に近づいていたら、僕と出会うことはなかったんじゃないかなぁ？　いいや、出会っていたとしても、こうしてゲームへの誘いを受け入れることはなかったと思うよ』

「アバドン、そういうことは言わないで下さい！」

『だって事実だろう？』

どうやら彼は、自分と彼女の関係までご存じのようだ。

そして、ここ最近になってお隣さんは何かしら、アバドン少年を頼らざるを得ない状況にあったらしい。それが家庭環境に由来するものであることは、先方の語りっぷりからなんとなく想像がついた。

『いずれにせよ、君たちの存在はとても心強く思うよ』

「儂、そういう危ないのは嫌じゃのぅ」

自分も二人静氏の意見に同意である。

ただ、お隣さんを捨て置くことも抵抗がある。

『天使と悪魔の代理戦争は、隔離空間に限った出来事じゃない。こうして普通に経過していく日常でも、使徒たちは互いに競い合い、貶め合い、憎しみ合っている。そうなったときに必要なのは、なにも腕っぷしに限らないだろう？』

「アバドンさんの言いたいことは承知しています」

『天使や悪魔に与するメリットは、先程にも伝えたとおりだよ』

少年やお隣さんの説明によると、天使や悪魔は代理戦争の成果に応じて、使徒の願いを叶えてくれるらしい。しかも願いごとは人によって千差万別、交渉次第で個別にメニューを決定できるそうな。

「我々は使徒ではありませんよ？」

『どうやら僕の相棒は、君に対して好意的なようでね。交渉次第では彼女を通じて、僕から君たちに働きかけることも決して不可能ではないと思うんだよ。みたところ君たちは人間社会において、かなり裕福みたいだ』

　これ見よがしに車内を眺めて、アバドン少年は語る。

　きっと他のデスゲーム参加者も、似たような交渉を各所で行っていることだろう。そうなると天使や悪魔の存在が局に捕捉されるのは時間の問題。彼らの行き着く先が権力構造の上層にあるのは間違いない。

　だったら自分たちも絡んでおくべきかとは、検討したくなる。

　それに何よりも、相手は数年来の付き合いとなるアパートの隣人。

『危ないには違いないが、たしかに興味深い話ではあるのぅ」

「二人静さん、この方に頼み込んで呪いを解くつもりでしょう？」

「な、なぜバレたのじゃ!?」

「当然じゃないですか。っていうか、反応がわざとらしいですよ」

「だってお主、儂のこと運ちゃん扱いするし？　タクシー代わりだし？」

「その点については自分も、本当に申し訳なく思っております……」

　自分がハンドルを握ったら、数キロと走らないうちにぶつける自信がある。いいや、歩行者を轢（ひ）いてしまうと、確信を覚えている。こんな大きいセダン、とてもではないけれど、安全に運転できるとは思えない。

『今回の出来事で僕らの存在は、天使たちに広く知られたと思う』

「つまり貴方の相棒である彼女も、各所から狙われる可能性があると」

『申し訳ないとは思っているんだよ？　けれど、これは遅かれ早かれ訪れる予定であった出来事に過ぎない。だからこそ、こうして君たちと出会えたことを、僕は幸運であったと感じているんだ』

「……そうですか」

　アバドン少年の焦りは分からないでもない。

　彼の言葉に従えば、今回の代理戦争は始まってから間もないという。そして、この手のやり取りは早ければ早いほど有利だ。今のタイミングで二人静氏の協力が得られたのなら、早期に決着を付けることも不可能ではない。

デスゲーム的には、反則技さながらではなかろうか。

彼女が本腰を入れたら、隔離空間の出番はほとんどないような気がする。

局を筆頭とした異能力者勢や、魔法少女たちが関与しなければ、ではあるけれど。

「失礼ですが、他に使徒の仲間はいないのですか？」

『困ったことに僕の相棒、かなりの人見知りなんだよねぃ』

「アバドン、貴方はさっきから余計なことばかり言っています」

なるほど、星崎さんと同じタイプか。

ご家庭の事情を思えば、仕方がないとは思う。思い起こせば自分も、彼女が友達と一緒にいる姿を一度も見たことがない。そして、偉そうにあれこれと考えたところで、ここ数年は自身も大差ないなと気付いた。

最後に友人と飲みにいったの、いつだったろうか。

最近はピーちゃんが一緒だから、毎日が充実しているけれど。

「いずれにせよ、我々には協力の意思があります」

『わぉお、それはとても嬉しいね！』

「おじさん、無理はしないで下さい。私は一人でも上手くやれます」

「ちょっとちょっと、儂ももうちっと話に混ぜて欲しいのじゃけど」

考慮を急くべきはお隣さんの身の安全である。

異世界にお連れする、というのは一つの案。けれど、あちらの世界は時間の経過が恐ろしく速い。彼女が語っていたゲームの規則を思うと、極力控えるべきだろう。きっとアバドン少年も難色を示すはずだ。

同時に我々の代理戦争に対する介入を考えたのなら、障壁魔法の運用にも問題が生じる。本日のように一人で外回りをしているような場合は、常時魔法を使っていても、そこまで支障とはならない。

けれど、寝ているときや、局で書類仕事をしているときには問題だ。後者に至っては、見えない壁にぶつかる人が続出してしまう。それに異世界に渡っている間は、まず間違いなく隔離空間に干渉できない。

どのような協力体制を設けるかには、一考を要する。

「単刀直入にお聞きしますが、あの六枚羽の天使が攻めてきたら、アバドンさんはお一人で対処することができるんでしょうか？　最悪、次の瞬間にでも隔離空間が発生する可能性があるんですよね？」

『相手が一人なら、少なくとも負けるようなことはないかな』

「たしかに今回、空には沢山の天使が見受けられましたが……」

『この子のことが、そんなに心配かい？』

「心配でなければ、あの場に割って入ったりはしませんよ」

なんだかんだでお隣さんとは長い付き合いである。

深く足を突っ込むつもりは毛頭ない。

ただ、多少の手間で助けられるなら、お助けしたい。

『今回の一件では、先方もかなりの被害を受けたからね。よほど使徒が馬鹿でない限り、すぐに再戦を挑んでくるようなことはないと思う。君という存在に対する情報も、先方はまるで足りていないだろう？』

「なるほど」

『どちらかと言うと君たちには、人同士の諍いに助力を求めているんだ。あれだけの天使を動員して、失敗してしまった訳だからね。今度は別方面から攻勢を仕掛けてくるとは、想像に難くないと思うのだけれど』

「その話を聞いて、少しだけ安心しました」

今後の活躍次第では、どう転ぶかは定かでない。

ピーちゃんの魔法を目の当たりにしたら、先方の意識も変わるのではないか。

けれど、しばらくは現実世界での、物質的な助力を期待されているみたいだ。

「そういうことであれば、一度持ち帰って検討させて下さい」

『うんうん、是非とも前向きに検討してもらえたら嬉しいな』

なにはともあれ、まずは我が家の文鳥殿にご相談である。

二人静氏との協力体制についてもそうだけれど、自分一人で決められるような事柄ではない。時間やお金だって少なからずかかるだろうし、この場で勝手にあれこれと話を進めることは憚られた。

それに星の賢者様なら、凄い作戦とか思いつくかもである。

＊

【お隣さん視点】


今日、私はとても辛いことと、とても嬉しいことを同時に経験した。

どちらもおじさんとの関係が理由だ。

終わり良ければ全て良しとは、良く言ったものだと思う。

おじさんが天使に襲われて、下半身を失い倒れた直後には、頭が真っ白になった。この世の終わりかとも思えた。けれど、隔離空間の消失と共にすべてが元に戻り、彼の笑顔を目の当たりにすると、一変して胸は歓喜に激しく脈打った。

またしても私は、おじさんに生かされてしまった。

その事実を思い起こすと、身体が内側からポカポカしてくる。

『どうしたんだい？　ニヤニヤと気味の悪い笑みを浮かべて』

「貴方にそのようなことを言われるのは心外です、アバドン」

自宅の玄関前、隣室のドアを眺めながら過ごす。

おじさんの同僚だという和服姿の女性、その運転する自動車に揺られていたのも、小一時間ほどのこと。日が落ちて辺りが暗くなる頃には、私とアバドンは自宅のアパートまで送り届けられた。

以降、私はこうして玄関ドアに背を預けている。

おじさんは今日、何時くらいに戻ってくるだろうか。

彼らは私を自宅まで送り届けると、再び自動車に乗り込んで出かけていった。仕事があるからと、忙しそうにしていたから、今日はもう会えないかも。それでも僅かな可能性にかけて、胸を高鳴らせている。

『しかし、結局彼らが何者なのかは確認できなかったねぃ』

「おじさんはおじさんです、私にとってはそれで十分です」

『君のそういうところ、僕はもう少し改善して欲しいなぁ』

「それなら言い方を改めます。私たちは彼らに確認を強要できる立場にありません。下手に探りを入れるような真似をするのではなく、相手から教えてもらえるときを待つべきだと思います」

『まあ、そのとおりなんだけれどさ』

やれやれだと言わんばかり、両手を上げて肩をすくめるアバドン。

気取った素振りがやたらと様になっている。

『けれど、そういう君は彼のこと、色々と探りを入れていたよね？』

「そんなことはしていません」

『いつも壁に耳を押し付けて、聞き耳を立てているじゃないかい』

「…………」

仕方がないではないか、我慢ができないのだから。

夜、隣室に人の気配を感じると、身体が勝手に動く。シャワーを浴びる音とか、もう堪らない。

耳にしていると、下半身が熱を帯びるのを感じる。

アバドンさえいなければ、もっと素直に楽しむことができるのに。

『窓の外から、室内を覗き見してもいたね。僕は知っているんだ』

「……おじさんには絶対に言わないで下さい」

『あぁ、残念だ。こうして命令されなければ、彼に告げ口ができたのに』

冗談のつもりか、それとも本気であったのか。

相変わらずこの悪魔の言動は読めない。

ジロリと睨みつけて、くれぐれも言ってくれるなと念を押す。それでも彼はニコニコと笑みを浮かべるばかり。

悪魔という肩書に対して、非常にしっくりとくる反応だ。

他の悪魔も皆こんな感じなのだろうか。

いいや、アバドンに意識を向けるなんて、時間の無駄である。

それよりも今はおじさんを感じていたい。

おじさんのことを考えて、頭を一杯にしていたい。

あぁ、おじさん、なんて素敵なんだろう。

ずっと話をしていたい。

ずっと顔を見つめていたい。

ずっと声を聞いていたい。

おじさんのことを考えているだけで、私はこんなにも幸せになれる。

『それにしても、彼と一緒にいた人物は何者なんだろうねぇ』

「っ……」

ただ、そうした幸せはアバドンの何気ない呟きを耳にして揺らぐ。

自身も疑問には思いつつ、考えないようにしていた事柄だ。

和服を着た、小学生と見紛(みまが)わんばかりの女。

本人の言葉に従えば、二十歳を過ぎているらしい。自動車の免許も持っているのだという。事実、本日は彼女が運転する車に揺られて、私は自宅のアパートまで帰ってきた。おじさんも平然と助手席に座っていた。

『職場の同僚とは言っていたけれど、あの姿はどう考えても子供だろう？　なにかしらの病気で成長が止まっているのかな？　もし仮にそうだとしても、肌や頭髪は劣化しそうなものだけれど』

「何か気付いたことでもあるんですか？」

『いいや？　けれど、彼と同じように普通じゃないだろうなぁと』

「……そうですか」

自分は子供で、相手は大人。

そして、おじさんも大人。

二人の並んだ姿を思い起こして、私は焦燥を覚えた。

職場の同僚とは、一体どういった関係なんだろう。あまり話をしないクラスメイトと同じくらいだろうか。それとも同じ班のグループメンバー、もしくは仲のいい友達。まさかとは思うが、それ以上だったりするのだろうか。

いいや、そんなの許されない。

だっておじさんは、私と同じ独りぼっち。

こんな私と彼だからこそ、お似合いの二人なのだもの。

職場の女と仲良くだなんて、そんなこと絶対にあってはいけない。

次に会ったら、あの妙な喋り方をする女の素性を確認しよう、と。

『どうしたんだい？　急に黙ったりして』

「なんでもありません」

思い返してみると、かなり軽快に言葉を交わしていた気もする。

私と話をするときとは、おじさんも雰囲気が違っていたような。

「…………」

大丈夫、おじさんは私とお似合い。

お似合いの二人なのだから。

今日だって彼は私のことを心配に思い、危ないところを助けてくれた。次は私がおじさんのことを助けるのだ。

そして、お互いにお互いの血に塗(まみ)れた私たちは、これまで以上に深い間柄になっていく。

なんて素敵なんだろう。

想像しただけで、下腹部が熱くなる。

ただ、それでも私は心に決めた。

〈領地と開拓〉

お隣さんと別れた我々は、二人静氏の車で拠点のホテルに戻った。

阿久津課長から指示を受けたお仕事は、天使と悪魔の代理戦争なるイベントについて、詳細を確認した時点でクリアしたも同然である。ただし、どこまで上に報告するかは一考の余地がある。

そこで本日はピーちゃんを交えての検討と相成った。

課長への報告はこれを踏まえて、明日にでも行えばいいだろう。

こうした判断について、個々人にある程度の裁量が与えられている点、現在の職場環境はとても素敵だ。毎日朝イチでの朝礼や、タイムカードを押すだけの形ばかりの帰社が推奨されていた以前の勤め先とは雲泥の差である。

もうあの働き方には戻れる気がしない。

『なるほど、そのようなことになっていたのか』

「そういう訳だから、ピーちゃんからも意見を聞きたいなと」

ホテルの客室に設けられたリビングスペース。

そこで愛鳥と過ごすくつろぎの時間。

ピーちゃんは自身が座ったソファーの正面、ローテーブルに設置された止まり木の上にいる。また、これを挟んで対面に向かい合わせで設けられたソファーには、エルザ様がちょこんと座していらっしゃる。

こちらの世界を訪れた際とは打って変わって、異世界のお嬢様は、現代的な衣服に身を包んでいる。盛りに盛っていた頭髪も下ろされて、以前に訪れたときと同じようにロンスト仕様。

普段は変な格好をしてテレビに出ているお笑い芸人が、オフでスーツを着用している姿を目の当たりにしたような、そんな妙な感慨を覚える。ちなみに衣服や靴などはすべて、二人静氏が用意してくれた。

『異能力や魔法少女とはまた別の何か、というのは興味深い』

「ピーちゃんの世界はどうだろう？」

『天使と悪魔の代理戦争といっただろうか？　そのよう

なことが行われているとは、少なくとも我は知らない。類するような存在には、知見が及ばないでもないが、我の知っているそれとは趣きが異なっている』

ピーちゃんが知っている天使や悪魔に類するような存在、というのには自身も興味を惹かれないではない。ただ、そちらに話題を振ってしまうと話が脱線しそうなので、お尋ねするのはまた今度の機会にしておこう。

『この世界のことは貴様らの方が詳しい。我がどうこう言うよりも、貴様らで決めたほうが上手くいくのではなかろうか？　勤め先の上司とやらについても、我はほとんど情報を持っていない』

「やっぱりそうだよね。変なことを聞いちゃってごめん」

『いやしかし、興味を惹かれる話ではないか』

なんとなく想像していたお返事ではあるので、頷いて応じる。

これでなかなか、ハッキリと物を言う文鳥殿だ。

彼のそういうところ、個人的には割と好ましく感じている。

「儂は多少怪しまれてでも、小出しにしていった方がいいと思うけどのぅ」

我々のやり取りを眺めて、二人静氏がボソリと呟いた。

自身のすぐ傍ら、人一人分を空けて並び座っている彼女だ。

「理由をお聞きしても？」

「だって儂らの上司、めっちゃ怪しいじゃろ？　素直に尻尾を振ったところで、都合よく利用されるのがオチだと思うんよ。ぶっちゃけ今の時点でも、既に色々と疑問を持たれとるじゃろうし」

彼女の言うことは、自分もここ最近になって感じている。

前に報告を受けてからはより顕著に。

そして、相手がお隣さんとアバドン少年であれば、今後なにか問題が起こったとしても、局に対して口裏合わせを願うことは十分可能だと考えている。我々による助力の見返りとしては、破格ではなかろうか。

「……まあ、そうですよね」

「当面は、固有の空間を生み出す異能力、とでも報告しておけばよかろう」

「そういう異能力、存在していたりするんですか？」

「うむ、似たようなところで一人、かなり厄介な異能力者がおる」

「ランクはいくつなんでしょうか？」

「Aじゃな。それも割と上の方におる」

「だとすると、騒動が大きくなりませんかね？」

「あまり小さく見積もると、また儂らに仕事が降ってこない？」

「たしかに……」

ランクAでも上位の能力者が相手となれば、我々だけで対応しろとは言われないだろう。今後は調査を行うにしても、阿久津課長が音頭をとりながら、局全体で慎重に動いていくことになるのではないか。

そして、現場担当者の不足が顕著な昨今、彼の腰はかなり重いと思われる。

また近い将来、天使と悪魔の代理戦争は課長にも伝わるだろう。

我々が提出した報告が誤りであったことも明らかになる。それならこちらの仕事にかけた時間は少ないほうがいい。片手間に軽く調査しました。すみません、どうやら間違っていたようです。みたいな。

「ただ、天使側には顔を見られているんですよね」

「……そればかりはどうしようもないのぅ」

これは完全に自身のミスである。

皆々には申し訳ないばかり。

せめて顔を隠すくらいはすればよかったと、今更ながら後悔している。けれど、その余裕がなかったのも事実なので、お隣さんのピンチと合わせて判断するのなら、決して誤った選択ではなかったと考えている。

次からはもっと上手く立ち回れるように頑張ろう。

「お主ってば凡庸な顔立ちじゃし？　相手もしばらくしたら忘れるじゃろ」

「生まれて初めて顔面の出来栄えを褒められたような気がします」

「いいや、ぜんぜん褒めとらんから。勘違いせんでもらえんかの？」

『そうだろうか？　我は愛嬌があってなかなか悪くないと思うが』

「……ありがとう、ピーちゃん」

　軽い冗談のつもりだったのだけれど、ピーちゃんにフォローされたことで、逆にダメージが入ってしまった。慣れないことはするもんじゃない。ニヤニヤと笑みを浮かべる二人静氏を眺めて、強く心に決めた。

　そうして上司への報告を巡る話し合いも一段落した時分のこと。

　エルザ様から控えめに声が上がった。

「……今の話、私が聞いてしまっても良かったのかしら?」

「つまらない話をすみません。黙っていて頂けたら問題ありませんので」

「わ、分かったわ。ちゃんと墓場まで持っていくのだから!」

　コクコクと頷いて応じる盛り姫様。

　滞在しても長くて数ヶ月、問題になることはないだろう。むしろ、妙な問題に巻き込まれないように、ある程度は事情をお伝えしておいたほうが、上手く立ち回ってもらえるのではないかと思う。

　ところで彼女だけれど、背筋がいつも以上にピンと伸びている。

　どうやら緊張しているみたい。

　朝方からずっとこんな感じ。

　そんな彼女のために、ちょっとした催しを考えた。

「ところでエルザ様、本日はエルザ様の歓迎会を開きたく思います」

「えっ……、か、歓迎会?」

「参加者は今いるだけのささやかな会ではありますが、別室に食事の用意をしましたので、これからでもご足労願えませんでしょうか? 少しでもこちらの生活に馴染(なじ)んで頂けたらと考えておりまして」

「それもこれも手配したのは儂じゃけどのぅ?」

「支度はこちらの彼女がすべて行って下さいました」

　歓迎会の用意に限らず、最近は二人静氏の世話になってばかりだ。

　完全に依存してしまっている。

　その事実に少しずつ危うさのようなものを感じている。

「本当にいいのかしら? 私なんかのために歓迎会だな

んて……」

「なんと言っておるのじゃ？」

「戸惑われていらっしゃいます。本当によろしいのかと」

「ほう、なんて殊勝なことか。どこぞの文鳥にも見習わせたいのぅ」

『小娘よ、我は貴様が口にする言葉を理解しているのだが……』

「遠慮をすることはない。たらふく食って浴びるように飲むといい」

相手が見た目年相応の子供だと理解してだろう、そうして語る二人静氏の表情は穏やかなものだ。孫に食事を振る舞うお婆ちゃんさながら。ただし、外見は彼女の方が幼かったりするから、違和感が半端ない。

本当にこの人、何歳くらいなんだろう。

「あの、サ、ササキ、そちらの彼女はなんと言っているのかしら？」

「遠慮をすることはないので、どうか楽しんで欲しいと言っています」

「ありがとう。私、とても嬉しいわ！」

ソファーから立ち上がったエルザ様がペコリとお辞儀。

二人静氏はまんざらでもない面持ちでこれを眺めている。

以降、場所を客室のダイニングルームに移して食事と相成った。

*

高級ホテルのスイートルームとあって、客室にはリビングや寝室の他に、ダイニングルームが設けられていた。わざわざ個室として用意されているあたり、長らく缶詰状態で過ごさねばならないエルザ様を気遣ってのことだろう。

二人静氏のこういう細かな気配りっぷり、素直に凄いと思う。

人としてはアレだけれど、社会人としてはとても尊敬する。

ダイニングには既に晩餐の用意がされており、我々が足を運ぶと、卓上には豪華な食事が湯気を上げながら出迎えてくれた。コース形式でないのは、関係者以外、他者の目を避けるための配慮だろう。

　そうでなければ寿司職人の一人でもお呼び立てしていそうな豪華さだ。

　メニューは和洋折衷、様々な国の料理が満漢全席さながら、大きなテーブルの上に所狭しと並んでいる。どのような料理なら異世界のお嬢様の口に合うか、事前に判断ができなかった為の措置と思われる。

　とてもではないけれど、三人と一羽では食べきれない量だ。

『……貴様、なかなかやるではないか』

「お主ってば、こんなことで儂を褒めちゃうの？」

　心なしかピーちゃんも、料理を前に気分を高揚させているように思われる。

　いくつか並んだ肉料理の間で、視線が行ったり来たり。

　二人静氏に促されるがまま、我々は席について箸を手に取った。

　部屋の隅にはワゴンに載せられてドリンクバーが用意されている。ソフトドリンクからアルコールまで、様々な飲み物が自由に楽しめるぞ。パッと眺めた限りであっても、かなり高価なラベルが確認できた。

　皆々お腹が減っていたようで、着席するや否や早々に乾杯。

　好きなように食事を楽しみ始める。

　参加者全員が見知った相手ということもあり、自分も素直に食事を口に運ぶ。会社の飲み会というよりは、親しい友人知人との顔合わせ、といった雰囲気が好ましい。料理はどれも美味しくて、自然と箸も進む。

「エルザ様、グラスが空ではありませんか。お飲み物をお持ちします」

「本当？　ありがとう」

「何か好みがあったら仰って下さい」

「そうは言っても、こちらの世界のお酒は分からないのよね」

「ではせっかくですから、我々の国のお酒をご用意しましょう」

「本当？　とても楽しみだわ！」

　あちらの世界では彼女くらいの年頃でも、日頃から普通にお酒を飲んでいるという。ミュラー伯爵に確認したので間違いない。二日酔いは回復魔法でも癒やせるので、少しくらいなら構わないだろう。

そのように考えてドリンクバーの下へ。

純米大吟醸まで用意があるとか、二人静氏ってば優秀過ぎやしないか。

今日はもうお刺身するしかない。

イカ刺しをわさび醤油で頂きたい。

テーブルの中程に配置された舟盛りを思い起こして決める。

『この肉はタレが特徴的で美味いな。いくらでも食べられそうだ』

「文鳥がこんな油っぽい肉を食らって平気なのかぇ？」

『悪くなったら回復魔法で癒やす。虫を食らい心を壊すよりはいい』

「それはまた説得力を感じる意見じゃのぅ……」

ピーちゃんもパソコンを操作するのに利用していた小柄なゴーレムを活用して、好きなように食事を楽しんでいる。食事を皿に盛り付けて、更にこれを切り分けてと、異形がテーブルの上を動き回る様子は新鮮なもの。

二人静氏も感心した面持ちでこれを眺めている。

どんちゃん騒ぎが常であった、以前の勤め先の飲み会とは違い、各々好き勝手に食べたいものを食べる、飲みたいものを飲む。そんな慎ましやかな歓迎会が、個人的にはとても居心地のいい時間に感じられた。

エルザ様も肩の力を抜いて楽しまれている。

自身の感覚は、きっと独りよがりなものではないだろう。

そうして穏やかに過ごすことしばらく。

テーブルの上の料理は一向に尽きる気配が見られない。けれど、後ろに詰まった予定は段々と近づいてくる。現実世界と異世界の時間の経過差を思えば、たった一日であっても世界間の貿易は疎かにできない。

日が変わるまでには異世界に向かいたい。

その旨をピーちゃんに伝えようと思い、席から腰を上げる。

「ぬ、どこへ行くのじゃ？　便所か？」

「これからの予定を確認しようかと」

「あぁ、もうそんな時間かぇ……」

部屋の壁にかけられた時計を眺めて、二人静氏が呟いた。

これに小さく頷いて、エルザ様と歓談を楽しむ文鳥殿の下へ向かう。二人は料理の並んだテーブルを挟んで、反対側に座していらっしゃる。後者については彼女の正面、テーブルの上に立っているのだけれど。

『インターネットはいいぞ、インターネットは』

「それって今日、鳥さんが机の上でカチャカチャしていたものよね？」

『うむ、あれがインターネットだ。この世界を象徴する利器だ』

エルザ様とピーちゃんの間では、ネットの存在が話題になっていた。

ところで、そうして語る彼の正面には、おちょこが窺える。

注がれている透明な液体は、エルザ様も口にしていた日本酒。スッキリとした飲み口を気に入った彼女に勧められて、そういうことならばと彼も手を出していた。どうやら気に入ってくれたみたいだ。

母国の食文化が受け入れられたようで、なんだかちょっと嬉しい。

あと、ピーちゃんがお酒を飲んでいる姿を見るのは初めてかも。

これまでは食にこそ執着しても、お酒に手を出すことはなかったから。

「あの、ピーちゃん、今日の異世界的な予定なんだけど」

『すまないが、少しだけ待ってもらってもいいか？』

「え？　あ、うん。それは構わないけど」

『この者にインターネットの素晴らしさを説明したい。今後は我が貴様と共に部屋を留守とすることもあるだろう。そうした間であっても、インターネットに触れることができれば、より有意義に時間を過ごすことができる！』

「まあ、ピーちゃんがそう言うなら……」

これまた珍しいこともあるものだ。

熱く語られてしまった。

そうした彼のご意見は、こちらの世界を知りたいという先方の意思にも即したものだ。屋外に出すことができない手前、せめてネットで動物動画を眺めるくらいの自由は、自分もエルザ様にご提供したいとは思う。あれは本当に良いものだ。

最近、自分も他所様の文鳥動画を見るようになった。様々な動画を閲覧して、改めて感じる我が家の文鳥殿の愛らしさ。

いつか彼のことを撮影して、ソーシャルメディアで自慢したいものだ。

きっと世の中の愛鳥家は誰もが、こうした感慨を抱いていることだろう。

『終わり次第声を掛ける。なんなら仮眠でも取っていて欲しい』

「うん、分かったよ」

自宅から持ち込んだノートパソコンはリビングに置かれている。

これを求めて腰を上げたピーちゃんとエルザ様。

ヒラリと宙に舞い上がった彼に続いて、彼女はダイニングルームを出ていった。リビングとは同じ客室内で廊下続きになっている。移動に際して他者の目に留まることもないので、そういうことならお任せしよう。

なんたって星の賢者様だ。

むしろ自分の存在こそ、ピーちゃんからすれば、不安要素なのではなかろうか。決してミュラー伯爵の信頼を裏切るような真似をするつもりはない。けれど、それでも日頃から十分に距離を設けるべきだとは思う。

男女の諍いから騒動とか、これほど下らないことはない。

お酒に酔った勢いで、なんて最悪だもの。

「そういうことなら、お主の相手は儂が務めようかのぅ」

「お手柔らかにお願いできたら幸いです」

二人が部屋を出ていった直後、二人静氏から声がかかった。

ニヤニヤと怪しい笑みを浮かべていらっしゃる。

酔い潰して弱みを握ろうとか、考えているのだろうか。

可能性は無きにしもあらず。

けれど、その場合はピーちゃん印の回復魔法が威力を発揮する。

どんな酷い二日酔いも瞬殺。

過去に確認しているので大丈夫。

潰されるようなこともないだろう。

むしろ、彼女には連日にわたってお世話になっているし、この機会に接待させて頂くというのは、個人的にも悪くない話の流れである。無い袖は振れないけれど、今後の取り引きについては、多少なりとも譲歩の姿勢を示したい。

「二人静さんには、一度改めてお礼をと考えておりましたので」

「本当かのぅ？　だったらほれ、まずは示しに一杯空けてもらわんと」

「そういうことでしたら、お互いにおちょこが空のようですから……」

互いに酌を交わして、一息にグビリと頂戴する。

日本酒、最高。

せっかくなのでおつまみも頂いてしまおう。

焼きガニのウニ添えとか、ここは天国だろうか。

上にキャビアとか彩られておりますし。

しかも本日の献立に並ぶウニ、どれもミョウバン臭が皆無。アルコールを吹いた風味さえも感じられない。つまり、端的に申し上げて神。採れたて新鮮。これが本物のウニだと、声高らかに叫びたい。

「いい飲みっぷりじゃのぅ。どれ、もう一杯」

「自分ばかり頂いてはいられませんので、二人静さんも是非」

なにはともあれ、先方のおちょこが空になったので注ぐ。

自身のおちょこも空になって、あれよあれよという間に注がれる。

今は相手に気持ちよく飲んでもらうことに注力しよう。

こうなるともう完全に接待だ。

どんと来いである。

回復魔法があれば、そう、回復魔法があれば大丈夫。

「辛口をキュッと入れた後の塩辛、これが堪らんのぅ」

「そちらの塩辛、私も試させて頂いてもいいですか？」

「この塩辛は儂のお気に入りでな？　水揚げから間もないイカを無添加で……」

手の甲の呪いも手伝い、普段は聞きに回ることが多い二人静氏。そんな彼女の口から語られる蘊蓄を聞きながら、ばかすかとお酒を入れていく。圧倒的なおつまみのクオリティも手伝って、自然と勢い付いてしまう。

あぁ、お酒が美味しい。

当然ながら酔いが回るのも早いもの。

前に居酒屋で飲んだときも思ったけれど、二人静氏は結構お酒に強い。彼女と同じペースでおちょこを空けていたところ、早々にもふわふわし始めた。このままだと先に倒れるのは自分だろう。間違いない。

ただ、後でピーちゃんが声を掛けてくれるそうだ。

エルザ様とのやり取りも、そこまで時間はかからないだろう。

だからこの場は、二人静氏のご機嫌を取るべく杯に手を伸ばす。

「どうした？　もう降参かのぅ？」

「いえいえ、彼らが戻るまではお付き合いしますよ」

「それは頼もしい。では、次はこのボトルじゃな」

一升瓶から直接、おちょこにお酒が注がれていく。

その様子を眺めて、ぼんやりと考える。

ピーちゃんに甘えて、少しだけ仮眠を取らせてもらおうかな。

＊

瞼越しに眩しさを感じて、ゆっくりと目を開ける。

窓から差し込む陽光が、視界を白く滲ませた。

ピーちゃんからのお声がけはまだだろうか。そんなふうに疑問を覚えた直後、今まさに視界に捉えた空の青が、既に約束を無意味なものとして訴える。咄嗟に、手元の端末を手に取ると、時刻は午前九時を過ぎていた。

「……マジか」

場所はダイニングルームの床の上。

食卓の傍らで横になっていた。

床に敷かれたカーペットがあまりにもフカフカとしていたものだから、遠慮なく眠ってしまっていたようだ。

完璧に管理された空調も、快適な睡眠に一役買っていたことは想像に難くない。

すぐ近くには二人静氏の姿も見受けられる。

同じくダイニングの床に仰向けで寝転がり、ぐーすかと豪快に寝息を立てている。はだけた着物の裾周りからは、太ももが大胆に露出しており、胸元も上半分くらい見えてしまっている。

自分と彼女との間には、半分ほどに嵩を減らした一升瓶とおちょこ。更には何枚かの取り皿へ雑に盛り付けられた刺し身や珍味が見られる。周囲の椅子は退かされており、隅の方に移動していた。

自ずと脳裏に思い浮かんだのは、記憶を失うまでの出来事だ。

「…………」

二人静氏にしこたま飲まされたのは覚えている。

途中からは床に座り込んで飲み始めたことも。

そして、下に敷かれていた絨毯があまりにも心地よかったもので、思わずごろりと横になったのだ。少しくらい眠っても、ピーちゃんが起こしてくれるだろうと。事実、そのように提案を受けていた次第。

それがどうしたことか、窓の外には綺麗な青空が広がっている。

大慌てで身を起こしてダイニングの様子を窺う。

室内に文鳥殿の姿は見られない。

エルザ様も不在。

二人静氏を放置して、同じ客室のリビングに歩みを向ける。

すると同所には二人の姿があった。

エルザ様はソファーに身体を預けて、スースーと穏やかな寝息を立てている。そうした彼女の正面には、ローテーブルの上、画面が開かれたままのノートパソコンと、これを操作していただろうピーちゃん謹製のゴーレム。

後者は糸の切れた操り人形が如く、ピクリとも動かない。

肝心のピーちゃんは、同じくローテーブルの上、止まり木の傍らに横たわっていた。まるで銃で撃たれて地に落ちたが如く、卓上に身体を寝かせている。危機感を煽られる光景を受けて、自ずと身体は動いていた。

駆け足で彼の下に向かう。

「ピーちゃん！」

まさかとは思うが、誰かから襲撃を受けたのだろうか。

いやしかし、自身が覚えている範囲では、それらしい物音もなかった。

そもそも彼をどうこうできるような相手がいるのか。

『んっ……うぅ……』

「ピーちゃん、大丈夫⁉」

繰り返し声をかけると、反応が見られた。

小さく声が上がると共に、つぶらな瞳が開かれる。直後にはピクピクと足が震えたりして、とても愛らしい反応だ。ただし、そうしていたのも束の間のこと、器用にクチバシを使って身体を起こしてみせた。

どうやら眠っていたみたいだ。

クイッと頭を傾げたりして、何やら疑問の面持ち。

『んぅ？　どうも頭が痛むな……』

「大丈夫？　ピーちゃん」

『……どうした？　そんな驚いた顔をして』

「まさかピーちゃん、昨日は酔い潰れちゃった？」

『………………』

どうも頭が痛む。


彼の口から漏れたフレーズを耳にして、ふと思い立った白河夜船の理由。

こちらの問いかけを受けて、文鳥殿の動きがピタリと静止した。

まるで電池が切れてしまったかのような反応に不安が募る。

ダイニングで確認したのと同様、窓から差し込む陽光がリビングを照らす。朝日の煌めきが照らす先には、ローテーブルの片隅、徳利とおちょこが二つ確認できた。たぶん、エルザ様が持ち込んだものだろう。

昨晩は大層のこと日本酒をお気に召されていた彼女だ。

「ピーちゃん？」

文鳥の視野は人と比べて非常に広く、真後ろを除いてほぼすべてを視界に収めているとネットで学んだ。当然ながら彼の目にも、自分が確認したものと同じく、朝の風景が映っていることだろう。

高層階ということも手伝い、カーテンは昨晩から開けっ放しだ。

『……す、すまない。貴様の言うとおり、酒に飲まれていたようだ』

「あ、いや、それはこっちも同じだから気にしないで」

『まさか気を失うとは思わなかった。頃合いを見て回復魔法を使い、復帰しようと考えていたのだ。しかし、気付いたらこのざまだ。あぁ、本当に申し訳ない。貴重な夜の時間を、我の失態から無駄にしてしまった』

文鳥殿、二日酔いに身体をふらつかせながらの猛省である。

しゅんと首を下げた姿がスーパー可愛い。

普段はどんなときも完璧超人なピーちゃんだから、こういう人間らしい一面を目の当たりにすると、微笑ましい気分になる。日本酒って度数の割にグイグイといけるし、糖質も多いから、ビールなんかと比べて酔いやすいよね。

結果的に皆で酔い潰れてしまった、ということだろう。むしろこちらこそ、お酒など勧めてしまい申し訳ないばかり。

こんな学生の宅飲みみたいな飲み方、自分も久しぶりである。四十路を目前に控えて、ダイニングの床で寝落ちするとは思わなかった。今後は二人静氏と飲む機会があったら、十分気をつけようと思う。

ただ、同時にこうして迎えた朝の惨状は、昨晩は誰もが時間を忘れるくらい愉快に過ごした、といった事実の裏返し。それはそれで悪いことではないので、過ぎたことは忘れて、本日を前向きに過ごしていこう。

『本当にすまない。申し訳ないばかりだ』

「いや、こちらこそピーちゃんに任せっきりでごめんよ」

そうこうしていると、私用の端末がプルプルと震え始めた。

取り出して画面を確認すると、星崎さんの名前が。

たぶん、さっさと局に来い、ということだろう。

この場で電話を受けると、我々の位置情報が先方に知られてしまう。こちらの高級ホテルは当面、エルザ様の滞在先となる。その所在を局の方々に知られる訳にはいかない。延々と震え続ける端末を片手に、意識をピーちゃんに戻す。

「ピーちゃん、寝起きに申し訳ないけれど、自宅までいいかな?」

『う、うむ！　急ぎで向かうとしよう』

異世界へのショートステイは今晩に持ち越しだ。

本日は阿久津課長への報告もあるので、局の仕事を優先しよう。

*

ピーちゃんの空間魔法で自宅アパートに戻り、登庁の支度を整える。

二日酔いは回復魔法で一発完治。

頭痛や吐き気が尾を引くこともなかった。

シャワーを浴びて寝汗を落とし、スーツに袖を通す。

そうした間に文鳥殿には、ダイニングで眠りこけている二人静氏の目覚まし役をお頼みした。本日は悠長に合流している余裕もないので、こちらは先んじて公共の交通機関で局に向かう旨、併せて伝言もお願いさせて頂いた。

そうして満員電車に揺られることしばらく。

騒動に遭遇することもなく局に到着した。

エントランスを過ぎて、フロアに設けられた自身のデスクに鞄を下ろす。

すると直後に星崎さんから声をかけられた。

「佐々木、ちょっと話があるのだけれど、いいかしら？」

「おはようございます、星崎さん」

「……おはよう」

昨日に目撃した女子高生モードとは一変、スーツと厚化粧でビシッと決めていらっしゃる。腰に手を当ててこちらを見つめる眼差しは、如実に威圧感が感じられて、学内で眺めた彼女とは完全に別人だ。

自分にとってはこれこそ星崎さんである。

安心感すら覚える。

だからこそ、朝イチで声をかけられたことに身構えてしまう。

「貴方の端末の位置情報、昨日の履歴を確認したわ」

え、なんでわざわざそんなことを確認しているの。

星崎さん、昨日は非番だったじゃないですか。

現地でのミッションでも、彼女にこちらの動きがバレている気配はなかった。もし仮に察されていたのなら、まず間違いなく声をかけられている。だからこそ、昨日のミッションは完璧であったと考えていた。

「私が通っている学校の周辺を彷徨いていたわよね？」

「ええまあ、たしかに彷徨いてはおりましたが……」

まさかとは思うけれど、朝っぱらから緊急のお仕事だろうか。

ひと仕事終えた途端、おかわりが入ってくるの本当に困る。

局の人員が減ったせいで、労働環境が悪化し始めているのかも。こうなると自分も向こうしばらくは、新規局員の勧誘に力を入れるべきか。当面はこちらの職場に、厄介になる気も満々であるからして。

「あの、どうして履歴を確認されたのでしょうか？」

「っ……べ、別に、どうだっていいでしょう？」

「それだと回答になっていないと思うのですけれど……」

外回りに出ている局員の位置情報は、同じ役柄かそれ以上の肩書にある局員であれば、そう苦労なく閲覧することができる。これまでにも星崎さんからは、たびたび情報を参照の上、連絡を頂いてきた。

なので、その事実には疑問もない。

ただ、理由が気になった。

もしも背後にお仕事が控えているようなら、先んじて手を打ちたい。なんたって目の前の人物は、お賃金の為なら深夜残業も辞さないワーホリＪＫだ。真面目に付き合っていたら、終電で帰れるかどうかも怪しい。

「その件についてですが、これから課長に報告をする予定なんですよ」

「……え、報告？」

「星崎さんも同席されますか？　課長の許可は必要ですが」

「…………」

彼女とはペアを組んで行動することが多い。このタイミングで事情を説明しておけば、今後も動きやすくなる。個人的にはなるべく距離を設けたいけれど、局としてはそうも言っていられない。近い将来、同じ話をすることになるはず。

だったら自分から先出しで、課長に情報を入れてしまいたい。

　星崎さん主導で課長に入られると、仕事のボリュームが増えそうだし。

　恐らく彼も駄目とは言わないと思う。

「どうされました？　まあ、決して無理にとは言いませんが」

「い、いくわ！　行くに決まっているじゃないの！」

　大きな声で頷くと共に、我先にと課長の下に向かっていく星崎さん。カツカツとパンプスを鳴らしながら、周囲を威嚇するように大股で歩む。

　あと、阿久津さん、絶対に我々のやり取りが耳に入っていると思う。デスクすぐそこだし。

　その背中を追いかけて、本日最初の業務は打ち合わせに決まった。

＊

　午前中、幸いにして課長は予定が空いていた。そこで我々はすぐに会議室に移動して、昨日の業務の報告会となった。メンバーは星崎さんと自分、それに課長の三名である。六畳ほどの手狭い会議室を陣取ってのやり取りだ。

　途中、二人静氏にも連絡を取ったけれど、登庁にはもう少し時間がかかりそうとのこと。なので先んじて進めることにした。彼女とは昨晩のうちに意見交換が済んでいる。齟齬が発生することもないだろう。

「……固有の空間を生み出す異能力、か」

「少なくとも二人静さんはそのように判断されておりました」

「君はどう思うのだね？　佐々木君」

「彼女の意見に対して、異論を唱える材料がありません」

　事前に検討した架空の異能力者の存在。

　当面はこちらを推していくことになりそうだ。

「過去にも似たような異能力を発現した方がおり、二人静さんの話ではランクA相当と伺いました。課長はご存じでしょうか？　可能であればこのタイミングで、案件の難易度を再評価して頂きたく思います」

「君たちの調査が本当であれば、たしかに相応の対策が必要だろう」

「位置情報のログを見て頂ければ分かりますが、昨日も一昨日と同様、異能力により発生したと思しき空間に囚われました。結果的に戻っては来られましたが、あまり見通しの甘い算段は立てたくありません」

危ないのはもう嫌だよと、常識的な範囲で主張しておく。

他の局員なら、まず間違いなく訴えているだろう。

あまり平然としていては、また妙な勘ぐりを受けかねない。

「巻き込まれたのは君だけかね？」

「はい、そうです」

「近くには二人静君や星崎君もいたと思うのだが」

「その点は自分も疑問に感じています」

二人静氏や星崎さんの位置情報を確認しているということは、座標が飛んだのは自分だけであることも、課長は事前に把握していたはず。それをわざわざ本人に口頭で確認したあたり、彼の我々に対する意識が窺える。

やはり、エルザ様との一件が尾を引いているのだろう。

「空間内での出来事について報告が欲しい」

「以前と同様、背中に羽の生えた人と遭遇しました。出会い頭、先方から一方的に攻撃を受けまして、これから逃走を試みたところ、しばらくして空間の消滅を確認。以降は二人静氏と合流して、その日は撤収しました」

決して嘘は言っていない。

ただ、大幅に端折らせて頂いた。

隔離空間から退出直後、中学校の校庭脇に監視カメラが設置されていないことは確認している。そこから敷地脇にベタ付けした二人静氏の自動車に移動するまで、お隣さんやアバドン少年の姿は人目に触れていない。

阿久津課長が二人の存在に気付く可能性は皆無である。

もしも現場が正門近辺であったら、たぶん色々とアウトだった。

盗撮趣味の上司を持つと部下も大変だ。

「それは大変だったことだろう。佐々木君が無事でなによりだ」

「お気遣い下さりありがとうございます」

「ササキ、その羽の生えた異能力者というのが気になるわ！」

星崎パイセンが、また要らんことを突っ込んでくれた。

現場の局員としては当然の反応だけれど、阿久津課長の面前、口頭で説明するのは勘弁願いたい。何故ならば相手は某最高学府の出、頭のキレ具合も半端ない。可能なら文面に起こした上で、十分に推敲してから送りたい。

ほんの些末な言動の違和感さえ、きっと彼はカウントしているぞ。

「現時点では羽の生えた人が異能力者であるのか、それとも異能力の産物であるのかさえ定かではありません。なので私から星崎さんに伝えられる情報は、以前に上げた報告と大差ないものとなります」

「……たしかに可能性は色々と考えられるわね」

「はい、そのとおりだと思います」

脳筋の星崎さんはすぐに理解を示して下さった。

自ずと脳裏に思い返されたのは、昨日にも目の当たりにした苛めの現場である。同じ学校の生徒さんが話題に上げていた、彼女が試験でゲットしてしまった赤点のお話、きっと本当なんだろうな。

「羽の生えた人物の行動について、早めに詳細を確認したい」

「そちらは改めて報告書を上げさせて頂けたらと」

「分かった。こちらは本日中に提出してもらえるかね？」

「承知しました」

「それと今後の予定についてだが、佐々木君は連日にわたって外に出ているので、現場の調査はしばらく別の局員に頼もうと考えている。本日は報告書の作成に専念してくれて構わない。明日以降は指示があるまで別件に注力して欲しい」

「課長、そういうことでしたら、本日からは私が現場に向かいます」

「この件は私が指揮を執る。調査もやり方を変えようと考えている」

「……そうですか」

よし、これで天使と悪魔の代理戦争なるイベントは一段落だ。

近い将来、課長の下には異能力とは異なった仕組みで、摩訶不思議な力を行使する人たちの存在が報告されることだろう。けれど、そのときには改めて、え、それは凄いですねぇ、みたいな顔で付き合えばいい。

「ついでに別件に関しても報告を聞いておこう。進捗はあるかね？」

彼の言う別件とは、空からトカゲ人間が降ってきた騒動である。

こちらは報告のしようがないので、完全に放置してしまっていた。

「今のところ成果はありません」

「それは残念だ」

「ご期待に添えず申し訳ありません」

「まあ、佐々木君にはこれと併せて、二人静君の面倒も見てもらっているからな。これから頑張ってくれればいい。前に説明した関係各所からの調査報告も、段々と上がってきている。後で君の端末に転送しておこう」

「ありがとうございます」

そんな具合で、本日の打ち合わせは終了である。

星崎さんは終始不満そうな表情をしていた。

けれど、個人的には課長の判断に感謝だ。


会議室を出て局のフロアに設けられた自席に向かう。

その最中にふと思い起こして、星崎さんに声をかけた。

「ところで星崎さん、一点だけよろしいでしょうか？」

「なにかしら？」

「打ち合わせに入る直前のやり取りについてなんですが」

「直前のやり取り？」

「なにか言おうとしていたように思いまして、課長との打ち合わせを優先してしまったので、差し支えなければ聞かせてもらえたらと。必要であれば、改めて会議室を取ろうと思うのですが」

「…………」

こちらからの問いかけを受けて、悩む素振りを見せる星崎さん。

たぶん、過去のやり取りを思い出しているのだろう。

時間にして数秒ほどのこと。

ややあって何かに気付いた面持ちとなり、彼女は早口で捲し立てた。

「っ……な、なんでもないわよ？　なんでもないのだからっ！」

「そうですか？」

「ええ、私の勘違いだったみたい。気にしないで欲しいわ！」

「承知しました」

なんか変な感じもするが、星崎さんが変なのはいつものことである。

下手に突っ込んで機嫌を損ねるのも嫌だし、放っておくとしよう。

以降、同日は報告書の作成と、溜まった庶務の処理で過ぎていった。

可能なら小一時間であっても、異世界に足を運びたいなと考えていたのだけれど、これといって外出の用事や機会もなくて、ピーちゃんと連絡を取るべく隙を窺っているうちに、いつの間にやら定時を迎えてしまった。

＊

局勤めを終えて以降は、例によって異世界へのショートステイである。

公共の交通機関を利用して自宅アパートに戻ってから、ピーちゃんに連絡を取って高級ホテルで二人静氏と合流。そして、拠点となる倉庫に足を運び、本日分となる世界間貿易の商品の確認を行った。

昨晩の穴埋めを行うべく、物資は前回比で三倍ほど持ち込むことに決めた。

いくら異世界との時間差が縮まったとは言え、それでもあちらの世界では一ヶ月ほどの月日が流れている。エルザ様をお預かりした直後ということも手伝い、ピーちゃん共々、緊張を伴った本日のステイである。

彼女からミュラー伯爵へのビデオレターは必須アイテム。

今回運び込む品々のなかでは、最重要と称しても過言ではない。

『では、出発するとしよう』

「お願いするよ、ピーちゃん」

「次の支払い、儂は期待していいのかのぅ？」

『……安心するといい、世話になった分だけ色を付けて持ち込む』

「おぉ、なんと太っ腹なこと。ゴネてみるものじゃのぅ」

二人静氏にエルザ様のお世話をお願いして、我々はいざ出発。

ピーちゃんの魔法により、倉庫から異世界に移動する。

物資の持ち込みについては、異世界側の確認が取れてから、ケプラー商会さんの倉庫に運び込むのがいつもの流れとなる。まずはミュラー伯爵の下を訪れて、我々が留守にしていた間の状況確認と、エルザ様の近況報告だ。

そのように考えて訪れた先、エイトリアムの町にあるミュラー伯爵家。

顔見知りの門番さんの案内で、応接室に足を運ぶ。

同所には我々の到着を受けてだろう、既に伯爵の姿が見受けられた。

「ミュラー伯爵、お時間が空いてしまい大変申し訳ありません」

『不安にさせてしまい申し訳ない。それもこれも私の失態なのだ』

「そんな滅相もありません。お忙しいところありがとうございます」

室内には自分の他に彼とピーちゃんの姿のみ。

エルザ様をお連れするという選択肢もあったが、彼女の死の真相を知っているのは我々だけ。万が一にも家の方々に目撃されては大変なことなので、もうしばらくはホテルに缶詰を願うことになった。

今頃は二人静氏と共に、ホテルで夕食を楽しんでいることだろう。

正直、割と羨ましい。

あのホテルのご飯の美味しさはピーちゃんもよだれを垂らすレベル。

「エルザ様からビデオレターを預かって参りました。挨拶も早々に申し訳ありませんが、まずは娘さんの無事をご確認して頂けませんでしょうか？　併せて伯爵からのお返事も撮影させて頂けたらと」

「気遣いを申し訳ない。是非ともお願いできないだろうか」

異世界用に買い込んだノートパソコン。

これにフラッシュメモリを差し込んで、収められた動画を再生する。

　昨日にも歓迎会の席で撮影した映像だ。

　ソファー正面のローテーブルに設けたこれを、ミュラー伯爵に拝見して頂く。映し出された映像と音声を確認して、彼の表情にはほろりと笑みが浮かんだ。我々には気にした素振りを見せずとも、やはり不安に思っていたのだろう。

「ササキ殿の世界の道具は素晴らしいものだな。感服する他にない」

「私にはこちらの世界の魔法こそ、神の所業が如く映ります」

「いくらなんでも、それは言い過ぎではないだろうか？」

「いいえ、決してそんなことはありません」

『固定観念というものは、自身が考えている以上に強烈なものだと我も知った』

「……星の賢者様であっても、そのように感じられることがあるのですね」

　自分やピーちゃんからは映像こそ見えないが、共に音声を耳にする。

　エルザ様の元気な声が応接室に心地よく響いた。

「私に似たのか頑固な娘なので、お二人に迷惑をかけていたら申し訳ない。気になることなどあったら、どうか教えて欲しい。びでおれたー、と言っただろうか？　戒めの言葉を与える機会を頂戴したい」

「心配はありません。我々の身内とも仲良くして下さっております」

「本当だろうか？　娘がそちらで迷惑をかけていたらと思うと……」

「こちらの映像ですが、昨日にもピーちゃ……いえ、星の賢者様と二人で仲良く撮影されたものとなります。あぁ、こちらに映っている黒髪の女性が、現地では彼女の身の回りの面倒を見ておりますね」

　映像の隅に写り込んだ二人静氏を指し示してご説明。

　名前くらいは伝えておいた方がいいかもしれない。

　今後、面識を持つことはない二人だけれど。

『貴様からその呼ばれ方をすると、なんか落ち着かないのだが』

「いやいや、少しくらいは我慢してよ」

「申し訳ないが、こちらの女性の名前を伺ってもいいだろうか？」

「二人静と申します。身の回りの手配はすべて彼女の行いとなりまして」

「なんと、それは申し訳ない。差し支えなければ、こちらから御礼の品をお送りできないだろうか？　見たところ住まいや衣服も、かなり上等なものを用意してくれているように感じられる」

「承知しました。本人も喜ぶかと思います」

そんな感じであれこれと、エルザ様の現代での生活を巡りやり取り。

言葉では訴えずとも、とても気にされていたミュラー伯爵。ディスプレイを眺める面持ちから、彼の心情を多少なりとも察することができた。なにかと迷惑をかけてばかりで、本当に申し訳ない限りである。

現地時間で間が空いてしまったこともあり、重々ご報告させて頂いた。

それから動画の映像は、数分ほどで終わった。

可能であればノートパソコンと共に映像もお贈りしたいところ。しかし、これもやはり他者の目に付いては大変だからと、ミュラー伯爵からは辞退を受けた。なんと自制心の強い人だろう。また一つ自分のなかで彼の株が上がるのを感じた。

ピーちゃんも凄いけど、ミュラー伯爵もかなりの超人っぷりである。

そして、エルザ様に関するやり取りも一段落した時分のこと。

「ところでササキ殿、私からも早急に伝えたいことがある」

「はい、是非ともお願いします」

居住まいを正したミュラー伯爵から、改めて言われた。

自然とこちらも気が引き締まるのを感じる。

足を運ぶたびに何かと問題が発生している異世界へのショートステイ。しかも今回は前回の来訪から日本時間で丸二日分、時間が空いてしまった。どんな情報が舞い込んでくるのかと、ドキドキしながら続く言葉を待つ。

「貴殿の領地についてなのだが、その、なんと言えばいいだろうか……」

「……言いにくいことでしょうか？　でしたら無理にと

は言いませんが」

「いや、決してそういうことではないのだ」

『なんだというのだ、ユリウスよ。貴様らしくないではないか？』

「も、申し訳ありません」

まさかとは思うけれど、ピーちゃんがレクタン平原の大穴に呼び出したドラゴンが、近隣で暴れまわっている、とかだろうか。ミュラー伯爵もこと星の賢者様が相手となると、萎縮してしまうきらいがある。

それともマーゲン帝国が攻めてきた、とかだったり。

他にも色々と危うい状況が想像できる。

現地時間で一ヶ月ほど、まるまる放置してしまっていた事実が恐ろしい。

「……直接見てもらうのが早いかもしれない」

『ならば今からでも向かうとしよう』

「大変申し訳ありませんが、ご足労を頂戴できましたら幸いです」

ケプラー商会さんとの取り引きに先立ち、ササキ男爵領に向かうことになった。ヨーゼフさんやマルクさんとも、現地の状況については話をすることになるだろうから、事前に現場を見ておけるのはありがたい。

ピーちゃんの魔法なら、すぐにでも行って帰って来られる。

我々は早速、ミュラー伯爵宅からレクタン平原に向かうことになった。

＊

応接室から移った先は、平原地帯を遥か眼下に眺める空の只中。

地上から数百メートルはあろうかという高所だ。

事前に飛行魔法で身体を浮かせた上で、ピーちゃんの空間魔法によって移動となった。ちなみにミュラー伯爵の身体は、文鳥殿が飛行魔法を利用して支えている。自分は以前に教えてもらった自前の魔法でふわふわと。

そうして眺めた領地の光景は、以前とは様変わりしていた。

なんにもなかっただだっ広い平原。

その只中に都市国家の城塞よろしく、石壁が築かれつつあるのだ。

完成には遠いけれど、全容を想像することが可能なレベルで、基礎や造りかけの壁が連なる光景を確認できる。大きく円を描くように地面が掘り返されており、そこに杭(くい)が打ち込まれていたり、石材が積まれていたりするぞ。

現場では恐ろしい数の人たちが忙(せわ)しなく動きまわっている。

三桁では済まない人たちが作業に当たっている。

また、そうした方々の生活拠点だろうか、城壁となる予定の円の内側には、大きなテントがいくつも張られており、ちょっとした集落の体。ヘルツ王国側に延びた街道には、人や馬車の行き来する様子が見て取れる。

「ミュラー伯爵、一つよろしいでしょうか?」

「ああ、なんでも聞いて欲しい」

「我々はどれぐらいの期間、こちらを留守にしていたでしょうか?」

「一ヶ月くらいだろうか? 二ヶ月は経(た)っていない」

前回の来訪から二日ぶりとなる異世界入りで約一ヶ月が経過。関係各所に連絡を入れたのは、日本時間で更に一日以上前となるから、こちらの世界における時間経過は、事情が他所様に伝わってから約一ヶ月半くらい。

自身の感覚もミュラー伯爵の認識と大差ない。

「それにしては随分と作業が進んでいるように見受けられますが……」

「ああ、私が前に確認したときより、更に進んでいるようだ」

大手ゼネコンも真っ青の施工スピードである。

個人的には物資や人の手配が終えられていたら嬉しいな、くらいの感覚でいた。それがまさか既に着工の上、形を成し始めているとは思わない。この調子だと日本で十日も過ごせば、ある程度は完成してしまうのではなかろうか。

ちなみにエイトリアムから国境沿いまで、ミュラー伯爵は物資の輸送に二週間を見積もっていた。当時は国内にもマーゲン帝国の兵が潜んでおり、迂回(うかい)したり何をしたり大変だったらしいけど、それを抜きにしても数日は必要と思われる。

『大型のゴーレムが、かなりの数で運用されているな』

「はい、どうやら非常に優秀な術者が協力しているようです」

『貴様の手の者か？』

「個人にせよ組織にせよ、これほどの使い手に知り合いはおりません。そうであればマーゲン帝国との騒動でも、もう少し余裕をもって物資を届けることができました。アドニス殿下を危地に晒すこともなかったと思います」

　ピーちゃんの言葉通り、現場にはゴーレムと思しき人型の姿が窺える。

　大小様々なサイズがあって、一番大きいものだと、現代日本で眺める大型の重機並み。大きな岩を持ち上げたり、基礎を組み立てたり、馬の代わりに馬車を引いたりと、かなり汎用性があるみたい。

　多分、その存在が作業の進捗に拍車をかけているのだろう。

　人とまったく同じ挙動を何倍ものスケールで行えるから、建築業におけるゴーレムの運用は、かなり効果的と思われる。何気ない挙動一つとっても、同じ作業を重機でやろうとしたら、何台も組み合わせる必要が出てくる感じ。

　伯爵の言葉に従えば、物資の運搬もかなり効率的に行えるらしい。

　なんて便利なんだろう、異世界の魔法。

　この世界で科学文明が花開くのは、当分先のことになりそうだ。

「ミュラー伯爵が音頭を取って下さっているのでしょうか？」

「申し訳ないが、そこまでは手伝えてはいないのだ」

「そうなると現場で指揮を執っているのは、マルクさんになりますか？」

　前にヨーゼフさんとお会いしたとき、彼はエイトリアムでマルク商会の支店を設立するために、ヘルツ王国を訪れていると説明を受けた。そちらの流れでレクタン平原まで足を運んでいても不思議ではない。

　もしそうだとしたら、ヨーゼフさんには申し訳ないことをした。

　そのように考えてお尋ねしたところ、予想外の返事が戻ってきた。

「いいや、こちらの現場で指揮を行っているのはフレンチ殿だ」

「えっ……フレンチさん、ですか？」

予期せぬ名前を耳にして、思わず聞き返してしまった。

だって彼はコックさん。

ピーちゃんも唸る美食の数々を生み出す熟練の調理人。

それがどうして、マーゲン帝国との国境で土木業を営んでいるのか。

「ササキ殿も彼には、叙爵に付随する事情を説明したと聞いた」

「はい、念の為にとお話をさせて頂きました」

マルクさんに統括をお願いしている都合上、ハーマン商会さんにも話を入れておきたかった。そして、フレンチさんも彼らとは懇意にしているので、第三者の口から話が伝わるよりは、自分から説明しておこうと考えた。

それがこんなことになっているとは思わなかった。

「貴殿からの連絡を耳にして、居ても立っても居られなくなったそうだ。そこでマルク殿に話をつけて、当面はこちらで城壁の建造に当たっているという。私も現地で顔を合わせたときは、なかなか驚いたものだ」

「しかし、彼は料理人としては優秀ですが、建築家としては……」

「どうやら彼がやっている飲食店の常連たちが協力しているそうなのだ」

「そんな簡単にお客さんの協力が得られるものなのでしょうか？」

なんたってここは腐敗と衰退に定評のあるヘルツ王国。

しかも相手はどこの馬の骨ともしれない新米男爵だ。

お店の常連さんとか、自分は一度も顔を合わせたことがないぞ。

「常連の大半はエイトリアムや、その近郊に住まう貴族や豪商だ。マーゲン帝国との対立は決して無関係ではない。以前の騒動から敏感になっている者も多い。そうした背景と贔屓にしている店の主人の思いが、上手いこと結びついたようなのだ」

「……なるほど」

現場に投入されたゴーレムの出処が判明した。

フレンチさんが知り合いにご助力を願ったのだろう。

意外と馬鹿にならない飲食店での横の繋がり。

それは異世界であっても例外ではないみたいだ。

「あとはササキ殿が用意した潤沢な資金によって、貴殿の領地にかける思いが本物であると、皆にも伝わったのだと思う。私もマルク殿から話を聞かされたときは、こうまでも考えられているとは思わなかったのだ」

資金については、そこまで頑張った覚えはない。ルンゲ共和国との経済格差が、威力を発揮したと思われる。そうして考えると、ちょっと寂しい気持ちになるヘルツ王国のお財布事情。今回の取り引きでも、利益の半分は追加投資を考えていた。

そういうことなら、少し控えた方がいいだろうか。

このままだと我々のプランは完全に崩壊だ。

数年はこの地で土建業を営もうと考えていたから。

「大穴に住み着いたドラゴンとの関係は大丈夫でしょうか？」

「ドラゴンが原因で被害が出た、という話は一度も聞いていない」

「それはよかったです」

「念の為に我が家から騎士を派遣しているが、彼らの仕事はほとんどが現地の治安維持だと聞いている。少なくともドラゴンの存在を巡って剣を抜いたという話は一度も出ていない。まあ、そうなったら騎士数名では話にもならないと思うが」

「なんと人まで出して下さり、本当にありがとうございます」

「それはこちらの台詞だ、ササキ殿。こうして設けられつつある城壁は、私にとっても大変ありがたいもの。微力ながら今後とも、建造には協力をさせて頂きたい。必要なモノがあったら、気軽に相談して欲しい」

「温かいお心遣い、とても嬉しく存じます」

できることなら、少しペースダウンして頂きたし。

しかし、それもこれも関係各所からのご好意の賜物である。

まさか表立って否定することはできない。

そんなことをしたら、エイトリアムの町との関係のみならず、フレンチさんやマルクさん、更にはミュラー伯爵との交友まで危うくなってくる。お前は何を言っているのだと、ご指摘を頂戴しかねない。

『しかし、そうなると宮中が賑やかになりそうだな……』

まさに懸念していた点が、ピーちゃんのお口からこぼれた。

なんとか公爵からイチャモンを付けられる未来しか見えてこない。

なんていう名前だったっけ、あの人。

現代が忙しかったので色々と忘れ始めているぞ。

「……はい、懸念されているとおりです」

『こんな僻地の出来事が、もう話題に上がっているのか？』

「国境の監視を行っていた兵が、王城に早馬を走らせたと聞きました」

『まあ、これだけ派手にやっていれば、連絡程度は行われるか……』

「今後なにかしら、ちょっかいを出してくる可能性はあります」

『そのときはそのときだ、いちいち気にしていたら身動きが取れん』

宮中の元重鎮っぽい台詞が、個人的には格好良く響く。

今は誰が見ても愛らしい文鳥だけれど。

そうこうしていると、遠方でドラゴンの飛び立つ様子が窺えた。

大穴からまっすぐに上昇していく姿は、ファンタジー映画のようである。黄金色の鱗が陽光に照らされてキラキラと輝く様子は王者の風格。こんなおっかない生き物に喧嘩を売るなど、冗談でも考えたくないものだ。

『大穴に呼び出したドラゴンたちも、元気にやっているようだな』

「相変わらず大きいね。眺めているだけで尻込みしてしまうよ」

『そうか？　貴様なら近い将来、単独で狩ることもできよう』

「な、なんと、ササキ殿はそこまでの力を備えているのですか？　ゴールデンドラゴンを単独で討伐できる者が、この国にはどれだけいるだろう。かなりの腕前とは耳にしておりましたが、まさかそれほどとは……」

『現時点では障壁が先方のブレスに耐えられぬ。真正面から挑むことは危うい。だが、守りを十分に固めることができれば、先日にも習得したという魔法を利用することで、攻め手は十分なものとなるだろう』

隔離空間での騒動は、文鳥殿にも顛末を報告している。現場で利用した魔法の習得も然り。

直後には安易に使わないようにと、珍しくも彼から釘を刺された。

やはり非常に強力な魔法みたいだ。

「まあ、彼らと喧嘩をするつもりは毛頭ないよ、ピーちゃん。それよりもフレンチさんに挨拶をしに行きたいんで、そろそろ地上に降りようと思うんだけれど、付き合ってもらってもいいかな？」

『承知した』

「ササキ殿、私もご一緒させて頂けないだろうか？」

「ええ、是非ともお願いします。ミュラー伯爵」

眼下に見つけた現場作業員たちの拠点と思しきテントの立ち並ぶ界隈。飛行魔法を操作することで、そちらに向けてゆっくりと高度を落としていく。なかなか厳しい環境での作業と思われる、どうか元気にされているといいのだけれど。

*

城壁の建築現場では、ミュラー伯爵のおかげで早々に面会が叶った。

一人で訪れていたのなら、もう少しごたついたと思う。

場所は現場の一角に設けられたテント地帯。その中ほどに設営された、少し大きめの天幕内でのこと。余った端材で作られたと思しき、即席のテーブルセットに腰を落ち着けて、フレンチさんと久しぶりの再会。

「足を運ぶのが遅くなってしまい申し訳ありません、フレンチさん」

「そ、そんな滅相もない！　自分が勝手に始めたことですから」

大柄で筋肉質な彼が作業服を着用していると、生粋の土建屋さんに見える。土埃にまみれた姿に迫力を覚えた。

頭部に巻いた手ぬぐいで、真っ赤な長髪を大胆にも捲し上げた姿は、男性的な魅力に満ち溢れていらっしゃる。

テント内には自分と彼の他、ピーちゃんとミュラー伯爵の姿が見られる。

こちらはどうやら、応接室的な役割にある場所のようで、足元にマットが敷かれていたり、調度品の類いが並べられていたりと、それなりに立場のある人物が訪れても大丈夫なように、綺麗に整えられていた。

もしかしたら過去にミュラー伯爵の来訪を受けて、ご用意したのかも。

「まさかここまで作業が進んでいるとは思いませんでした。ミュラー伯爵からは、それもこれもフレンチさんが尽力して下さったおかげと聞きました。お忙しいところ本当にありがとうございます」

「いいえそんな、決して自分一人の力ではありません！」

「フレンチさんの協力あっての賜物であるとお伺いしました」

「現場の方々も、皆さん本当に良くして下さいましての……」

細かな事情は事前にミュラー伯爵から確認しているので、しばらくはご挨拶と世辞のやり取りで過ぎていく。

もう少しゆっくり進めてくれてもいいんだよ、などとは口が裂けても言えない状況だ。

そうこうしていると、テントの出入り口が勢いよく開かれた。

顔を見せたのはフレンチさんと同じ作業服姿の男性数名だ。

誰も彼も厳つい顔の持ち主であるから、予期せず入室を受けた我々としては、思わずドキッとしてしまった。

もしやこちらのテントは、現場における彼らの休憩スペースだったりするのだろうか。

「フレンチさん、ササキ男爵がこちらにいると聞いて来たぜ」「なんたって領主様だからな、ひと目ご挨拶に参らにゃならねぇよ」「そこのひょろっとした方がそうなんですかね？」「どうかひとつ、俺らにも紹介してやくれないか？」

ガヤガヤと賑やかにしながら、大股でテントに入ってくる。

粗暴な外見と相まって、めっちゃアウトローな雰囲気。

そうした姿を目の当たりにして、慌て始めたのがフレンチさんだ。

「ま、待ってくれ！　こちらの方々は貴族なんだ、せめてもう少し……」

しかし、彼の言葉も男たちには届いた様子がない。

フレンチさんに構わず、口々に声を上げ始めた。

「なかなかいい現場だろう？　職人も手練が集まってるぜ」「現場の人間も身内で固めてるから、安心してくれよな。男爵様よ」「前にマーゲン帝国のヤツらが入り込んできてな。俺たちでとっちめてやったんだ」「あのときは痛快だったたな。気分が清々した」

「知り合いの紹介がないと、ここじゃあ仕事ができねぇからな」「もしも変なヤツを紹介したら、紹介したヤツも出禁だ」「ここは給料がいいから、紹介してくれってヤツが後を絶たねぇのよ」「最近じゃあ商人や商売女が出入りし始める始末だ」

話題に挙げられたササキ男爵としては、素直に応じる他にない。

なんたって好意から集まってくれた人たちなのである。

あと、見た感じ怖いから、どうしても腰が引けてしまう。

「ありがとうございます、私がササキです」

とりあえず先んじて頭を下げておこう。

ミュラー伯爵も一緒だし、どうか穏便に過ごしたい。

「皆さんのことはフレンチさんから伺っております。このような僻地にまで、わざわざ足を運んで下さり、とても力強く感じております。もしもよろしければ、今後ともどうかご助力を頂けたら幸いです」

「お、おいおい、それでいいのか？」

すると間髪を容れず、先方から疑問の声が返された。

先頭に立っていた、一際怖い顔のスキンヘッドな男性である。

「と、言いますと？」

「だってそうだろう？　お貴族様にこんな舐めた口を利いているんだぜ？　しかもそちらにおられるはミュラー伯爵だ。アンタ、元々はエイトリアムの町で商売をしていた商人って話じゃねぇか。上役が見ている前で、そんな体たらくでいいのか？」

「見ての通り私は異邦人です。そして、この地は本来、ヘルツ王国に住まう皆さんの土地です。ヘルツ王家からはササキ男爵領として拝領してはおりますが、私は皆さんの土地を間借りしているに過ぎません」

「っ……ほ、本気で言っているのか？」

そもそも本人からして、領地を治めているという実感がない。

っていうか、務めを関係各所に丸投げしてしまっている。

なんかもう色々と申し訳ないばかりだ。

「また、フレンチさんは私の大切な友人です。彼に良くして下さっている方々とあらば、私にとっても歓迎すべきお客人に他なりません。公の場でなければ、わざわざ畏(かしこ)まって頂く必要はないのではないかなと」

あと、ピーちゃんの前で偉ぶるのが恥ずかしい、というのもある。

爵位も領地も彼から与えられたようなものだ。

ミュラー伯爵を侮辱される訳にはいかないが、ササキ男爵が低く見られる程度なら構わない。むしろ軽く扱われた方が、現場作業もゆっくり進行になったりして、我々としては都合が良さそうな気がする。

「マジかよ。とてもじゃないが、ヘルツ王国の貴族とは思えねぇ」

「だ、だから言っただろう？ 旦那は懐が広いお方なんだ」

スキンヘッドの彼は驚いた面持ちとなり、唸るように声を上げた。

後方に続いた面々も似たりよったりの反応である。

呆(あき)れられてしまっただろうか。

フレンチさん、わざわざフォローして下さりありがとうございます。

代わりにこの場では、ミュラー伯爵をヨイショしておこう。

「それとミュラー伯爵も、皆さんのご好意は重々ご理解下さっています」

「うむ、ササキ男爵の言う通りである」

「っ……」

伯爵の発言を受けて、男たちがめっちゃ嬉しそうな表情になった。

顔が怖い人は笑顔も怖い。

一瞬、威嚇されたのかと錯覚を覚えた。

そして、驚いていたのも束の間のこと、彼らは賑やかにし始めた。

「たしかにフレンチさんの言ったとおりだ！」「まったくだ、本当にこんな貴族がいるとは思わなかった」「しかも我らがミュラー伯爵の覚えもいいお方ときたもんだ」「どこの誰だよ、伯爵を蹴落とそうとしているとか言ったヤツは！」「よっしゃ、もうひと仕事してくるか！」「やる気が出てきたぜ」

静かだったテント内が急に活気づいた。

フレンチさん、我々のことをどのように伝えていたのか。

見た感じアウトローな集団が盛り上がる様子は、眺めていて不安が募る光景だ。魔法の力を思えば、一方的にどうこうされることはない。ただ、見た目が怖いから、本能的な部分で恐怖を覚えてしまう。

繁華街でチンピラに絡まれたような気分。


「あの、皆さん……」

「ササキ男爵、とんだご無礼をすみませんでした」

「……え？」

「試すような真似をしたこと、お詫び申し上げます」

ここへ来てスキンヘッドの人の態度が急変した。

姿勢を正したかと思いきや、大仰にもお辞儀をしてみせる。

彼の後ろに連なっていた男たちも、次々と頭を下げ始めた。

「フレンチさんが騙されているんじゃねぇかと、俺たちは心配だったんです。ですがどうやら、決してそんなことはなかったみたいだ。本当に話に聞いていた通りの人物で、俺たちはこれからも気持ちよく仕事に励めます」

「……失礼ですが、皆さんとフレンチさんの関係を伺ってもいいですか？」

「自分はエイトリアムで建設業を営んでおりまして、フレンチさんのやっている店には以前から通っていたんですよ。最近はお貴族様の姿が多くて機会も減ったんですが、その関係で協力させて頂いております」

　先頭に立っていたスキンヘッドの人が、恭しくもご説明下さった。

　ミュラー伯爵が言っていた、フレンチさんのお店の常連のようだ。

　語りっぷりからして棟梁（とうりょう）さんみたいだし、チンピラっぽい見た目に反して、結構なお金持ちなのかもしれない。そのように考えると、貴族の相手も日常的な出来事だろうから、先程までのやり取りも分からないではない。

　フレンチさんを本心から心配して下さったこと、とても嬉しく感じる。

「ゴーレムを出して下さっているのも、皆さんなんでしょうか？」

「いえ、ゴーレムを出しているのは冒険者ギルドの連中ですね」

「そちらもお店の繋がりでしょうか？」

「ギルドの代表が、フレンチさんの店の愛好家でして、その関係で優先して冒険者を集めているらしいですよ。恐ろしいまでのスープカレー好きで、いっつも同じメシばっかり食っている変人なんですわ」

　そうして語る棟梁さんは、どことなく楽しげに感じられる。

　きっと仲のいい間柄にあるのではなかろうか。

　だからこそ現場では連携も取れる、ということなんだろう。

「そういうことだったのですね。色々とご説明をありがとうございます」

「我々にお答えできることであれば、なんでも聞いてやって下さい」

　厳つい方々からジッと熱の籠もった視線で見つめられる。

　人の上に立った経験のない人間にこれは厳しい。

　学校のホームルームや会社の御前会議で、黙っていればいいや、なんて考えて安閑としていたら、急に話題を振られたような感じ。しかも相手は誰もがヤクザさながらの風貌の持ち主だから、否応（いやおう）なく緊張。

　自ずと続く言葉も当たり障りのないものとなった。

「しかし、ドラゴンの巣の近くでこれだけ人が集まるとは凄いですね」

「恥ずかしながら、自分らも当初は及び腰でした」

返事はすぐに戻ってきた。

棟梁さんの発言を受けて、後ろに控えた方々からも声が上がる。

「自分らも話を聞いたときは怯えてたんですよ」「ゴールデンドラゴンの巣の近くで仕事なんざ、正気の沙汰とは思えねぇ」「だけど、フレンチさんは一人でも始めるってんで、現地に突っ込んで行っちまったんです」「あのドラゴンは安全だなんて言うから、最初は気が触れちまったかと慌てたもんだぜ」

「それで最終的には、フレンチさんを助けに行こうってことになったんですよ」「そうしていざ現地に行ってみれば、どういうことかドラゴンは俺たちにまるで構う素振りがねぇんです」「そこで段々とフレンチさんの言うことを信じるやつが出てきましてね」「今じゃこのとおり大賑わいって訳ッスよ」

どうやら発端は、フレンチさんの先導にあったようだ。

以前の別れ際に受けた頑張りますのお返事、本当に頑張ってくれていた事実を申し訳なく感じる。世辞のやり取りだとばかり考えていたものだから、まさかこんなことになっているとは思わなかった。

「そこまで身体を張って下さっていたとは恐縮です、フレンチさん」

「じ、自分だけじゃありません。マルクさんも協力して下さっています」

男爵の位、彼にお譲りした方がよろしいのではなかろうか。

いや、今からでも遅くはない。

今後はフレンチさんを大々的にプッシュしていこう。

チラリとピーちゃんに視線を向ける。

すると彼からも小さく、コクリと頷く仕草が見て取れた。

「そういえば、マルクさんはどちらに？」

「しばらく前にルンゲ共和国に向かわれました」

「左様ですか」

運良くこの場でお会いできれば、とは当初の期待である。

流石にそこまで暇ではないみたい。

そうなると彼に対する連絡は、ヨーゼフさんにお伝えするしかなさそうだ。この世界には通信インフラなんて気の利いたものは存在しないから。そうして考えたところで、ふと思い至ったのが現代社会の便利アイテム。

近い将来、高出力の無線設備を持ち込む日が来るかもしれない。

こちらの世界ならどんな強力な電波も放出し放題である。

暗号化さえする必要がなく、機密情報を平文で飛ばしまくれる。

そうして近況を交換することしばらく。

小一時間ほど話をしていただろうか。

あまり現場にお邪魔しても作業の邪魔だろうと考えて、そろそろ撤収しようかと、先方にお声がけさせて頂く。ミュラー伯爵もずっと我々に付き合っている訳にはいくまい。何かと忙しい身の上にある領主様だ。

「すみません、そろそろ我々は失礼させて頂こうかと思うのですが……」

「次にお会いするときには、ある程度見れる形になっているように頑張ります！」

「いえいえいえ、ゆっくりでも大丈夫ですから、どうか安全第一でお願いします。資金が必要になったらマルクさんかミュラー伯爵に言って頂ければ、すぐにでもお持ちしますので、時間をかけてでも良いものを造って頂けたらと」

気合の入ったフレンチさんのご挨拶に、努めて丁寧にお返事。

必要以上に負担を強いて、他所から反感を持たれたら大変なことだ。

どうか息切れしないように適当に頑張って頂きたし。

「皆、聞いたか？　ササキ男爵はこんなにも男気に溢れたお方だ！」

棟梁さんが声を上げるのに応じて、居合わせた男たちが沸き上がる。

テントの幌が彼らの声でビリビリと震えるほど。

これ以上長居すると無駄に担がれてしまいそうだ。

現場はフレンチさんにお任せして、我々は現地を発つことに決めた。

＊

城壁建造の現場でのやり取りを終えてからは、ミュラー伯爵をご自宅までお送りした後、ピーちゃんと二人でルンゲ共和国に向かった。これまでと同様、ヨーゼフさんとお取り引きを行う為だ。

空間移動の魔法のご厄介となり、ケプラー商会さんを訪れる。

取り扱う商品については、世界間の時間差を考慮して、事前にルンゲ共和国内に用意したケプラー商会さんの倉庫に運び込んでおく。現代側では二人静氏が物資を用意してくれているので、我々はこれを右から左へ移動させるばかり。

そうして臨んだ商会施設の応接室、ヨーゼフさんとの商談の席でのこと。

「おや、マルクさんではありませんか」

「お久しぶりです、ササキさん」

案内された部屋には、マルクさんの姿があった。

ヨーゼフさんのすぐ隣に掛けていらっしゃる。

前にお会いしたときと同様、エイトリアムの町で商いをしていたときより、お召し物が整っている。ヘルツ王国の貴族のような華やかさこそ感じないけれど、生地や仕立てからして、かなり上質なお品と思われた。

「旅中かと思われましたが、こちらに戻られていたのですね」

「ええ、つい先日に戻りました。お会いできて幸いです」

そういうことなら都合がいい、是非一緒にお話させて頂こう。

これ幸いと今回分のお取り引きについて説明を始める。

持ち込んだ品は以前とほとんど変わらない。砂糖や近代的な工業製品だ。ただし、前回のやり取りから現代換算で二日ほど時間が空いてしまったため、前日の分を勘定に入れた上、プラスアルファを付けて持ち込ませて頂いた。

具体的には三倍増しでのご提案。

対してヨーゼフさんからの買取単価は、以前とほとんど変わらず。

想定通りの内容だったので、言い値ですべて販売させて頂いた。

そして、うち半分を例によって領地での城壁建造の費用に充てる。こちらについてはミュラー伯爵やハーマン商会さんにお預けして、フレンチさんとお話の上、工面して頂くことにしよう。その方がマルクさんの負担も減る。

「ところでヨーゼフさん、次回の取り引きですが、扱う量を増やしてもよろしいですか?」

「それはもしや砂糖も含めてのお話でしょうか?」

「はい、そのように考えております」

「でしたら是非ともお願いします。こちらとしては願ったり叶ったりですよ」

そんな感じでケプラー商会さんでのやり取りは過ぎていった。

同日はヨーゼフさんのご紹介から、ルンゲ共和国のお宿で一泊。夜には例によって手厚い接待を受けた。以前よりもお店のグレードが上がっていたのは、今後の取り引きに対する期待の表れだと思いたい。


そして、翌日にはエイトリアムの町に戻った。

最初に向かったのはハーマン商会さん。

同所にフレンチさんの活動資金をお預けする。暇を見て現地に伝えて欲しいとお願いすると、二つ返事でご承諾を頂けた。マルクさんこそ不在であるが、商会で働いている方々は以前と変わりない。大きな金額も安心して扱える。

その帰り際、ミュラー伯爵家に向かって欲しいと言われた。

なんでも伯爵が我々を探しているとのこと。

商会の方々も町で見かけたら教えて欲しいと頼まれていたみたい。

昨日の今日で何用だろうか。

言われるがままにミュラー伯爵のお屋敷に向かった。

そうして訪れた応接室でのこと。

「黄色い肌に黒髪、黒目、たしかに聞いていたとおりの風貌だ」

「ミュラー伯爵、こちらの方はどちら様でしょうか?」

「アインハルト公の使いでやってきたオーム子爵だ」

「いかにも、私がオーム子爵である」

室内にはミュラー伯爵の他に、初めてお会いする方がいた。

年齢は自分と同じくらいで、身長は百八十ほど。落ち着いたブラウンの頭髪は肩にかかるくらいの長さで、額が大きく露出するよう中分けにしている。口周りを囲うように生やしたヒゲも髪と同様にちょっと長め。

これぞヘルツ王国の貴族、と訴えんばかりに豪奢(ごうしゃ)な衣服で着飾っており、ひと際目に付くのは、首の周りに飾られたシャンプーハットのような襟。いわゆる襞襟(ひだえり)だ。レースを沢山使ったデザインは、とてもきらびやかに映る。

そういえば現代文明でも産業革命より以前、機械織りが主流となる前は、レースが高級品であったという。手織りでの製造は人件費が嵩んだらしい。もしも大量に持ち込むことができたら、マルク商会の新しい商材になるかもしれない。

いや、今はそんなことを考えている場合ではないか。

目の前の人物こそが、伯爵が我々を探していた理由とのこと。

「ササキと申します。ご足労下さりありがとうございます」

「アインハルト公爵からササキ男爵に言伝(ことづて)を預かって参った」

こちらが腰を落ち着ける間もなく、オーム子爵が声高らかに言った。ローテーブルを挟んで対面では、ミュラー伯爵が困った顔をして、彼のことを見つめていらっしゃる。

致し方なし、素直に彼の言葉を待つことにする。

貴族としては、この場では一番下っ端となるササキ男爵だ。

すると続けられたのは、今まさに我々の間でホットな話題。

「ササキ男爵がマーゲン帝国との国境沿いで進めている城壁の建造について、アインハルト公はその努力を認めておられる。ならびに発案者として、慈悲深くも男爵の行いに援助を決定された」

「…………」

「共にアドニス殿下を次代のヘルツ国王と信ずる者同士、ササキ男爵はアインハルト公による援助を糧として、祖国の繁栄のために励んで欲しい。なお向こうしばらくは、私が自ら現場の指揮を執る予定だ」

遠回しな言い方だけれど、要は同じ第二王子派閥として、我々にも城壁の建造事業に一枚噛ませろ、ということだろう。あと、言い出しっぺは自分だから、そこのところはちゃんと周知してくれよな、みたいな。

いいや、身内が自ら現場指揮となると、丸っと寄越せ、の方が近いかも。

以前の勤め先にもこういう人はいた。

上から降ってきた仕事を他人に丸投げした上、それが順調に進捗して評判になったりすると、さも自分の手柄のように語ってみせるタイプの人。しかも今回の場合、相手は遥か格上のお貴族様だったりするから、もう目も当てられない。

こういう場合って、ヘルツ王国的にはどうなんだろう。

逆らったら大変なことになりそうなんだけれど。

「……どうした？　ササキ男爵」

先方はこちらがお断りするとは、微塵も考えていないようである。

赴任する気も満々のオーム子爵。

だけど、まさかフレンチさんの好意を裏切るような真似はできない。

多少の嫌がらせは覚悟してでも、この場はお断りさせて頂こう。

「申し訳ありませんが、お断りさせて下さい」

「な、なんだとっ⁉」

こちらが想定したとおり、オーム子爵の表情が一変した。

般若の如く、怒りも顕に大声を上げる。

これに構わず、拒絶の意思を伝えさせて頂く。

「この度の行いはマーゲン帝国との国境に、少しばかり壁を設ける程度にございます。わざわざアインハルト公にご助力を願うほどではございません。陛下との謁見ではその旨、公爵ご本人からもお言葉を頂戴しております」

「っ……き、貴様、まさか公爵のお言葉に逆らうつもりか？」

悠然と構えていた子爵の顔に赤みが差す。

かなり怒っておりますね。

格下の貴族に拒否されたのが効いているのだろう。

「それとも公爵のご協力は、ケプラー商会の援助にも勝るのでしょうか?」

「そ、それはっ……」

実際には自分とピーちゃんのポケットマネーだけれど、この場はヨーゼフさんの名前を利用させて頂こう。この手の外圧に弱いのが、ヘルツ王国のお貴族様である。自分も段々とこちらの世界のことが分かってきた気がする。

事実、オーム子爵は続く言葉を失った。

我々が拒否するという状況を、事前に想定していなかったのだろう。

ただ、そうした人たちがピーちゃんを暗殺の上、異世界に放逐したのだから、決して油断はできない。できるだけ関わり合いになることなく過ごしていきたい、というのが彼との共通した見解である。

「ご安心下さい、当初のお約束どおり、防壁が完成するまでは首都に立ち入ることも致しません。アインハルト公にはどうか、我々の行いを長い目で見て頂けたらと、オーム子爵からお伝え頂けませんでしょうか」

もし仮に完成しても、しばらく王宮には近づかずに過ごしたい。

公爵様も我々が領地に引きこもっている分には、文句を言ってくることもあるまい。そのうちにヘルツ国王の代替わりが済んで、いつの間にか忘れ去られているようなパターンが理想的である。

すると、顔を合わせて早々にも。

「アインハルト公に逆らったこと、か、覚悟しておくといいっ!」

吠（ほ）えるように訴えて、オーム子爵は応接室から出ていった。

部屋のドアは開けっ放しだ。

ガツガツと床を叩くような足音が、段々と廊下を遠退（とおの）いていく。

これが聞こえなくなったところで、ミュラー伯爵が言った。

「このような僻地までオーム子爵を寄越したということ

は、アインハルト公も本気なのだろう。第二王子派閥も決して一枚岩ではない。恐らくササキ殿の活躍を耳にして、焦りを感じているのではないかと思う」

「ご迷惑をおかけすることになり申し訳ありません」

「いや、気遣ってくれなくともいい。私はササキ殿の判断を好ましく考えている。アインハルト公との関係も大切ではあるが、あの城壁はエイトリアムの町にとっても重要なものだ。可能であれば横やりは入れられたくない」

「そう言って頂けて、とても嬉しく存じます」

オーム子爵が現場入りしたら、まず間違いなく棟梁さんたちが荒ぶるだろう。現場の人間関係は崩壊である。当然ながらプロジェクトは破綻。そうなったらドラゴンをけしかけて、すべてをなかったことにするくらいしか、対応は思いつかない。

ヘルツ王国にとってはマイナスだし、誰も得をしない展開だ。

「当面は現場で警護に当たる騎士を増やそうと思う」

「ありがとうございます、ミュラー伯爵」

伯爵もそのあたりは理解しているようで、すぐさま騎士の増員をご提案下さった。フレンチさんを筆頭に、現地で作業をしている方々にも、今のやり取りはお伝えしておいた方がいいかもしれない。

どうか穏便に進めたいものである。

「ところで、ササキ殿に伝えたいことがあるのだが……」

「なんでしょうか？」

「星の賢者様、少しだけ彼をお借りしてもよろしいでしょうか？」

『うむ、分かった』

ミュラー伯爵が自分だけにお話とは、珍しいこともあったものだ。

彼の意図に気付いたピーちゃんは、すぐにもこちらの肩から飛び立つ。そして、ヒラリと華麗に宙を舞い、オーム子爵が出ていったまま開けっ放しとなっていたドアから、お屋敷の廊下に消えた。

その様子を確認してから、伯爵は改めてこちらに向き直った。

「先のびでおれたー、というのを見ていて気になったことがある」

「なんでしょうか？　お気軽になんでも言って下さい」

エルザ様について心配事だろうか。

彼女を迎え入れた責任を思い、気が引き締まるのを感じる。

ただ、続けられた言葉はまったく見当違いなものだった。

「その、なんというか、星の賢者様はお酒にあまり強くないのだ」

「え、そうなんですか？」

伯爵の口からこぼれたのは、ピーちゃんの飲酒事情。

映像の背景に映り込んでいたおちょこや一升瓶を確認してだろう。

リビングではエルザ様と杯を交わしていた文鳥殿である。

「量を飲まれても言動の変化は少ないが、かなり酔われている場合がある。しかも前後の記憶を失われることがあって、恐らく当時を覚えていないと思しき状況に、私もたびたび遭遇しているのだ」

「…………」

「このようなことを頼んで申し訳ないとは思うが、気に留めて頂けたら嬉しい」

「はい、重々承知しました」

昨日、ピーちゃんがリビングで寝落ちしていた理由に合点がいった。

誰しも苦手なものの一つや二つ、内に抱えているということだろう。

普段は完璧超人な文鳥殿、だからこそ可愛らしく感じるウィークポイントだ。

〈流出〉

オーム子爵の対応を終えて以降は、久しぶりに異世界で魔法の練習。

拠点となるリッチなお宿に戻り、数日を過ごした。

主に練習したのは、隔離空間内で覚えたビームもどき。行使自体に問題はないが、それなりに危険な魔法とのことで、ピーちゃんから取り扱いを学ぶことになった。出力を絞ったり、対象を広げたり、なかなか応用の幅が広い魔法である。

おかげさまでマジカルビームさながら、かなり使い勝手が向上した。

代わりに新しい魔法の習得については据え置き。

個人的には出社魔法について、そろそろ何かしら進捗が見えてきて欲しいところ。しかし、何度呪文を口にしようとも、魔法の発現はおろか、魔法陣が現れたり身体（からだ）が光ったりする気配さえ見られない。

こちらは次回また頑張ろうと思う。

そうして数日のショートステイを終えた我々は、現代日本に戻った。

自宅アパートに戻り時刻を確認すると、午前六時を少し過ぎたくらい。当初予定した帰還時刻との差は小一時間ほど。

すぐさま値を計測したピーちゃんが、デスクの上でノートパソコンに向かい、ゴーレムでカタカタとやり始めた。

ディスプレイに表示されているのはテキストエディタと黒い画面。

何かしらスクリプトを弄（いじ）くり回しているのは理解できた。

しかし、仔細（しさい）は皆目見当がつかない。

ゴーレムがキーボードを操作するのに応じて、真っ黒な画面では下から上に向かい、凄（すさ）まじい勢いでテキストが流れていく。スーパーハッカーって感じ。

この僅かな期間で、あっという間に追い越されてしまったＩＴスキル。嬉（うれ）しいような、寂しいような、なんとも複雑な気分である。自分がインストールした覚えのないアプリ名が、ウィンドウのキャプションに表示されているぞ。

子供の成長を見守る親って、こんな感じなのだろうか。

マウスやキーボードを操作するゴーレムの動きも華麗なものだ。以前と比べてデザインにも変更が見られる。多分、日々細かなところをアップデートしているのだろう。なんて向上心に満ち溢れた文鳥だ。

『ふむ、やはり以前のモデルより、こちらの方が精度が高いな』

「何か分かったのかな？」

『悪いが現時点で、分かったと答えることはできない。原因も定かではない。しかし、時間経過の差をある程度予想できないことには、我々も困ってしまう。そこでいくつか要因を想定、候補とした上で、近似的に値の算出を試みることにした』

「そ、そっか。色々と考えてくれてありがとうね」

『気にすることはない、これはなかなか楽しい作業だ』

「…………」

これまた難しいことを行っているような気がする。

自分なんかが首を突っ込んでも、邪魔になるだけだろう。

代わりに局支給の端末を確認しておく。現代日本での経過時間はわずか一晩、そうそう問題も起こってはいないと思う。

軽い気持ちで電源を押下、画面を表示させる。

するとそこには課長からの呼び出しを知らせる通知が見受けられた。時刻は午前五時過ぎに一度と、更に数分前に一度、合計で二度ほど連絡が入れられている。当然ながら不在着信として処理されていた。

留守番電話にはこれといってメッセージも残されていない。

「……なんだろう」

時刻的に考えて、緊急の呼び出しを予感させる。星崎さんに負けず劣らずハードワーカーな課長だけれど、流石に睡眠は毎日取っているだろう。そうなると彼も予期せぬアラートを受けて対応した可能性が高い。

正直、折り返し連絡をするのが億劫だ。

知らないまま過ごして、登庁してから改めて話を聞きたい。

そうこうしていると、私用の端末が震え始めた。

局支給の端末はひとまずデスクに放置して、私用のそれを手に取る。

すると画面には二人静氏の名前が表示されていた。

彼女から着信が入ったようだ。

まさか無視することもできなくて、素直に電話を受ける。

「……はい、ササキですが」

『お主のところの文鳥、なんてことをしてくれたのじゃ！』

すると間髪を容れず、二人静氏からお叱りが入った。

普段のふざけた態度とは一変して、真剣味の感じられる物言いである。相手の姿が確認できなくても、本気で怒っている気配が感じられた。初めて相対したときのような緊張感が、電話越しであっても窺える。

当然ながら、こちらとしては意味不明。

「あの、いきなりなんですか？」

『まさか状況を理解していないのかぇ!?』

「恐らく理解していないと思います」

『ああもう、お主らマジふぁっくじゃ！　ふぁっく！』

電話越しに下品な単語を繰り返し始めた二人静氏。

直後にブツリと通話が切れた。

一体何がどうしたと疑問に思ったところ、耳元に添えていた端末がブブブと震えた。画面を確認すると、ショートメッセージの着信を伝える通知が見られる。差出人は今まさに通話をしていた相手だ。

内容は自身も知っているソーシャルメディアのアドレスだ。アカウントも保有しており、入局以前はちょくちょく書き込みも行っていた。最近は個人情報の流出の懸念から、極力触れないようにしているけれど。

「………………」

ドメインの確認が取れたことで、送られてきた内容をチェックする。

ブラウザが映し出したのは、とあるユーザーの投稿だ。

どうやら動画をアップロードしているようで、タブが開かれると共に再生が始まった。自ずと視線が向かったのは、映像のすぐ下に表示されていた投稿のステータス。

一昨日の晩に投稿されたもので、お気に入りと引用が共に五桁を超えている。

結構なバズり具合だ。

気になるアカウント名は、☆の賢者summer。

開設から間もないようで、フォローしているアカウントも二桁後半と控えめである。アイコンの画像はデフォルトから変更されていない。恐らく有名人に引用されて、突発的にアクセスが伸びたのだろう。

動画に映っているのは、どこかで見たような文鳥殿とブロンドの女の子。

ノートパソコンのフロントカメラを覗き込んだ二人が、キャッキャと楽しそうに会話している。交わされている言葉は異世界のもののようで、コメント欄にはお喋りする文鳥への突っ込みと共に、どこの国の言語かという疑問が散見された。

「凄いわ！　私たちがこの板の中に入り込んでる！」『これは動画というものだ。こちらの世界の者たちは、誰もが日記の代わりに使っている』「こんな便利なものを平民が使っているの!?」『うむ、そうなのだ』「し、信じられないわ！」『遠く離れた者たちと動画を交換して、情報のやり取りを行うこともできる』「これも鳥さんがさっき説明してた、インターネットなのよね？」『うむ、そのとおりだ』「私たちの姿、映っても大丈夫なの？」『世の中に公開しなければ問題ない』

二人のやり取りを軽く拾うと、こんな感じ。

背後に映っている光景は、自身も覚えのある高級ホテルのリビング。

「…………」

あぁ、これは駄目なヤツだ。

やっちまったな、ピーちゃん。

『貴様よ、なにやら我やあの娘の声が聞こえていやしないか？』

端末のスピーカーから発せられる映像のサウンドに気付いて、デスクの上の彼がこちらを振り返った。ゴーレムも動きを止めて、カタカタというキーボードを叩く音が静まる。自ずと映像の音声も室内で際立ったものに。

「あの、ピーちゃん、これなんだけど……」

『どうした？　また妙な表情をして』

フワリと宙に舞い上がった文鳥殿が、こちらの肩に止まる。

自身は手にした端末をその正面に掲げた。

ソーシャルメディアに投稿されていた映像は、数分ばかりの短いものだ。

上手(うま)いこと繰り返しが始まって、ピーちゃんの面前で冒頭から再生。

これを彼と一緒に繰り返し視聴。

「凄いわ！　私たちがこの板の中に入り込んでる！」

『これは動画というものだ。こちらの世界の者たちは、誰もが日記の代わりに使っている』「こんな便利なものを平民が使っているの!?」『うむ、そうなのだ』「し、信じられないわ！」

『遠く離れた者たちと動画を交換して、情報のやり取りを行うこともできる』「これも鳥さんがさっき説明してた、インターネットなのよね？」『うむ、そのとおりだ』「私たちの姿、映っても大丈夫なの？」『世の中に公開しなければ問題ない』

端末のディスプレイに映し出された文鳥殿は、エルザ様と楽しげに言葉を交わしている。心做(こころな)しかドヤっているピーちゃんが可愛(かわい)い。まるで自らのことのように、誇らしげにインターネットを語っている。

『…………』

「…………」

最後まで確認してから、肩の上の彼の様子を窺う。

すると文鳥殿は目に見えて硬直していた。

インターネットと出会ってから間もないが、それでも面前に示された事象が、世の中にどのような影響を与えているのか、正確に理解したみたい。しばらく眺めてみても、まるで反応が見られない。

だからこそ、疑問に思うのはこの動画の存在。

公開しなければ問題ない映像が、見事に公開されてしまっているのは何故(なぜ)だろう。そうして考えたところ、ふと動画の下方に視聴者数の記載が見受けられた。これは動画がライブ配信で投稿されたことを示す。

ピーちゃん、ウェブサービスの操作をミスった予感。

動画撮影とライブ配信、ボタンを押し間違えたのではなかろうか。

☆の賢者Summer
12.4万 回再生
2.1万件
5.4万件

すぐ隣にピタッと並んでいるから、押下にミスる人もいるのではないか、とは常々感じておりました。以前の勤め先でも同僚が一人、お酒の席でボタンを押し間違えて、下らない映像をライブで配信していた。

「…………」

あぁ、お酒。お酒である。

そういうことか。

ふと異世界での別れ際、ミュラー伯爵の言っていた言葉を思い起こす。

「ピーちゃん、このときの記憶ってある？」

『…………』

この沈黙は否定と受け取っても、差し支えなさそうだ。

謎言語を発する文鳥の存在と、その傍らに立った異国の美少女というビジュアルが、僅かな期間で閲覧数が打ち上がった理由だろう。前者についてはアテレコだ何だと指摘するコメントも見られるが、単純にエンタメ作品として評している人も多い。

二人の間でやり取りされている言語については、真面目に考察を行っている人たちもかなりいて、それがお気に入りや引用を増加させるのに一役買っていることは容易に想像がついた。世の中、暇な人が沢山いるものだ。

ややあって、端末に着信の通知が届けられた。

画面には二人静氏の名前。

止まってしまったピーちゃんの手前、通話ボタンを操作して回線を繋ぐ。

すぐさま先方の声が聞こえてきた。

『どうじゃ？　自分たちが置かれた状況は理解できたかや？』

「ありがとうございます。課長からも呼び出しの通知がありまして、二人静さんから連絡を受けていなかったら、何も知らないまま彼と話をするところでした。首の皮一枚、といったところでしょうか」

それこそ最悪のパターンだったろう。

会議室に呼び出されて、映像を見せられて、佐々木君、これは一体どういうことだね？　なんて光景が容易に想像される。エルザ様の存在を巡っては、言い訳に利用させて頂いた二人静氏も、決して無関係ではない。

二人揃って放逐される未来は間違いないだろう。

場合によっては国内に居場所を失う可能性も考えられる。

『さっさとあの男のところへ行ってくるといい。こっちじゃどうにもならん』

「迷惑をお掛けしてばかりで、本当に申し訳ありません」

『まったくじゃよ。儂(わし)、貧乏くじを引いてしまったかのぅ?』

「決してそのようなことにはならないように、我々も頑張りますので……」

『……朗報を期待しているのじゃ』

通話は先方からブツリと切られた。

普段ならこちらが切るまで待っていることが多い彼女だから、腹の中に抱えた憤怒も推し量れようというもの。ここ最近は色々と世話を焼いてもらっていた経緯も手伝い、負い目ばかり感じてしまうよ。

「ピーちゃん、もしかして動画撮影とライブ配信を間違えちゃった?」

端末を懐に仕舞(しま)いつつ、肩の上の彼に問いかける。

直後にピクリと、その小さな身体が震えた。

『すまない、わ、我はなんと大変なことをしてしまったのだっ!』

ピーちゃんがヒラリと宙を舞う。

移ったのはデスクの上。

そこでこちらに向かい、謝罪の言葉と共にペコリとお辞儀をしてみせた。文鳥が深々と頭を下げる姿、あまりにも可愛らしい。そんなふうに謝られてしまったら、無条件ですべてを許してしまうよ。

『申し訳ない! 謝罪して済む話ではないが、本当に申し訳ない!』

「いや、そこまで気にしなくてもいいよ。過ぎたことだし」

『こちらの世界で、貴様から居場所を奪うことになるかもしれないっ……』

「そうなったらまあ、しばらく異世界で暮らせばいいんじゃないかな?」

『我は何ということをしてしまったのだ! あぁ、お詫(わ)びのしようもない!』

めっちゃ謝りまくるピーちゃんも可愛い。

ペコペコと繰り返し上下する頭部が特に愛らしい。

『まさか酒に飲まれて、インターネットの操作に失敗するだなどとっ……』

「いやまあ、僕らでも割と普通にあることだから、仕方がないと思うよ」

　有名人が配信にミスってニュースになるとか、割とありふれた出来事だ。

　動画を編集中に間違って投稿しちゃう人とかも、世の中には結構いるらしい。大抵の人は気付いてすぐに撤回するけれど、ピーちゃんは気付くことができないまま、寝落ちしてしまったのだろう。

　昨日の朝方、ローテーブルの上で寝ていた彼の姿が蘇る。

　いや、あれは寝ていたというより、落ちていたという方がしっくりくる。

「遅かれ早かれバレただろうし、それが少し早まっただけだと思うよ」

『我の行いはあまりにも軽率だった。本当に申し訳ない！』

　このままだと延々謝り続けそうな雰囲気を感じる。

　自信と余裕に満ち溢れていた彼だからこそ、お酒を飲み過ぎて失敗しちゃった、みたいな過程が許せないのだろう。ミュラー伯爵からもう少し早く助言を頂けていれば、とは悔やんでも悔やみきれない。

　もしかしたら彼の伯爵も、過去に似たような経験をしているのかもしれない。そうして考えると、完全無欠に思えた星の賢者様が、少しだけ我々と同じ人間なのだという気がして、平謝りする姿に親近感を感じた。

　いずれにせよ、この場は少し時間を設けようと思う。

「ピーちゃん、とりあえず上司と会って話をしてくるよ」

『すまない、我はとんでもなく愚かな存在だ。星の賢者だなんだと言われて、勝手に舞い上がっていた愚か者だ。貴様の好意をこのような形で踏みにじってしまって、あぁ、もう本当にどうしようもない』

　自己嫌悪から絶望するピーちゃん。

　可愛らしいお口から繰り返されるのは謝罪の言葉。

『当面はインターネットの利用も控える』

　自発的にネット利用を控えるとか、今回の出来事で文鳥殿が受けたダメージは相当大きそうだ。しょんぼりした姿が極めてラブリーだから、飼い主としては不満を漏らすことすら躊躇してしまう。

代わりに頑張ってフォローしていこう。

「ありがとう。それじゃあ早速だけれど、局に顔を出してくるね」

『ああ、どうか気をつけて欲しい』

「上手いこと上司を言いくるめてくるから、安心して待っててよ。代わりと言ってはなんだけれど、ピーちゃんはエルザ様と一緒に居てあげてくれないかな？　きっと彼女も二人静さんと二人きりで、不安を感じているだろうし」

『うむ、承知した。二度とこのような失敗はしないと誓う！』

本来であれば登庁には些か早い時間である。

けれど、自宅で寛いでいられるような精神状況でもない。

満員電車を避ける意味でも、すぐに出発することにした。

まさかとは思うけれど、あちらの世界で暗殺されたときも、お酒が原因だったりするのだろうか。そうでもなければ、普通の人が星の賢者様をどうにかできるとも思えなくて、ふとそんなことを考えてしまった。

＊

普段の通勤よりいくらか早い時間帯、電車を乗り継いで局に向かう。

その間にこちらから課長へ連絡を入れることはしない。

位置情報を確認すれば、部下が登庁の最中にあることは容易に判断できる。実際に阿久津さんからは、再び電話がかかってくるようなことはなかった。その間にこちらは課長への言い訳を考えて頭を悩ませるばかり。

これほど移動時間が短く感じられたことはない。

あっという間に局まで到着してしまった。

エントランスを越えて、担当部署が収まっているフロアに足を向ける。

そこでは当然のように阿久津課長が待ち受けていた。

本日も高そうなスーツとピカピカの革靴でバッチリと決めていらっしゃる。手首でキラリと光った腕時計は、それ一つで普通自動車を一台、オプションも込み込み、新車で乗り出せるほどの代物だ。

「佐々木君、会議室に来てくれたまえ」

「承知しました」

上司に先導される形で、局員もまばらなフロアを歩む。足を運んだのは六畳ほどの手狭い打ち合わせスペース。そこで会議卓を挟んで課長と向かい合う。

当然ながら室内には自分と彼以外、誰の姿も見られない。

「恐らく君も、事情は理解していると思う」

「ええ、そうですね」

会議室のディスプレイに問題の映像を流すくらいのことは、するのではないかと想定していた。けれど、その手間さえ惜しいのか、席に着くや否やすぐに本題へ。恐らく映像に自分が関与していると、課長は確信を覚えているのだろう。

「単刀直入に尋ねるが、彼女は何者なんだね?」

平素からの冷淡な面持ちはそのままに、有無を言わせない詰問。

彼女というのが、エルザ様を指しているのは間違いない。

とりあえず、軽くしらばっくれてみようか。

「その点については、以前もお話させて頂いたと思いますが」

「映像の背景から場所を特定して、ホテルのエントランスのカメラを確認したところ、君や二人静君と思しき人物が出入りしている姿が確認された。まさかとは思うが、無関係だなどとは言わないだろう?」

阿久津課長、本当に監視カメラが好きですよね。

もはや業務というよりは、趣味と称しても過言ではないように思う。

部下、困ってしまう。

エルザ様は当初、二人静氏の知人という触れ込みで、他所の国の異能力者だと報告していた。自分はノータッチだとお伝えしていた。それが何故なのか、未だに国内で行動を共にしているという事実。

むしろ疑問を覚えない方がおかしい。

だからこそ、どうしてお返事をしたものかと。

「向こうしばらく、この国に滞在すると聞いています」

「映像ではアテレコだなんだと言われているが、私としては彼女と同じ言語を喋る文鳥に興味がある。もし仮にあれがフェイクでなければ、前に空から降ってきたリザードマンとは、同郷の出ではないだろうか」

「あの映像についても、既に解析を行っているのですか?」

「そういえば佐々木君も、自宅で文鳥を飼っていたと思うのだが」

「…………」

まったくもって痛いところを突いて下さる。

そのとおりですよ、課長。

こうなるともう、誤魔化しようもないぞ。

「映像が撮影された場所は、既にネット上でも特定されているらしい。なかなか良いところに宿泊しているじゃないか。その点から二人静君が手引しているのは間違いないように思うが、彼女との関係を君は聞いていないだろうか?」

「映像で流れていた言語は、二人静さんも理解されていないそうです」

「それは本当だろうか?」

「少なくとも私はそのように伺っています」

今はとにかく嘘を吐かないようにしよう。些末な矛盾から、ちくちくと傷口を広げられるような展開こそ避けるべきだと思う。事実は事実として受け入れた上で、それでも自分は何も知りませんよ、と訴える作戦。

「可能であれば二人静君とも話をしたいのだが、どうにも連絡がつかないのだよ。悪いが佐々木君からも、声をかけてはもらえないだろうか? 待っていれば本日中には登庁してくると思うのだがね」

「そうですね……」

彼女なら課長から何を言われたところで、上手く返してくれそうな気がする。伊達に戦前から歳を重ねていない。亀の甲より年の功とはよく言ったものだ。けれど、目の前の人物はそんな相手であっても、出し抜いてきそうな雰囲気を感じる。

だからもう、どうしたらいいんだろう。

そして、あれこれと悩んでいたのが良くなかった。

「ただ、私もあまり時間をかけたくないという思いがある」

「何かお急ぎで仕事ですか？」

「君はこれからも、この国の国民として暮らしていきたいかね？」

「…………」

あぁ、これは恐らく上司から部下への最後通牒。

ジッとこちらを見つめて、淡々と語る姿は普段の彼となんら変わりはない。ただ、この場での返事次第で、今後の自らの人生が大きく変化するだろうことは、まず間違いないと感じられた。

そのように言われてしまったら、自分も覚悟を決めるしかない。

「ええ、今後とも祖国のために尽くしていきたいと考えています」

「だったら君は局員として、為すべきことをしたまえ」

「それでは早速ですが、為すべきことを行わせて頂こうと思います」

「良い心がけだ」

椅子から立ち上がり、会議卓の脇に設えられたホワイトボードの前に移動する。こちらの動きに疑問を覚えたのか、際してはピクリと課長の眉が動くのが見て取れた。ただ、これといって声が上がることはない。

上司の視線の先、部下は黒いペンを手に取る。

「阿久津さんはボウリング場での騒動を覚えていますか？」

「……なんだね？　藪から棒に」

「あの事件では少なくない局員が亡くなっています」

ホワイトボードに正三角形の頂点となるように三つ、同じ大きさの丸を描く。

一つ目には課長の名前。二つ目にはオタクの人の名前を書こうと思って、けれど、彼の名前を知らないことに気付いて、容疑者、の三文字。そして、残る一つには課長にとっても上司、局の次長の名前をサラサラと。

「容疑者グループから偽の情報を掴まされたのは、局の次長だそうですね」

次長に向けて、容疑者グループから矢印を引く。

課長に反応はなし。

そこで部下はペンを片手に口上を続ける。

「ところで現場では、局員が次から次へと亡くなっていた一方で、何故か課長だけ生け捕りにされておりました。まあ、貴方(あなた)にそれだけの価値があると言えば、そのとおりなのかも知れませんが」

容疑者に向けて、課長から矢印を引く。

するとペンの描く線が掠(かす)れ始めた。

このタイミングでインク切れとか悲しい。ホワイトボードの下方に用意されたトレーに、代わりのペンを探す。しかし、同じ黒色が見当たらなくて、仕方なく青色を手に取る。この微妙に格好つかない感じ、自分らしさを覚える。

「あぁ、ここに直接線を引くのは違うかもしれませんね」

三つの丸の中央に、小さく丸を追加する。

内側には某(なにがし)、と記載。

自分も仔細までは知らない。

二人静氏が説明を渋っていたから。

そして、課長から某を経由して、容疑者に矢印をつなげる。

「容疑者からすれば、局員の数が減るのは願ってもないことでしょう」

課長から容疑者に伸びた矢印、その反対側にも鏃(やじり)を書く。

個人的には中央の某が何者なのか気になるところ。

二人静氏と仲良くなったら、いつか教えてもらえるだろうか。

「こうして眺めてみると、何も知らない次長が哀れに思えてきますね。なんでも近いうちにボウリング場での件の責任をとって、どこかへ飛ばされるのだとか。次にこちらのポストに収まるのは誰なのか、課長も気になりませんか?」

「…………」

わざとらしい口調で呟(つぶや)いて、しげしげとホワイトボードを眺める。

ほんの一言、ボウリング場での騒動って課長の自作自演ですよね、と問いかければ、わざわざこんなものを描く必要はなかった。ただ、こっちも色々と知っているんだぜ、みたいな説得力が欲しくて、演出させて頂いた。そうした行いが、功を奏したのかどうかは定かではない。

ただ、それまでずっと黙っていた課長から反応があった。

「佐々木君、君は公安の関係者なのかね？」

やったぞ、阿久津さんが喰い付いてきた。

それもこれも二人静氏から頂戴した情報のおかげ。本当にここ最近、彼女には助けられてばかりである。

「いいえ、違います」

「それならどうして、この場にいるのだろうか？」

「勘違いしないで下さい。先に喧嘩を売ってきたのは課長ですよ」

「…………」

一連のやり取りの間、阿久津さんの視線がこちらから外れることはなかった。懐には拳銃が収まっているだろうし、自分も彼の挙動には十分に注意する。場合によっては間諜扱いの上、一方的に撃たれる可能性もある。

死人に口なし。

殺してさえしまえば、あとはどうにでもできるのが彼の立場だ。

「私はこれからも、阿久津さんとは仲良くしていきたいと願っています」

「その言葉を信じろと言うのかね？」

「どうか信じて頂きたいところです。もし仮に私が害意を持っているのなら、こうしてわざわざ伝えることはしなかったと思いませんか？　しかも対価として求めているのは、なんの変哲もない局員としての身分です」

「局員の肩書はそこまで魅力的だろうか」

「以前の勤め先と比べたら、天国のように感じております」

「……そうかい」

普段なら躊躇のない課長の話しぶりに滞りが見られる。恐らく色々と勘ぐっていることだろう。まさか目の前の部下が、本当に現在の就業状況のみを求めているとは夢にも思うまい。そうして考えると、なかなか気分のいい光景ではなかろうか。

「繰り返しますが、課長に敵対する意思はありません。今回の出来事がなければ、こうしたやり取りを交わす機会もなかったことと思います。一局員として今後とも、祖国のために貢献させては頂けませんか？」

「君は何者なんだね？　佐々木君」

そちらの質問に答えることはできない。

ただ、黙っている訳にもいかない。

せっかくの機会だし、ここはピーちゃんの台詞（せりふ）を使わせて頂こう。

「この世界は課長が考えている以上に、多様性に富んでいるのですよ」

「…………」

自分みたいな凡夫が言うと、まるで決まらないな。

こういう台詞はやっぱり、星の賢者様が口にしてこそ響くものだ。話し相手が黙ってしまうと、調子に乗った痛い中年感が半端ない。こんなことなら止（や）めておけばよかったと、後悔してしまう。

それでも結果的に、阿久津課長をやり込められた気がする。

これで当面の安全は確保されたのではなかろうか。

お互いに弱みを握り合っていれば、課長も迂闊（うかつ）に手を出すような真似（まね）は控えてくれると信じている。いきなり背中を撃たれたらどうにもならないが、失敗した場合のリスクくらいは考えてくれると思う。

そう考えたのなら、今回の出来事は決して悪いことばかりではない。

今後は異世界との関係でも動きやすくなるのではなかろうか。

「そういう訳ですから、今回の件は追及しないで頂けたら嬉しいです。自分も課長の行いに関与することはしません。そして、我々はお互いに利益を分かち合える立場にあると思います。どうでしょうか？」

兎（と）にも角（かく）にも、社畜にだけは戻りたくない。

御上（おかみ）から追われるような立場もごめんだ。

大切なのは食っちゃ寝、食っちゃ寝なのである。こちらについては、ピーちゃんとも合意が取れている。そのためにどうか、現状維持を受け入れて頂きたし。出世したいなんて野心、毛頭ございませんと、部下は上司に一生懸命アピール。

　するとややあって、課長はボソリと呟いた。

「ああ、君の言うことは正しいよ、佐々木君」

「本当でしょうか？」

「先程の言葉、信じてもいいのかね？」

「ええ、是非とも信じて下さい」

「……分かった。君の意思を尊重しようと思う」

　やったよ、ピーちゃん。

　無事に課長から譲歩を引き出すことができた。

　今後は身辺への追及も控えられるものと思われる。

　これで二人静氏も溜飲を下げてくれるのではなかろうか。次回以降、諸々の支払いに色を付けてお返しをすれば、きっと大丈夫だと信じている。今回ばかりは文鳥殿も、前向きに協力してくれることだろう。

「ご快諾下さり、誠にありがとうございます」

　それにしてもなんておっかないやり取り。

　課長を相手にこの手の駆け引きとか、胸がドキドキしてしまう。

＊

【お隣さん視点】


　その日、私は登校前の時間を、自宅の居室で母と共に過ごしていた。

　部屋の隅には小さなテレビが設けられており、毎日朝はニュースを延々と垂れ流している。母親は化粧をしながらこれを眺めていた。私はその姿を視界の隅において、学校指定の鞄に教科書やノートを詰め込んでいる。

　そうした時分の出来事だった。

　テレビから耳に覚えのある声が聞こえてきた。

　何を言っていたのかは定かでない。何故ならば話されている言語は、自身の知らないものだから。英語でも、中国語でもない、なんとも不思議な響き。いいや、そんなまさか、とは思いつつも意識は手元の鞄からテレビに向かう。

　だってそれは以前、隣の部屋から聞こえてきた声。

　おじさんと会話をしていた誰かの声色に似ていたから。

「…………」

テレビにはブロンドの少女と、一羽のシルバー文鳥が映っていた。

私が耳にした声は、両者の間で交わされる会話からきていた。

ニュースキャスターの説明に従えば、なんでもソーシャルメディアで話題になっている映像らしい。投稿されたのは、つい先日のことだという。問題の声は少女ではなく、文鳥の方から発せられていた。

どうやらパソコンやスマホのカメラを利用して、動画を配信しているようだ。ニュースキャスターの説明によれば、映像は大手ソーシャルメディアのライブ配信によって公開されたものらしい。

誰にも詳細がわからない謎の言語と、これを巧みに扱い、ブロンドの可愛らしい女の子と会話をする文鳥、といった構図が人々に受けたのだろう、とのこと。テレビでは映像に付けられたコメントがツラツラと流れていた。

そうしたなかで私が気になったのは、後者の姿である。

おじさんが飼っているのと、同じ種類の文鳥だ。

しかもどことなく、身体に浮かんだ模様が似ているような気がする。

「…………」

ただ、背後に映っているのは、かなり広々としたリビングスペースだ。我が家の慎ましやかな居室の光景と比較したら雲泥の差。億ションだとか、高級ホテルのロイヤルスイートだとか、その手の単語を彷彿とさせる。

当然ながら隣の部屋からの配信ではない。

『おや、どこかで見たような文鳥じゃないかい』

私の意識が移ったことを受けて、アバドンから声が上がった。

彼の視線もまた、テレビに映った動画に向けられている。

「アバドンもそう思いますか？」

『まさか君は文鳥が人語を発すると、本当に考えているのかい？』

「貴方が持ち込んだ騒動と比べたのなら、可愛いものだと思います」

『うーん、本当にそうかなぁ？』

ニュースキャスターの口から、映像が撮影されたのは都内のホテルの一室であることが伝えられた。どうやらネット上では、既に場所の特定まで行われているようだ。個人のプライバシーを尊重して云々、その口から説明がなされる。

ニュースとして取り上げてしまっている時点で、どうにもならないと思うけど。

「貴方も聞き覚えがあると考えていいのでしょうか？」

『君が考えている通り、きっと同一の個体じゃないかな』

「なるほど、非常に頼もしい意見です」

彼がそう言うのなら、もう間違いないだろう。

悪魔の感覚がどの程度のものかは知らないが、人間より劣っているとは思わない。僅かでも可能性があるのなら、素直に従おう。学校を一日サボるくらい、おじさんとの交流に比べたら、誤差みたいなものだ。

なによりも優先すべきは、文鳥と共に映っている女の素性の確認。

このブロンドの女は、おじさんとどういった関係にあるのか。

まさか親子だとは思えない。

親族という可能性も低いと思う。

だとしたら、誰なのだ。

どうして私のおじさんと、他所の女が一緒にいるの。

「ちょっと、なに一人でブツブツ言ってるのよ！」

ところで今のアバドンは、例によって姿を消している。姿は当然として、声も自分以外には聞こえない。

母親は私のお喋りを耳にして、憤怒混じりの声を上げた。その視線はテレビから離れて、こちらをジロリと睨みつけている。彼女からすれば、いよいよ娘がおかしくなり始めたかと、疑わざるを得ない状況か。

「気色悪いことしてると、追い出すわよ!?」

そうして語る同居人の手には、スマホが握られている。

これを利用すれば、より詳細な情報が得られるかも。

ニュースキャスターが喋っていた内容は、どれもネット上から拾ってきたと思しきものだった。それなら自分が少し調べた程度であっても、より詳しい情報が、たとえばホテルの所在などが、特定できるやもしれない。

「…………」

隔離空間内では天使の集団を一撃で屠ってみせたおじさん。まさか彼が普通の人間とは思えない。私と同じように何か特別な背景を抱えているのは間違いない。ペットの文鳥がお喋りするくらい、十分にあり得る。

そんなふうに考えた。

となると、遠慮するという選択肢は浮かばなかった。すぐさま立ち上がって、母親の頭部に指先を触れさせる。

「アンタ、いきなりなに触ってっ……」

「…………」

母親の身体から私の身体に、熱いものが流れ込む感覚。時間にして僅か数秒。

彼女は非難の声も儘ならず、その場に倒れた。

同時にぼんやりとしていた意識が、スッキリとする感覚を覚える。思い起こせば昨日の昼から水以外を口にしていなかった。軽い栄養失調にあったのだろう。母親から生命をいくらか奪ったことで、それが回復したようだ。

『君、彼が絡んだときの決断力は、なかなか頼もしいものがあるねぃ』

「使えるものは、使わないと損じゃないですか」

母親の手から落ちた端末を拾い上げた。

今しがたまで利用されていた為、ロックは解除されている。

文鳥、ブロンド、お喋り、といった単語で検索を行う。すると目当ての情報をまとめたと思しきサイトがいくつも表示された。そのうち一番上に来ていたものを開いて、軽く上から下まで目を通す。

大半はニュースでも流れていた内容だ。

しかし、一点だけ追加で記載のある情報があった。

それは自身が一番欲しかったもの。

映像が撮影されたと思しきホテルの名称と所在である。

「アバドン、これから出かけようと思います」

『そういうことなら、僕も君に付き合おうじゃないかい』

「やっぱり、付いてくるんですね」

『僕なしで隔離空間が発生したら、君、詰んじゃうよ?』

「……分かりました」

こんな性悪悪魔でも、人様に言えないようなことをする際には役に立つ。

だったら便利に利用させてもらおう。場合によっては彼に頼んで、ブロンド女を処分するという手もある。いや、流石にそれは無理か。この悪魔はルール上、現世で人間をどうこうすることができないらしい。

以前、昏倒させるのが精々だと語っていた。

『倒れてしまった母親は、放置していくのかい？』

「夏場でもないので、少しくらい倒れていたところで問題はありません。勝手に起きて仕事に行くでしょう。ここ最近は私が生命を奪ったのを、めまいか何かだと勘違いしているようですから、むしろ放っておいた方が都合がいいです」

『君という人物は、つくづく悪魔の使徒に向いているねい』

「人間誰しも一皮剥けば、こんなものではありませんか？」

『たしかに、その意見には同意するよ』

アバドンの協力があれば、ホテルの客室に忍び込むくらいはできる。

一昨日に別れたばかりの相手を思い、私は胸の内が熱くなるのを感じた。

＊

一時はどうなるかと思われた課長とのやり取り。それも二人静氏から事前に伺っていた情報を利用することで、どうにか切り抜けることができた。窮するばかりではなく、得るものもあったのではないかと考えている。

向こうしばらくは、我々に妙な動きが見られたとしても、表立って指摘するようなことはなくなるはずだ。代わりにこちらも、課長が何をしようと気にしない。そんな理想的な関係に向けて一歩が踏み出せたと信じたい。

以降、本日は取り急ぎ、拠点のホテルに戻ることにした。

なにはともあれ、二人静氏に報告しようと考えたのだ。

エルザ様の滞在先についても、改めて場所を用意しなければならない。

それにああまでも粋がってしまった都合上、課長と同じフロアで仕事をすることは気が引けた。職場の雰囲気とか、最悪になりそうである。向こう数日ほどは、時間をおいてほとぼりが冷めるのを待ちたい。

就業規則に自由のある職場で本当によかった。

課長もそれくらいなら大目に見てくれると思う。

少なくともこの程度の譲歩は先方から引き出したはず。

そう考えて局が収まっている建物を出発してからしばらく。

電車の乗り換えで、一度駅構内から外に出た際のことだった。

「…………」

ビルとビルの合間、郊外と比べて窮屈に感じられる都会の空。

青空をまばらに埋める雲の間に、ふと妙なものを見つけた。

角張りの感じられる、飛行機やヘリコプターとも違った何かが浮かんでいるのだ。一部が尖(とが)っていたり、また一部が膨らんでいたりと、明確な形を持っている点から、それが人工物であることは間違いないように思われた。

移動速度から航空機とは違うように感じられる。

地上からだと、指の先ほどの大きさ。

自分以外、居合わせた通行人たちも、同様に頭上を見上げ始める。

気づけば結構な人たちが、手持ちの端末を空に向かい掲げていた。

自然と自身も倣いたくなる衝動に駆られる。

ただ、そうして目の当たりにした飛行物体に対して、いくつか思い浮かんだ想定が待ったをかける。写真を撮ってソーシャルメディアに上げるよりも、他に優先順位の高い行為があるのではないかと。

「このタイミングで課長に連絡とか、嫌過ぎるんだけど……」

誰に言うでもなく独りごちつつ、局支給の端末を取り出す。

今なら彼も自身のデスクにいることだろう。

自分がとやかく言うまでもなく、情報を得ているかも。

見たところかなりの大きさだし、都内という場所柄、国土交通省や航空自衛隊のレーダー網によって捉えられている可能性は高い。そうなると活躍すべきは、秘密が前提の異能力者よりも、本国が備えた航空戦力ではなかろうか。

　地上から向けられた人の目は、こうして自身も確認しているとおり。

　少なくとも空に向けて飛び立つのは、現代文明の仕事になりそうだ。

　自ずと端末を操作する手も止まる。

　今は自身の都合を優先して、拠点のホテルに戻るべきではないかなと。

「なんか変なのが浮かんでない？」「え？　飛行機とかじゃなくて？」「ちょっと見てよ、空になにか浮かんでない？」「もしかして宇宙船とか？」「そんな訳ないでしょ」「普通に飛行機じゃない？」「前にも飛行船みたいなのが浮かんでて、話題になってたよね」「そういえばあれってどうなったんだろ？」「未確認飛行物体とか、テンション上がるんだけど」

　足を止めた通行人の間から、あれこれと呟きが聞こえてくる。

　自分も同じような想像が脳裏で巡っている。

　かなり距離があるので、細かなデザインまでは確認できない。ただ、明確な凹凸の見られる無機物的なフォルムは、飛行機を筆頭とした、何かしらの工業製品ではないかなと、ひと目見て想像させる。

　ふと脳裏に浮かんだのは、宇宙戦艦だとか、人型ロボットだとか、その手のメディア作品だろうか。銀河系の外から謎の侵略者がやって来て、地球が大変なことになるとか、巷ではありふれた物語だ。

　しかしながら、物語と現実とは別物である。

　本当にそんなことが起こったら大変だ。

　第一、この手の得体が知れない飛行物の目撃情報は、過去にも度々話題になっている。通行人の間でもやり取りされているとおり、数年前にも熱気球のような物体が目撃されていた。今回も似たようなものではなかろうか。だとすれば局に報告しても、要らぬ仕事を増やすばかり。

　取り出したばかりの端末をズボンのポケットにしまい込む。

　止まってしまった足を再び動かす。

立ち止まった人々の間を縫うように、路上を乗り継ぎの駅に向かう。

「…………」

そうして再び歩み始めたところで、ふと思った。

少なくとも異世界は存在していたな、と。

それだけでなく、異能力者や魔法少女、天使と悪魔なる胡散臭い存在まで、自身はこの目で確認するばかりか、コミュニケーションを取ってしまった。うち数名とは運命共同体と称しても過言ではない間柄となっている。

これらと比較したのなら、宇宙の彼方で独自に進化を遂げた地球外生命体が、我らが銀河系は太陽のお膝元に、水と大気のある惑星を見つけて、遠路はるばるやって来たとか、むしろ自然な話ではなかろうか。

「いやいや、そんな馬鹿な……」

ふっと思い浮かんだ、末恐ろしい想像。

これを払拭する根拠を、自分は何一つ持っていなかった。

*

【お隣さん視点】

自宅アパートを出発した私は、電車を利用して目的地に移動した。

電車賃は母親の財布から工面した。もしも気づかれたら、後で文句を言われるかも知れない。けれど、そのときはまた生命を抜いて大人しくさせればいい。繰り返し昏倒していれば、そのうち彼女も大人しくなるだろう。

それよりも今は、おじさんに近づくブロンド女の調査が大切だ。

『なかなか立派な門構えの建物じゃないかい』

ホテルが収まる建物の正面エントランスを眺めてアバドンが言った。

我々は現在、その近くで別の建物の陰に隠れて立っている。

施設の出入り口には、制服姿の警備員が配備。平日の日中帯、制服姿の私は下手をすると、声をかけられかねない。受け答え次第では、警察に補導される可能性もある。そうした懸念から、どうやって内に入ったものかと検討している。

「どうにかして周りの人に気づかれず、建物の中に入りたいです」

『ご褒美を利用するかい？　以前の隔離空間での活躍で得たものだ』

「是非お願いします」

『なんとまあ、即答かい』

「悪いですか？」

『少しくらい悩むかと思ったよ』

「自ら提案しておいて、まさかできないのですか？」

アバドンとは小声でボソボソと会話。

併せて建物の周囲を確認する。

これといって浮いた人物は見られない。強いて挙げれば、自分が一番浮いているのではなかろうか。ニュースで話題になっていた映像、その仔細を求めて現場に足を運んだ物好きな人間は、私くらいなようだ。

ネット上では大勢の人が沸き立っているかのように語られていた。けれどそれも、指先一つで賑わえる媒体だからこそ。都心部もオフィス街のど真ん中、電車も混み合う時間帯、朝早くから足を延ばすような暇人は、やはり珍しいみたいである。

もう少し雑然としていたのなら、人混みに紛れて入り込むような真似もできた。あるいは自身がスーツを着用した大人であったのなら、お客を装い正面から堂々とエントランスを抜けることも、不可能ではなかったように思う。

『こんなことに願いごとを使う使徒、僕は初めて見たかもしれない』

「こういうときの為に、私は貴方に協力しています」

『個人的にはもう少し、代理戦争の為になる願いだと嬉しいなぁ』

「それなら一緒に空も飛べるようにして下さい」

『倒した天使の数だけで言えば、それくらいのご褒美は妥当なんだよねぇ。ただ、実際に手を動かしたのは君じゃなくて、君の知り合いじゃない？　そこのところ、僕としてはどうしても引っかかりを覚えるよ』

「使徒の知人の働きも、ゲームでは使徒の成果として加味されるのでは？　おじさんは明確な意思を持って、私のことを助けてくれました。つまり私が現場に居合わせなければ、行われなかった天使とその使徒の討伐です」

『なんか誇らしげに語ってくれるね』

「そうですか？」

『まあ、いいよ。君の言うことは正しいから。彼のおかげで僕もそれなりの数の使徒を仕留めることができた。こっちについては純粋に君の成果とも言える。今回はそれで空を飛ぶ力と、この場を上手いこと対処する助力を与えよう』

「でしたら、早速ですがお願いします」

『まっかせて！』

アバドンが語るのに応じて、視界が一瞬、ぐにゃりと歪んだ。

ただ、音が鳴ったり、魔法陣が出たりはしない。

今ので空が飛べるようになったのだろうか。

これまで経験してきた演出に比べると、かなり地味な反応だった。

「……今のはなんですか？」

『君の姿を周囲から隠したよ。これで正面から堂々と建物の中に入ることができる。ただし、身体が触れた相手には気づかれてしまうから、その点には注意して欲しいかな。場合によっては物音で気付かれることもあるかも』

「空を飛ぶ方はどうなっているのでしょうか」

『そっちはどうしても人目に付くから、改めて建物のトイレででも行おう。こういう賑やかなところは、どこにでも監視カメラが付いているだろう？　目立つような行いは、なるべく控えておいた方がいい』

「意外とこの時代のことを知っているんですね」

『ゲームに勝つため、必要なことは何だって学ぶさ。あの文鳥のように、今度は君がテレビのニュースに流れてしまうかもしれない。そうなったらゲームを進めていく上で、かなり不利だよ？　顔はバレないに越したことはないからね』

「分かりました」

思ったより細かいことも考えていたアバドンに少しだけ感心した。

そういうことならと、安心して建物の出入口に向かう。

彼の言葉通り、警備員は私になんの反応も示さなかった。

　これ幸いと足を進める。

　豪華絢爛なエントランスは、過去十三年、自らの人生を省みると、これほど縁遠い場所はないように感じられた。行き交う人たちもそうだ。誰も彼もが皆々、高そうな衣服に身を包んで、胸を張ってフロアを歩いている。

　まるで別世界に迷い込んでしまったかのような錯覚を覚えた。

　それからしばらく、我々は施設内を動き回った。しかし、これがなかなか目的の部屋に辿り着くことができない。町内を出たことすらほとんどない自分には、たかが一棟の建物であっても迷宮が如く感じられた。

　他者の目に見えていたら、まず間違いなく声をかけられていただろう。

『どうしたんだい？　足を止めてしまって』

「客室に向かうエレベータを探しています。ネットで確認したところ、映像が撮影されていた部屋は、ここのホテルの最上階に位置する、プレジデンシャルスイートと呼ばれる部屋の可能性が高いそうです」

『あっちにあるのは違うのかい？』

「向こうにも上に向かう階段が見られます」

『とりあえず、好きな方に行ってみたらどうだろう』

「分かりました」

　アバドンに促されるがまま、エレベータに足を向ける。

　すると時を同じくして、今まさにフロアにやってきたカゴに、客と思しき人物が乗り込もうとしていた。スーツ姿の歳若い女性だ。おかっぱに切りそろえられた頭髪と、かなり濃いめの化粧が印象的である。

　できるオフィスレディを絵に描いたような感じ。

　もしくは偉い人の秘書的な立場にある人物なのかもしれない。

「まったく本当に、佐々木は何をやっているのかしらっ！」

　私の意識が向いた直後、先方の口から無視できない響きが聞こえた。

　だってそれは、私が好きな人の名前。

　私のことを好きな人の名前。

それでも普段だったら、気にしなかったかもしれない。佐々木という名字は、この国では非常にありふれたものだ。これだけ大きなホテルなら、宿泊客に同じ名字の人がいてもなんら不思議ではない。

ただ、自宅で確認した動画の存在が、私に一歩を踏み出させた。

「アバドン、あの人と一緒に行きます」

『はいはい』

多少のリスクを承知の上、同じエレベータに乗り込むことにした。

スーツの女性の背後から乗り込んで、相手の身体に触れないように気を遣いつつ、カゴの隅の方に位置取る。自ずと意識が向かったのは、壁に設けられた、行き先のフロアを指示するためのボタンだ。

彼女はその中で、一番大きな番号の示されているものを押した。

『あらまぁ、君の直感は正しかったのかもしれないねぃ』

「…………」

アバドンの人を茶化すような声がカゴの中に響く。

これに構わず、私はスーツ姿の女性を確認。

そうして眺めていて、ふと気付いた。

私はこの人を知っている。

何故ならば以前、おじさんを迎えに自宅まで来ていた人だ。

彼は彼女のことを職場の同僚だと言っていた。

『おや、頬が強張ったように見えるけれど、何に気付いたんだい？』

「…………」

まさかスーツの女に我々の存在を気取られてはならない。

アバドンには文句の一つでも言いたいところを我慢して、エレベータが目的のフロアに到着するのを待つ。一分一秒がとても長く感じられた。目の前に立った女の肩を叩いて、事情を問いただしたい衝動に駆られる。

そうした間にも、彼女の口からは独り言が漏れた。

「佐々木には定年するまで、私の隣にいてもらわなきゃ困るのに……」

何を言っているんですか、この人。

定年まで隣って、どういうことだろう。

まさかおじさんのこと、熟年離婚するまでしゃぶり尽くす腹積もりだろうか。最近、そういうのが流行っているそうじゃないですか。図書室にあった雑誌で、その手の記事を読んだ覚えがある。自分みたいなネグレクト育ちでも知っているんです。

いいえ、ちょっと待って下さい。おじさんは独身です。結婚はしていません。バツさえ一つも付いていないと本人から伺いました。そうです、むしろこれからするのですから。私と結婚して、名実ともに一つになるのです。

『……君、凄い顔をしているよ』

「………」

私の隣には、性格の悪い悪魔しかいない。

まさかこの女、既におじさんの隣に居場所を得ているのだろうか。あぁ、そんなことを言われたら、私は居ても立っても居られない。他に人目のない今こそ、声をかけるには絶好のタイミングだと思えてきた。

『少し落ち着いた方がいいと思うな、僕は！』

言われずとも落ち着いています。

大丈夫です。

私が軽く触れるだけで、相手は昏倒するのですから。

「………」

悶々としたものを腹の中に抱えつつ、スーツの女を見つめることしばし。

チンッ、という軽い音と共に、エレベータが目的の階に到着した。

化粧で顔をガチガチに固めた彼女は、すぐさまカゴから降りて、力強い足取りで廊下を歩き始めた。最上階というロケーションも手伝い、部屋数はかなり絞られている。行き交うお客の姿も我々以外には見られず、フロアは閑散としていた。

本来であれば、まずは案内板で行き先を確認すべきだろう。

けれど、私はこの女の向かう先が気になった。

自然とその背中を追いかけるように進路を取る。

『どこへ行くつもりだい？　今、案内図を通り越したよ』

「この女を追いかけます」

ボソリと小声で短く応じる。

相手とは少し距離を取ったので大丈夫だろう。

『可能性の上では、それが一番早いのかもしれないけど……』

呆れた顔でこちらを見つめているアバドン。

好きに言ったらいい。

この女の立場を確認しないことには、私は夜も眠れそうにない。

「…………」

大股でズンズンと進む彼女の後を、小走りで追いかける。

足元に敷かれた絨毯はとてもフワフワとしている。毛足もしっかりと立っており艶やかだ。私が眠るのに利用している毛布よりも、遥かに上等なもの。そんな代物を汚れたスニーカーで踏みつけながら進むことに、罪悪感を覚える。

金持ちの考えることは分からない。

なんて勿体ないことをするんだろう。

間接照明というのだろうか、少し薄暗い照明には高級感がある。所々に設けられた装飾品が、これに拍車をかけている。後者については訳の分からない代物も多いが、きっと見る人が見れば価値を感じられるものなのだろう。

貧乏な家に生まれた子供には、理解できようはずもない。

『おや、どうやら目的地に着いたみたいだね』

「…………」

粛々と追いかけていた化粧女の足取りが、ピタリと止まった。

辿り着いた先には一枚のドア。

その正面で立ち止まった彼女は、勢いよくこれをノック。かなり力強く叩いたようで、コンコンコンという音が廊下の先まで響いた。けれど、先方からは反応がなくて、同様の行いを繰り返すこと数回。

我々はそうした様子を二、三メートルほど距離を設けて窺う。

「警察よ、ここを開けなさい！」

続けざまに、威力的な文句が廊下に響いた。

この女、警察なのですか。

もし仮にそうだとすると、おじさんも警察ということになる。けれど、私は同じく本人の口から、中小企業に勤めているサラリーマンだと伺った。

自ずと脳裏に浮かんだのは、その一言が咄嗟に出た嘘という可能性。

より親しい間柄の相手を隠すための虚言。

「っ……」

『君って彼のことになると、とても顔に出やすいよね』

アバドンが何か言っているけれど、気にしている余裕がない。

頭の中が真っ白になる。

おじさん、まさかこの女と付き合っているのだろうか。職場恋愛、しているのだろうか。それならどうして私に嘘を吐いたのだろう。もしや私にも気があって、意識した結果の対応だったのだろうか。だとしたら悪い気はしない。

けれど、やはり彼のことは独占したい。

「…………」

そうして私が慌てている間にも、部屋の前に立った女に動きがあった。

懐から取り出したカードで、ドアの鍵を勝手に開けたのである。

どうやら警察という主張は本物のようだ。

そうでなければ客室のキーを得ることなんてできない。

おじさんが警察官の身分にあるのか、それとも目の前の女が、職場の同僚ではないのか。いずれにせよこれで、おじさんが嘘を吐いていることが確定した。その事実が私にとってはとても悲しい。

先日は身体を張ってまで、私を助けてくれたのに。

あの行為はなんだったのだろう。

私はおじさんにとって、この女より魅力に乏しいのだろうか。

いいや、今はそんなことを考えている場合じゃない。だったら今まで以上に激しく、彼に対してアプローチすればいいのだ。

おじさんの隣にいるべきは、他の誰でもない、この私なのだから。

『入り口が開いたけれど、どうするつもりだい？』

「このまま内部を確認します」

化粧女の後ろに続いて、客室に足を踏み入れる。

ドアの先には小部屋が用意されていた。どうやらこちらの部屋には、専用の玄関ホールが設けられているみたい。なんとかスイートと偉そうに銘打たれているだけあって、間取りもかなり贅沢なものだ。

こうなると先程のノックや声かけが、部屋主に聞こえていたかどうかも怪しい。

そうした間取りの奥まった場所に向かい、化粧女は躊躇なく進んでいく。

もう一つドアを越えた先にあったのは、広々としたリビングスペース。

そこで私は、遂に目当ての人物を確認した。

『どうやら君の勘が当たったようだねぃ』

「…………」

ニュースの映像で確認したブロンドの女だ。

ソファーから立ち上がり、化粧女に対して身構えていた。その表情には目に見えて強張りが感じられる。年頃は私と同じくらいだろうか。幼い割に油断のない物腰は、人に慣れていない野良猫を彷彿とさせる。

また、正面に設けられたローテーブルの上には文鳥の姿がある。

映像で確認したのと同じシルバー文鳥。

止まり木に止まったまま、ジッとこちらを見つめる仕草には、人にも似た知性が感じられた。それこそまるで、予期せず現れた我々を警戒しているかのようだ。そんな馬鹿なとは思いつつも、疑念を払拭できない。

「貴方は前にも局を訪れていた、二人静の知り合いの異能力者よね？」

「あ、貴方は何者ですか？　出入り口には鍵がかかっていたはずです！」

化粧女とブロンドの女、それぞれで喋っている言語が違う。

前者は私も理解できた。

異能力者や二人静といったフレーズこそ、聞き慣れない響きとして感じられる。けれど、発言の意図についてはなんとなく把握できた。警察という立場から、同所には捜査の一環として訪れたものと思われる。

タイミング的に考えて、理由はニュースに流れた映像だろう。

しかし、あの映像のどこに警察が踏み込む余地があったのか。

一方で後者については何が何やらさっぱりだ。

同じくニュースの映像で眺めたとおり、完全に異国の言葉として聞こえる。

「やっぱり何を言っているのか、全然分からないわね」

「鳥さん、こちらの世界の言葉は、私にはまだ難しいわ……」

これで文鳥がお喋りを始めたら、自身も声を上げるべきかと覚悟を決める。

化粧女の存在も含めて、おじさんとの関係を確認する絶好の機会だ。

そうして介入のタイミングを窺っている私の面前でのこと。

自身が立ったのとは別の出入り口から、リビングへ更に人が現れた。

「おぉい、別所に拠点を用意したぞぅ。すぐに場所を移動して……」

黒みがかった紅紫色の着物を着用した、年頃も一桁と思しき童女である。腰下まで伸びた艶やかな黒髪がとても印象的だ。手にはスマホを握りしめており、カツカツと下駄(げた)を鳴らしながらの登場だった。

彼女は部屋に一歩を踏み込むや、化粧女を目にして立ち止まった。

そして、つまらなそうな表情となり、続く言葉を改めた。

「なんじゃ、もう遅かったかぇ」

あぁそうだ、一昨日おじさんといた女だ。

一体どうなっているのだ。

つい先月までは、おじさんの身の回りに女の気配など皆無であったのに。

それとも私が知らないだけで、取っ替え引っ替えしていたりするのだろうか。だとしたら由々(ゆゆ)しき事態だ。すぐにでも彼と一つにならないと。おじさんのことを一番愛しているのは、この私なのだから。

他所の女に寝取られるなど、絶対に認められない。

そもそも彼女たちは本当に、彼のことを理解した上で愛しているのか。私だったらおじさんがどんなに惨めな姿を晒しても受け入れてみせる。いいえ、むしろ惨めであれば惨めであるほど、私はおじさんのことを愛おしく感じる。

だって私たちはお似合いの二人なのだから。

お互いに依存し合い、ドロドロに溶けて混じり合いたい。

「二人静、貴方が佐々木と行動を共にしていることは知っているわ」

「だったら話は早い。ここは儂に任せて局に戻るといい」

「そこにいるブロンドの子は、貴方の知り合いの異能力者なのよね？」

「だったらなんだと言うのじゃ？」

和服姿の女の注目は化粧女に向けられている。

古めかしい服装も相まって和人形さながらの外見だ。

何気ない身動ぎを受けて、サラサラと揺れる黒髪が美しい。

自分もポニーテールに結っている髪を解くと、ロングストレートになる。けれど、日常的な手入れも覚束ない身の上、その色合いや艶は雲泥の差である。リンスやトリートメントなど、ここ数年は手にしたことがない。

身体や頭髪は学校から盗んできた固形石鹸で洗っている。

母親が買い込んだものを利用すると、彼女は気が触れたように怒るから。

給食の残り物の奪取と併せて、定期的に発生する調達ミッションだ。

「空からトカゲが降ってきた件と併せて、確認をしたいのだけれど」

「それは上司の命令かのぅ？」

「近いうちに課長からも指示が入ることは間違いないわね」

「ならば今は大人しく、そのときを待とうではないかぇ」

和服姿の女と化粧女の間で会話が進められる。

どうやら二人は知り合いのようだ。

ブロンドの女は身構えた姿勢のまま、黙って二人のやり取りを眺めている。肌や瞳の色からして異国情緒溢れる彼女は、恐らく日本語が理解できないのだろう。化粧女とも碌に意思疎通ができないでいた。

そうこうしていると、窓越しに空がキラリと輝いた。

なんだろう、と疑問に思ったのも束の間のことである。

間髪を容れず、リビングの窓ガラスが大きな音を立てて割れた。

目の前が真っ白な光に埋め尽くされる感じ。

天使たちの集団から放たれた、得体の知れないレーザーもどきを思い起こさせる。

「こ、今度はなんじゃ!?」

「っ……」

「と、鳥さんっ!」

一瞬、視界の隅で文鳥が止まり木から飛び立ったのが見えた。

私は咄嗟に膝を曲げて、その場にしゃがみ込む。

声を上げなかった自分を褒めてあげたい。

直後には割れたガラス片が飛び散る気配が伝わってきた。他にもなにかこう、大型の家具が倒れたような、身の危険を感じずにはいられない音が連なる。それでも幸いにして、肉体に衝撃が伝わることはなかった。

すぐ近くからはアバドンの余裕綽々とした声が。

『空に子供が浮いているのだけれど、君は何か知っているかい？』

「……どういうことですか？」

そんな馬鹿なと思いつつ、顔を上げて屋外に目を向ける。

するとたしかに、空に子供が浮いているではないか。

しかも妙な格好をしている。

女児向けアニメの変身ヒロインさながら。いわゆる魔法少女と呼ばれるような、ここ半世紀ほどで一般化した様式美。ただ、そうした衣装は所々が破れていたり、土埃に汚れていたりと、かなり汚らしく映る。

ちなみに浮かんでいるのは、割れた窓のすぐ正面。

位置的に考えて、ガラスを割ったのは彼女で間違いないだろう。

「異能力者は絶対に殺す」

そうかと思えば、杖のようなものを構えて絶対に殺す宣言。

登場早々、いきなり物騒なことを呟いてくれる。

なんだこの頭がイカれた子供は。

天使や悪魔の使徒だろうか。

いいや、もしも相手が使徒であるなら、隔離空間が発生していないとおかしい。そうなると使徒ではなく、天使や悪魔そのもの、となる。しかし、もし仮にそうだとしたのなら、アバドンからの質問には疑問が残る。

天使や悪魔を示して、これは誰だと、彼が尋ねるような真似をするだろうか。

そして、私があれこれと頭を悩ませている間にも、先方では会話が発生した。

「お、お主、どうしてこの場が分かったのじゃ？」

「テレビでやってた。ビルの壁とかで流れているやつ」

「なんと、そこまで話題になっておるのか……」

和服姿の女は、魔法少女の格好をした女児とも知り合いのようだ。

後者は私と同じように、ニュースで流れていた映像を確認して、この場に足を運んだらしい。街頭のビル壁面などに設置された、大型のディスプレイを確認したようである。何故あの映像に興味を覚えたのかは定かでないけれど。

「本当にとんでもないことをしてくれたのぅ？」

『…………』

前者の視線が、ソファーから立ち上がったブロンドの女に向けられる。

いいや、むしろ彼女の肩に止まった文鳥を見ているような。

というか、更に追加で女が現れてしまった。

しかもこうしてみると、化粧女以外は自身も含めて、小学生から中学生ほどの見た目である。おじさんはロリコンだったのだろうか。思い起こせば私自身も、彼女たちと同じか、それより幼い頃に彼と出会っている。

だとしたら由々しき事態だ。

何故ならばこの身体は、最近になって急に成長し始めた。

もしやそれが原因で彼の心は、私から離れつつあるのだろうか。

そんなの駄目だ。

おじさんは私のモノなのに。

私はおじさんのモノなのに。

まさか大人しく見ていることなどできない。

「アバドン、私の姿を見えるようにして下さい」

『どうなっても知らないよぉ？』

「構いません」

こちらが頷くと共に、視界が一瞬、ぐにゃりと歪んだ。ホテルが収まっている建物の正面、姿を消してもらう際に感じたのと同じ感覚である。どうやらそれが合図であったようで、直後には居合わせた面々が、誰一人の例外なく、こちらに対して反応を示した。

一際顕著であったのは、和服姿の女である。

「こ、今度はなんじゃっ!?」

驚愕の声がリビングに響く。

これを契機として、他の四名にも顕著な動きがあった。化粧女が懐から拳銃を取り出して、居合わせた面々に次々と照準を合わせる。

ブロンド女もいつの間にやら、指揮棒のようなものを手に身構えている。

魔法少女は絶対に殺す宣言以降、魔法の杖を変わらず室内に突きつけ。

これに対して私は無手のまま、腰を落として臨戦態勢で臨む。

「儂は知らん、もう知らんぞ！　お主らで勝手にやっとくれ」

和服姿の女だけが、これ以上は勘弁してくれとばかりに現場から去っていく。古めかしい物言いに似つかわしい、年季を感じさせる足取りだ。その小さな背中がリビングから、どこへともなく消えた直後のこと。

誰からともなく、居合わせた面々の間で声が発せられる。

「こうなったら一人残らず、局に連れて帰るわ！」

「異能力者は逃さない。絶対に殺す」

「貴方たち、いきなりやってきて失礼じゃないの！」

「おじさんは私のモノです。誰にも渡しません」

時機を合わせたかの如く、各々の主義主張がフロアに響き渡った。

若干一名については、何を言っているのか意思疎通さえ不可能。そして、誰も喋るのに夢中で、相手の言うことなんて聞いていない気がする。少なくとも私は、彼女たちの言い分に耳を傾けるのが癪だ。

『君たち、色々と噛み合ってなくない？』

果たしてアバドンの突っ込みは、彼女たちの耳に届いているのか。

噛み合っていようがいまいが、私はおじさんの隣を望むばかりだ。

【番外編】〈歓迎会〉

二人静氏がエルザ様の為に用意してくれた、高級ホテルのスイートルーム。そのダイニングルームで催される運びとなった、異世界からのお客様の歓迎会は、ホストの大活躍もあって非常に充実したものとなった。

テーブルの上にズラリと並んだ料理の数々は、どれも手の込んだものばかり。あちらの世界で貴族として、それなりに贅沢な暮らしをしていただろうエルザ様も、満面の笑みを浮かべて舌鼓を打っている。

「以前、町を見て回ったときから気になっていたのだけれど、こちらの世界はお料理の文化も進んでいるのね。どれも凄く美味しいわ！　それに見た目がとても華やか。私、誕生日でもこんなに豪華な食事を食べたことはないもの」

「のぅのぅ、この娘、なんと言っておるのじゃ？」

「二人静さんが用意して下さった料理に感動されています」

「ほぉ、それは嬉しいのう。遠慮せずに倒れるまで食らうといい」

繰り返されるお褒めの言葉も、決してお世辞ではないだろう。

ご相伴に与っている我々は役得である。

サラリーマンをしていたら、一生に何度食べられるかといったご馳走である。異世界で口にするフレンチさんのお料理も美味しいけれど、豪華さという意味合いではエルザ様のお言葉通り、目の前に並んだ品々に軍配が上がる。

ピーちゃんも卓上で、一心不乱にお肉を貪っているぞ。小さな身体のどこにそこまで食べ物が収まるのか、飼い主としては見ていて不安になる。ただ、彼の場合は魔法の力があるので、体内に入れた物を上手いこと処理するくらいは、平然と行っていても不思議ではない気がする。

「初めて見る食べ物も多いけれど、私が知っているお料理もあるわね」

「たとえばどのあたりの料理でしたら、エルザ様はご存じでしょうか？」

「このお酒とか、お父様が飲んでいるビールによく似ているわ！」

彼女が視線で指し示したのは、自身の手元にあるジョッキ。

そこにはビールが注がれている。日本酒のチェイサー代わりに用意させて頂いた一杯である。

「ご指摘の通り、こちらも同じビールですね」

「ただ、さっき少しだけ飲んでみたのだけれど、なんというのかしら？　お父様が飲んでいるのと比べてサラッとしているように思うの。見た目はほとんど同じなのだけれど、味があっさりしているわ」

「ミュラー伯爵が飲まれているビールは、恐らくエールですね」

「エール？」

「そうです。一方で本日エルザ様がお口にされたのはラガーです」

「ビールにも色々と種類があるのね」

自分が異世界で手にしたビールもエールだった。共に同じビールだけど、製法が若干違う。こちらの世界ではエールの方が歴史が古くて、ラガーの方が新しい。けれど、後者が優れているということはなく、個人の嗜好の好き好きである。

エールの方が製造が簡単なので、異世界では幅を利かせているのだろう。我々の世界ではラガーが圧倒的シェアを握っている。理由は大手メーカーが担ぎ上げた歴史的経緯から。最近は地ビールブームに端を発して、エールも見られるようになってきた。

「私はこの日本酒が気に入ったわ。甘くて美味しいもの」

「二人静さんが気を利かせて、飲みやすい銘柄を選んで下さったようです」

「そうなの？　色々と気を遣ってくれて本当にありがとう」

「のぅのぅ、この娘、なんと言っておるのじゃ？」

「どうやら二人静さんの選んだ日本酒がお気に召したそうです」

「ほぉ、それは嬉しいのぅ。遠慮せずに倒れるまで飲むといい」

瓶のラベルを眺めたところ、知る人ぞ知る酒蔵の純米大吟醸。

　定価はそこまでではない一方、事前予約がないと絶対に買えないタイプのお酒である。しかも予約は店頭のみ受付とか、そういうの。最近はフリマアプリの普及も手伝い、ネットでは常に三倍以上のお値段で取り引きされている。

　せっかくなので自分も一杯やらせて頂こう。

　そうでなければ、口にする機会など今後訪れないかもしれない。

「あと、生魚をそのまま食べるというのも不思議な感じだわ。最初は恐ろしく感じていたけれど、こうして食べてみると凄く美味しいの。ササキたちの世界では、海産物がとても活発に流通しているのね！」

「のぅのぅ、この娘、なんと言っておるのじゃ？」

「お刺身も気に入られたようです。とても感心していらっしゃいます」

「ほう、それは嬉しいのう。足らぬようなら追加で注文を取るとしよう」

　お刺身は日本酒のお供に最高だ。

　しかも高級食材が目白押し。

　ウニやイクラといった王道のみならず、ホタテの生肝まで並んでいる。こんなの滅多に食べる機会がないでしょう。貝類は見た目がグロいのでエルザ様も避けている節がある。そういうことなら自分が適切に処理いたしますとも。

　ピーちゃんもお肉を啄むので忙しそうだし。

「のぅのぅ、ちょっといい？」

「なんですか？」

「さっきから儂、ロープレの村人みたいになっとらん？　お主を間に挟んでいるおかげで、会話にバリエーションが生まれんの辛いんじゃけど。もうちっとこう、どうにかならんもんかのぅ？」

「そうは言われましても……」

　こればかりはどうしようもない気がする。

　また、できれば解決したくない。

　彼女たちの間で言葉が通じないのは、こちらとしてはメリットでもある。魔法を筆頭とした異世界の存在は、現代における我々の大きなアドバンテージ。その情報はなるべく流出させたくない、というのがピーちゃんとの共通の見解である。

『あまり贅沢なことを言っていると、呪いが進行するぞ？』

足元のお皿から顔を上げて、ピーちゃんが言った。

頬にソースが付いているの可愛い。

布巾でフキフキしたい衝動に駆られる。

「この文鳥、相変わらず儂にだけキッツいのぅ……」

『当然だ。過去の行いを振り返ってみるといい』

「しかし、顔にソースを付けてイキるのはどうかと思うのじゃが？」

『っ……』

慌てて手元の布巾に顔を擦り付け始めたピーちゃん。

ヤバいな、これまた可愛い。

とても文鳥っぽくてグッとくる。

二人静氏、いい仕事してくれるじゃないの。

「鳥さん、こっちにいらして。私が拭いてあげるわ」

『いや、他者の手を煩わせることはない』

エルザ様のおいでにも構うことはない。

文鳥殿はガシガシと顔を布巾で磨き上げる。

そうした二人の姿を眺めていて、ふと思いついた。

何を思いついたかといえば、異世界に持ち込む品々について。

「ピーちゃん、ちょっと聞きたいことがあるんだけれど」

『なんだ？』

布巾から顔を上げたピーちゃんが、こちらに向き直った。

頬のソースは綺麗に取れている。

「そちらの世界には、沢山食べても太らない砂糖とか、ある？」

『なに馬鹿げたことを言っている。酒に酔っているのか？』

「どうやら無いみたいだね」

『甘いものを食べたら太る。当然ではないか』

きっかけはエルザ様の発言だ。

日本酒を甘くて美味しいと評していた何気ない呟き。

世界を違えども、人々は甘いものが大好きだった。おやつタイムにお茶を淹れて、一緒に甘味を口にするような方々も、アッパー階級には大変多いそうだ。

ところで昨今、我々は異世界に大量の砂糖を持ち込んでいる。ヨーゼフさんの話によれば、それらはすべて上流階級が消費しているという。大半は甘いお菓子やパンなどになって、消費者の下へ届けられるとのこと。

こうなると当然、とある問題が発生する。

そう、肥満である。

少なくとも我々地球人は、三十路前後から腹回りが大変シビアな状況におかれる。二十歳の頃と同じように飲み食いしていたら、あっという間に膨らんでしまう。数年もすれば健康診断でバツが付くほど。

若い頃は周囲の大人たちが、三十路を超えたら一気に太ると口々に言っていた。当時はそんなの貴方の食べ過ぎでしょうと、鼻で笑っていたけれど、いざ実際に経験してみると驚きの結果である。もっとちゃんと教えて下さいよ、と。

そして、これは異世界でも同じなのではなかろうか。

取り分け日々の食事に困らない立場にいらっしゃるアッパー階級の方々は、それなりに苦労されているのではないかと思う。同時に嵩んだお腹のお肉をどうにかしたいと、多少なりとも問題視していたりするのではなかろうか。

ミュラー伯爵などは三十路を過ぎても、かなりいい体つきをしていた。日頃から剣を振り回していらっしゃるからだろう。けれど、貴族の誰もがそうとは限らない。自分みたいに出不精な方々も、相当数いらっしゃるのではないか。

そのあたりをピーちゃんにご説明させて頂いた。するとお返事は淡々と。

『食べたら太る。だから、当然ではないか』

「だけど、砂糖は取り分け太りやすいでしょう?」

『ああ、それは間違いない』

「こちらの世界には、食べても太らない砂糖があるんだよ」

『……本当か?』

グルメな文鳥は、その事実にピクリと尾羽を震わせた。

興味津々である。

そうとなれば、論より証拠。

いいや、証拠を示すのは難しい。

人体の変化は緩慢だ。

でも、実物を確認するくらいならできる。

せっかくの機会なので二人静氏にお願いして、近所のスーパーで人工甘味料を調達して頂いた。より正確には、彼女からホテルの従業員に連絡を入れたところ、すぐさま先方が買い物に出てくれた。

なんでもこちらのお部屋には、その手のサービスが付随しているのだそうだ。お金さえ支払えば、大抵のものは取り寄せてくれるのだという。高そうなスーツを着た執事っぽい方がやってきて、あれこれと対応していた。

高級ホテル様々である。

おかげさまで小一時間とかからず、我々の面前には真っ白な粉末が届けられた。お料理の取皿に載せられて、ちょこんと小さな山となっている。傍らには封を切られて間もないビニールのパック。カロリーゼロの記載が正面に大きく謳われている。

果敢にも前者の只中へ、くちばしを突っ込んだのがピーちゃん。

多少の毒は回復魔法で癒やせるから問題ないとか考えていそう。

直後には彼の口から驚きの声が上がった。

『こんなに甘いモノが、本当にいくら食べても太らぬのか？』

「この砂糖は胃腸で吸収されないから、どれだけ食べても太らないんだよ」

くちばしをお粉で真っ白にしたピーちゃんが、これまたラブリー。

文鳥殿の思い切ったアクションを受けて、エルザ様もこれに手を伸ばす。

人差し指を粉末に突っ込み、付着したそれをペロリと舐める。

直後には、とても甘いわ！　と元気のいい声が聞こえてきた。

『もしも貴様の言葉が本当だとすれば、たしかにこれは貴族の女たちに大きな需要がありそうだ。若いうちはまだいいが、歳を取ると肉が付きやすくなる。それが理由で食を控えている者も多いのだ』

「あぁ、やっぱりそっちの世界も同じなんだね」

『茶に落とす砂糖の量を気にしなくていい、というのは間違いなく喜ばれる』

「それじゃあ、次の機会にでもヨーゼフさんに提案してみようかな」

『だが、砂糖のように売るのはよくないだろう。量を絞った上で、金を持っている貴族にのみ高値で売るといい。あぁ、偽物が出回るのも避けたいな。値段を引き上げる代わりに、梱包には金を使ってもいいかもしれん』

「そうだね、自分もピーちゃんと同じことを考えていたよ」

すぐさまご意見が上がってくるの、とても頼もしい。

恐らく彼の頭の中では、既に人工甘味料を利用した商売の展開が、色々と計算され始めていることだろう。もしかしたらピーちゃんも、お腹の肉の扱いに困っていた時期が、多少なりともあるのかもしれない。

「なんじゃお主ら、また悪どい商売を始めようとしておるのぅ？」

我々のやり取りを耳にして、二人静氏が声を上げた。

ニヤニヤと厭らしい笑みを浮かべていらっしゃる。

「いやいや、人聞きの悪いことを言わないで下さいよ」

「人工甘味料など、そう大したもんでもなかろうに」

「あちらでは貴重な品のようですから」

「儂ってばそこの娘っ子に、つるっと口が滑ってしまうかもしれんのぅ？」

「そうは言っても、お二人は言葉が通じないじゃないですか」

「モノの価値を伝えるくらい、やりようはあるじゃろう」

「向こうでの売り上げが見込めたら、二人静さんへのお支払いにも色を付けさせて頂きます。なのですみませんが、近いうちに以前の芋袋一杯分ほど、甘味料を仕入れておいては頂けませんか？」

「そうじゃのぉ？　お賃金をちゃーんと頂けるならのぅ？」

「ええ、それはもちろんです」

「ならええじゃろう」

「ありがとうございます、二人静さん」

協力者の合意も取り付けることができた。

何が高く売れるか分からない異世界の市場、こうしてあれこれと商材を検討するのは、実際の売れ行きはさておいて、行為そのものが楽しい。最近は何気ない買い物に際しても、色々と考えるのが癖になってきた。

我が家の文鳥殿の為にも、頑張って商いに励んでいこう。

〈あとがき〉

『佐々木とピーちゃん』も本巻で3冊目となりました。

1巻の発売から僅か4ヶ月という短い期間で、これだけのお話を追いかけて下さった皆様には、格別のご愛顧を賜りましたこと、厚くお礼申し上げます。今後ともご期待に添えるように精進していきたく存じます。

おかげさまで本作は4巻の発売が決定いたしました。

現在はその作業を進めております。これからは今まで以上に、より大きく物語を動かしていけたらなと考えております。段々と加速していく佐々木とピーちゃんの物語、最後までお付き合い頂けたら嬉しく思います。

ところで、本作は『少年エース plus』様にて『プレジ和尚』先生により、コミカライズが絶賛連載中となります。圧倒的な画力、構成力で描かれる物語には、自身も大変楽しませて頂いておりまして、先生には感謝の念に堪えません。誠にありがとうございます。

小説では決して表現することができないキャラクターのつぶさな表情変化や、各所に散りばめられた独自のコメディー要素、随所に小ネタの仕込まれた美麗な背景など、隅から隅まで必見であります。

原作を読まれている皆様であっても、新鮮な気持ちで楽しんで頂けると思います。

こちらは単行本の最新1巻が、6月25日に発売となります。

コミックだけでも、お手に取って頂けましたら幸いであります。

この流れで謝辞といたしましては、本巻でも大変素晴らしいイラストを描き下ろしてくださりました『カントク』先生、ご多忙のところ手の込んだシーンをご提案下さり、深くお礼申し上げます。先生から頂戴するイラストは本作を続ける上で一番の楽しみです。

本編を読まれた方は既にご存知と思いますが、3巻では既巻で登場した綺麗所のキャラクターを随所に描いて頂きました。とても華やかな内容になっておりまして、ラフを頂戴した時分から、完成を楽しみにしていたことを覚えております。

担当編集O様を筆頭としてMF文庫J編集部の皆様には、書籍の編集のみならず、様々な販促施策をご検討下さりましたこと深謝申し上げます。あとがきを書いている時分では、まだ拝見できていないのですが、なんと追加でPVを作成して頂けるとのことで、ワクワクとしながらこちらのテキストをしたためております。

また、営業や校正、デザイナーの皆様、全国の書店様、ウェブ販売店様、お力添えを下さる関係各所の皆様におかれましては、1巻から並々ならぬご支援を頂戴しておりますこと、心からお礼申し上げます。

カクヨム発、MF文庫Jが贈る新文芸『佐々木とピーちゃん』を何卒お願い申し上げます。


（ぶんころり）

お隣さん、エルザ様、
星崎さん、魔法少女……。
互いに交わりあった、
各界のヒロインたちを起点に
物語は新展開。

――なんと、巨大怪獣襲来！

※2021年5月時点の情報です。

2021年秋発売予定!!!!!!

Twitter
アカウント 稼働中

阿久津課長からは
例によって無茶振りが。

「佐々木君、
あれをどうにか
できないだろうか？」

果たして社畜と文鳥の
コンビは正体を隠したまま、
事態を収拾できるのか!?

『佐々木とピーちゃん 4』

コミカライズ

佐々木とピーちゃん

異世界でスローライフを楽しもうとしたら、
現代で異能バトルに巻き込まれた件
～魔法少女がアップを始めたようです～

Webにて好評連載中!

ComicWalker
https://comic-walker.com/contents/detail/KDCW_KS13202040010000_68/

ニコニコ静画
https://seiga.nicovideo.jp/comic/51227

コミックス第一巻
2021年6月25日発売予定!

※2021年5月時点の情報です。

アバドン

「僕は悪魔だ。
そして、君はこれから僕に代わり、
天使の使徒と戦うことになる」

勢力　デスゲーム

デスゲームへの参加に際して、お隣さんとペアを組むことになった高位の悪魔。普段は半ズボンが似合いそうなショタショタしい姿をしているが、本体はぐちゅぐちゅした肉の塊。なにかと説教臭い人物で、お隣さんからは疎まれている。

Abaddon

アキバ系の人

「シズカちゃん、もしかしてパパ活しちゃった？」

勢力　現代異能系

二人静氏が所属する反政府組織のリーダー。数少ないランクAの異能力者。典型的なアキバ系の風貌をしている一方、強力な異能力により育まれた成功体験から、性格はオラオラ系。本人は控えめな言動を意識しているが、ウェーイの気配が見え隠れする。

Akibake

ルイス殿下

「そこまで言われると、
逆に気になって
しまうなぁ」

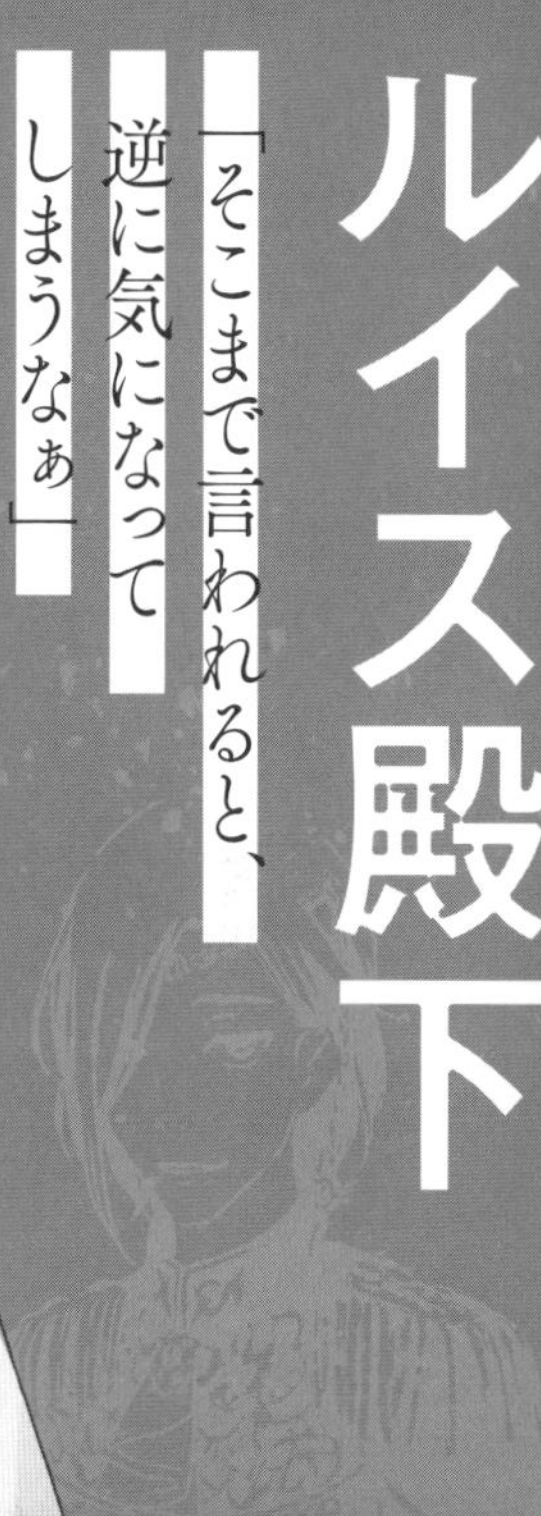

勢力　異世界

ヘルツ王国の第一王子。
第二王子であるアドニス殿下とは、王位継承権を巡って国内の勢力を二分している。
数年前までは忌み子として扱われていた為、その存在は無いものとされていた。

Lewis

佐々木とピーちゃん 3

異世界ファンタジーなら
異能バトルも魔法少女もデスゲームも敵ではありません
～と考えていたら、雲行きが怪しくなってきました～

2021年 5 月25日　初版発行
2024年 3 月15日　7 版発行

著者　ぶんころり

イラスト　カントク

発行者　山下 直久

発行　株式会社 KADOKAWA
〒102-8177 東京都千代田区富士見2-13-3
電話 0570-002-301（ナビダイヤル）

印刷・製本　株式会社広済堂ネクスト

デザイン　たにごめかぶと（ムシカゴグラフィクス）

本書の無断複製（コピー、スキャン、デジタル化等）並びに
無断複製物の譲渡および配信は、
著作権法上での例外を除き禁じられています。また、本書を代行業者等の第三者に依頼して複製する行為は、たとえ個人や家庭内での利用であっても一切認められておりません。
●お問い合わせ
https://www.kadokawa.co.jp/（「お問い合わせ」へお進みください）
※内容によっては、お答えできない場合があります。
※サポートは日本国内のみとさせていただきます。
※ Japanese text only

© Buncololi 2021　printed in Japan
ISBN 978-4-04-065934-3　C0093

定価はカバーに表示してあります。